DREAMBOOKS

DREAMBOOKS★

DREAMBOOKS★

시니어 신무협 장편소설
ORIENTAL FANTASY STORY & ADVENTURE

일보신권 16

일보신권 16 무림을 토막 낸대도

초판 1쇄 인쇄 / 2013년 2월 14일
초판 1쇄 발행 / 2013년 2월 19일

지은이 / 시니어

발행인 / 오영배
책임편집 / 편집부
펴낸 곳 / (주)삼양출판사 · 드림북스

주소 / 서울특별시 강북구 솔샘로67길 92
대표 전화 / 02-980-2112 팩스 / 02-983-0660
편집부 전화 / 02-980-2116 팩스 / 02-983-8201
블로그 / blog.naver.com/dreambookss

등록번호 / 제9-00046호
등록일자 / 1999년 3월 11일

ⓒ 시니어, 2013

값 8,000원

(주)삼양출판사 · 드림북스의 서면 허락 없이는 어떠한
형태나 수단으로도 이 책의 내용을 이용하지 못합니다.

ISBN 978-89-542-4979-9 (04810) / 978-89-542-3281-4 (세트)

* 지은이와 협의하에 인지는 생략합니다.
* 잘못된 책은 구입한 곳에서 바꾸어 드립니다.

시니어 신무협 장편소설
ORIENTAL FANTASY STORY & ADVENTURE

일보신권 ⑯

무림을 토막 낸대도

dream books
드림북스

일보신권

목차

제1장 질러야 산다 　007

제2장 처분의 의미 　065

제3장 다시 장건이 화두로 　105

제4장 이조암 　147

제5장 실행 *189*

제6장 굉목의 판결 *231*

제7장 오십 년을 뛰어넘어 *271*

제8장 저기, 죄송한데요 *309*

제1장

질러야 산다

소림사.

진산식이 봉행되던 대웅전의 앞.

이만 명이 넘게 군집해 있는데 누구도 말을 않고 기괴한 침묵이 감돌고 있다.

휘이잉.

성한 바람 소리만 들려오는 것이 더욱 분위기를 기묘하게 만든다.

안절부절못하고 불안에 떠는 모습이다.

모두가 느끼고 있는 것이다. 높이가 수백 길이 넘는 해일이 육지를 덮칠락 말락 기다리고 있다가, 마치 말 한마디라도 실수로 내뱉어 버리면 확 덮쳐 버릴 것 같은 그런 느낌을.

 미칠 듯한 불안감이 군중들을 휘감고 또 휘감으며 시간이 지날수록 더욱 분위기를 짓누른다.

 때문에 아까부터 이만 쌍의 눈은 한 사람을 향하고 있다.

 제발 이 분위기 좀 어떻게 해 달라고 애원하는 듯.

 그러니 유장경은 엄청난 부담감을 느낄 수밖에 없었다. 다음 상황의 진행에 대한 책임은 그가 가지고 있었으므로.

 하나 유장경이라고 뾰족한 수가 있겠는가?

 온갖 수치를 무릅쓰고 물고 늘어졌는데 그것마저 무용지물이 된 마당이었다. 얼굴에 똥바가지를 뒤집어쓴 듯 화끈거려 죽을 지경이다.

 징그럽고 끔찍하다.

 저놈의 미친 중놈, 원호.

 살다 살다 저런 중은 처음 보았다.

 꼬장꼬장하기 이를 데 없어서 말이 씨도 안 먹히는 경우는 있지만, 그건 어디까지나 원리원칙에 준하여 그러한 것이 아닌가!

 이건 도저히 원칙이고 상식이고 나발이고 말이 안 되는 얘기를 박박 우긴다. 그것도 차기 소림사의 방장이 될 중이!

눈앞에서 빤히 보았는데도 아니라고 뻗대니 미치고 팔짝 뛸 노릇이다!

하지만.

유장경도 보통 인물은 아니다.

온갖 암계와 귀계, 술수와 모함이 판치는 황궁에서 수십 년을 버텨 왔고 이제껏 살아남았다.

무림 최강자라는 우내십존. 우내십존이 되기 위해서, 우내십존의 자리를 지키기 위해서 얼마나 많은 고난과 역경을 겪었겠는가. 그 수백, 수천 번의 위기를 모두 버티고 이겨 내 지금에 이르렀기에 우내십존으로 남아 있을 수 있는 것이다.

빠드득!

유장경은 이를 갈았다. 그러곤 매우 비뚤어진 목소리로 입을 열었다.

"빗나가?"

마치 경극의 제이 막을 시작하는 것처럼 긴 침묵의 처음에 내뱉은 말은 바로 그것이었다.

침묵이 가져다준 시간을 건너뛰어 원호가 유장경의 감정에 동조했다. 깐깐하고 마음에 안 든다는, 괜한 결기 어린 말투로 조소하듯 삐죽댄다.

"안 빗나갔소?"

지켜보던 이들이 낮은 탄식처럼 한숨을 내쉬었다. 이래 봐야 돌고 도는 쳇바퀴가 다시 시작될 뿐이다.

하지만 어쩌면 그것은 필연이었다.

무인이란 족속의 승부욕은 그야말로 상상을 초월한다. 무공에 관하여서만 이라면 얼마나 좋겠느냐마는…… 가끔은 엉뚱한 쪽으로도 승부욕이 튀어 버리고 만다. 말싸움에서 크게 지고 창피를 당했다고 생각하니 말로 이겨야 한다고 생각하게 되는 것이다!

그러니까 유장경이 이 막을 시작한 것도 무리가 아닐 수밖에.

아니, 무리가 아닌 정도가 아니다. 이미 자존심과 체면이 바닥을 친 마당이었다.

삐죽대는 원호의 말투에 유장경이 분노의 목소리로 외친다.

"정말 빗나갔다면 왜 큰 소리가 났지?"

군중들이 적어도 유장경의 그 말에는 수긍했다.

장건이 빗나간 주먹질을 하긴 했는데, 무시무시한 소리가 났다. 심지어 어마어마한 공명의 파장이 대웅전 앞을 완전히 휩쓸었다. 가까이에 있던 사람들은 죄다 넘어지고 멀리에 있던 이들도 고막이 웅웅거려 고통을 느꼈다. 코앞에서 벼락이 떨어진 것 같았다.

정황상으로는 장건이 뭔가 하긴 했다는 걸 사람들도 안다. 모르진 않는다. 워낙 상리(常理)를 벗어난 일이라 설명을 하지 못할 뿐이다. 그렇지 않고서야 수백 명의 관군이 나자빠지고, 지붕에서 뛰어내렸던 자가 다시 거꾸로 날려지고 하지는 않았을 터였다.

아무것도 안 한다면 그런 일이 가능할 리 없다.

하지만 정황과 명확한 사실은 다른 것이다. 정황이 그러하다고 사실 확인도 없이 죄를 마구 뒤집어씌우면 인정할 수 없는 게 당연하다.

그러니 이만 쌍의 시선은 이번엔 자연스레 원호에게 향한다.

원호가 뭐라고 대답을 할지 궁금해서다.

이만 쌍의 시선을 받은 원호의 눈썹이 꿈틀거린다. 입을 몇 번 벙긋거리고 말을 할까 말까 망설이다가 결국 툭 하고 내뱉는다.

"큰 소리가 왜 났느냐고? 소리가 났으면 난 거지, 그걸 왜 나한테 묻소?"

그 정도의 대답은 예측했다. 유장경이 캐물었다.

"그럼 그걸 지나가던 개한테 물을까? 의문을 제기한 게 대사이니 대사에게 물은 것이지."

"나 참."

웃기지도 않는다는 듯 원호가 말했다.

"사건 심리(審理)는 관리가 하는 것 아니오? 내가 하는 거요? 그럼 나한테 녹봉을 주시든가."

"심리에는 죄인의 추궁도 있는 것이다!"

"아니, 그러니까 소승은 죄인도 아닌데 추궁을 하느냐 이 말이외다!"

유장경이 벌게진 얼굴로 외쳤다.

"대사가 지금 죄인을 옹호하고 있잖나! 그러니까 죄인 취급을 받기 싫으면 옹호하는 이유를 대 보란 말이다!"

"내가 언제 옹호했다 그러시오? 그래, 본사의 제자니까 억울한 일 당하지 않게 옹호하고 있소이다. 됐소이까?"

옹호하지 않았다면서 옹호했다고 한다. 말도 안 되는 소리를 뻔뻔하게 내뱉으니 유장경은 어이가 없다. 당장에 앞뒤 말이 하나도 안 맞는다. 유장경은 또다시 말문이 막힌다.

원호가 부르짖었다.

"죄를 지었다고 의심만 하지 말고 증거를 대란 말이오, 증거를! 증거를 못 대면 무죄 아니오? 거증(擧證)의 책임을 왜 본사의 제자에게 뒤집어씌우느냔 말이오!"

거증의 책임이란, 죄의 유무를 입증하지 못하면 무죄가 된다는 원칙에서 나온 것이다.

유장경의 눈빛이 번쩍였다.

"말 잘했군, 대사. 통상적으로 갑이 을을 직접적으로 상해한 것을 입증하지 못하면 무죄 추정을 기본으로 한다. 예를 들어 목격자가 없다든가."

"그럼 건이도 무죄네! 본 사람이 없으니?"

"아니지."

유장경이 단호하게 원호의 말을 잘랐다.

"이번 사건의 경우, 통상적인 폭행 사건이 아니라 나라의 관원이 상한 대사건이다. 따라서 그에 대하여 가장 의심되는 행위를 한 자가 있다면 그 또한 자신의 무죄를 증명하여야 한다!"

"그게 무슨 말이오?"

"거증 책임 분배의 원칙에 근거하여! 혐의가 있는 자는 자신이 불이익이 있는 판결을 받을 가능성이 있다면 스스로 불이익을 모면하기 위하여 증거를 제출할 책임이 있다는 뜻이다. 관리만 거증 책임을 갖는 것이 아니라 이번 경우엔 혐의가 있는 자 또한 거증 책임을 나누어 가짐을 법적으로 정의하고 있다."

원호의 얼굴이 일그러졌다.

"거, 거증 책임의 분배?"

지켜보는 사람들도 긴가민가한 얼굴이다. 법이 어떤지

질러야 산다 15

줄줄 외고 다니는 사람은 없다. 게다가 그 법이란 놈을 적용시키는 사례도 복잡하다 보니 유장경이 하는 말이 맞는지 틀린지도 모른다.

원호도 마찬가지다. 유장경이 거짓말을 했다 해도 알 수 없다. 그렇다고 당장 누구에게 자문할 만한 사람도 없다. 이리저리 쳐다봐도 다들 잘 모르는 눈치다.

당연한 일이다.

애초에 법치국가니까 법을 지키라고 해 놓고 정작 무슨 법이 있는지는 알려 주지 않으니까 그렇다. 나라에서 서당을 열어 글은 가르치지만 법은 가르쳐 주지 않는다. 법을 가르치도록 장려하거나 백성들에게 법을 가르치는 기관을 따로 만들지도 않는다.

매우 우습지만 이 때문에 백성들은 결국 자신들은 잘 알지도 못하는 법을 지키지 않았다고 처벌을 받는 일도 생기게 되는 것이다.

'몰라서 그랬다. 한 번만 봐 달라.'는 얘기가 괜히 나오는 게 아니다. 법대로 하란 말이 아니라 봐 달라고 고개를 조아릴 수밖에 없는 게 현실이다.

법이나 가르쳐 주고 그런 말을 하든가! 라고 외치고 싶지만, 워낙 그런 일을 당연하게 여기고 살아왔기에 원호도 거기까지는 미처 생각하지 못했다.

다그치듯 유장경이 한 번 더 되묻는다.

"알겠는가? 거증 책임의 분배."

"크윽……."

원호의 입술을 비집고 신음이 흘러나왔다.

"그럼 우, 우리 건이가 스스로 무죄임을 증명해야 한다? 그렇다는 거요?"

유장경의 얼굴이 조금, 아주 조금 풀렸다. 이제야 해결의 실마리를 찾은 기분이었다.

"그렇다. 당장은 유죄라고도 할 수 없으나 결과적으로 무죄임을 스스로 입증하지 못하면 무죄가 아니라고도 할 수 없게 된다. 사실이 밝혀질 때까지 추궁하고 조사하게 될 것이다."

사람들이 술렁거렸다.

특히나 소림의 승려들은 더욱 불안함을 감추지 못했다. 누가 봐도 정황상으로는 장건이 한 짓인데 무슨 수로 무죄를 입증한단 말인가?

도대체 왜 원호가 소림사의 이름을 들먹이며 장건을 보호하였는지 원망스러워지기까지 한다.

애초에 말이 되는 변명을 했어야 어떻게든 대응을 했을 게 아닌가 말이다. 무죄임을 입증하는 것이 유죄의 증거를 찾는 것보다도 더 어려운 상황이다.

유장경이 독촉한다.

"자아, 대사. 말을 해 보라! 소림사의 제자가 관원을 상해하지 않았다는 증거를 댈 수 있겠는가?"

"큭……."

원호가 이를 깨물었다.

전혀 문외한은 아니지만, 법적으로 아주 능통한 것도 아닌데 어떻게 유장경의 말을 당할 수 있을까?

유장경의 표정은 아까보다 훨씬 평온하다. 원호가 대꾸할 수 없다는 걸 깨달은 것이다.

유장경은 흰 머리를 뒤로 쓸어 넘기며 실소를 지었다.

"나도 나이를 헛먹었군. 아직 멀었어. 순간의 감정을 못 이기고 쉬운 길을 놓쳐 어려운 길을 택하다니."

하다못해 거짓말을 섞어 가며 법을 들먹여도 그만이다. 법을 줄줄 외고 살아온 유장경을 원호가 이길 순 없다. 소림의 다른 승려들도 마찬가지다.

"역시 대답하지 못하는 건가?"

유장경이 손을 들어 원호를 가리켰다.

"대사는 분명히 소림사의 이름을 걸었다 하였다. 따라서 이 모든 책임은 소림사에서 져야 할 것이다. 여봐라! 당장 저들을 체포……."

"잠깐!"

원호가 눈을 부릅떴다.

얼마나 고민을 하고 고심을 했는지 민머리에 핏줄이 그대로 도드라져서 시뻘겋다. 소림사 전체의 명운을 걸고 있는데 이대로 물러설 수는 없는 일이었다!

원호가 유장경을 똑바로 쳐다보며 고함을 질렀다.

"빗나갔잖아!"

유장경은 잠시 환청을 들은 듯 멍해졌다.

"……뭣이?"

유장경은 일그러지려는 얼굴을 애써 붙들고 말했다.

"그건 아까 한 얘기……."

"주먹질이 빗나갔으니까 무죄지! 때리지 않았으니까 무죄지! 안 때렸는데 어떻게 그게 유죄요!"

기껏 가라앉힌 감정이 다시금 치솟으려고 하는 유장경이었다.

"대사는 귀가 먹었는가! 생각할 머리가 없는가! 빗맞았다고 주장한다면, 빗맞았는데 어떻게 벼락 치는 소리가 나고 뛰어내리던 관원이 다시 날아갔는지를 입증하라는 것이다!"

"애초에 빗맞았는데 뭘 또 입증하라는 거요! 유 부장께선 방귀를 뀌었는데 왜 똥을 쌌느냐고 물어보면 그걸 입증할 수 있다고 생각하시는가!"

유장경이 눈을 치켜떴다.

비유를 들어도 하필 저런 더러운 비유를 드는가!

그런데 생각해 보면 그 말이 또 틀리지 않는 것이다.

원호가 재차 외쳤다.

"방귀를 뀌었는데 왜 똥을 쌌느냐고 물어서 똥을 싸지 않았다고 대답하였소. 그런데 왜 똥 싸는 소리가 났고 똥이 바닥에 떨어져 있는지를 설명하라고 하면 방귀 뀐 자는 뭐라고 대답을 해야 한단 말이오!"

유장경은 기가 질렸다.

"그게 무슨 말도 안 되는……!"

"거보시오! 말이 안 되는 걸 본인도 알면서! 말이 안 되는 걸 알면서 왜 말이 안 되는 일을 요구하는 거요!"

유장경이 이를 갈았다.

"대사가 한 말이 말이 안 된다는 뜻이었다!"

"웃기지 마시오! 방귀를 뀌었는데 똥을 쌌다고 우기는 것도 모자라서 자기가 한 말도 아니라고 우기는 거요?"

유장경은 말문이 막혔다. 복장이 터지려 했다.

기껏 돌아갔나 싶었더니 제자리였다.

"이게 무슨 개 같은……."

"개 같은 건 유 부장의 논리요! 당장 돌아가시오. 방귀와 똥도 구분하지 못하면서 어찌 법을 논한단 말이오!"

유장경이 주먹을 부르르 떨었다.

"가, 감히 본 위의 행사를 고작 더러운 똥에 비유하다니……."

"똥이 어때서!"

원호가 크게 소리쳤다.

"우리가 사는 이 세상은 온갖 탐욕과 번뇌로 가득 차 있소! 부처님께서 보시기엔 그야말로 사방에 똥이 가득해서 발 디디기조차 어려운 곳이 바로 사바세계란 말이오. 그러나 부처님께서도 이 똥 덩어리 가득한 대지에서 해탈을 하셨소. 더러운 것이 있기에 깨끗함이 있을 수 있고, 번뇌가 있기에 해탈할 수도 있는 것이오!"

원호는 유장경을 향해 손가락질을 하며 크게 일갈했다.

"그런데 유 부장은 똥통에 파묻혀 스스로 똥처럼 살면서 어찌 똥을 더럽다 하는 것이오!"

마지막의 일갈에 유장경은 완전히 말을 잃었다.

원호가 앞에서 말한 똥의 의미와 뒤에서 말한 똥의 의미는 전혀 다르다. 사실상 말 자체가 앞뒤 맥락도 없고 그냥 막 우기는 것에 불과하다. 논점을 흐려 이상한 쪽으로 얘기가 흘러가도록 만들고 있다. 그것은 정말로 생떼를 부림에 다름 아니다.

그러나 묘하게 강한 설득력이 있다.

유장경도 차마 반박하기 어렵다.

하지만 화가 난다. 미치도록 열이 뻗는다.

"본관에게…… 똥이라고? 감히 본관에게 호통을 쳐?"

유장경의 얼굴이 구겨졌다.

그가 이런 대접을 어디서 얼마나 받아보았겠는가.

이만 명, 그중에서도 자신을 신처럼 떠받들던 금의위의 무사들 앞에서 완전히 망신살이 뻗친 것이다.

우지지직.

유장경의 발밑에서 박석이 갈라지며 금이 갔다. 쩍쩍거리면서 돌이 부서지고 돌가루가 튀었다.

머리카락이 위로 떠오르고 갑주가 철걱철걱 떨어댔다.

감정에 휩싸여서 주체하지 못하던 두 눈은 어느새 착 가라앉았다. 손에 쥔 월도의 끄트머리 날에 뿌연 빛이 어리기 시작한다. 발밑에서 부서진 돌가루들이 서서히 떠오른다.

유장경이 대화를 포기하고 공력을 끌어 올리고 있었다!

소림의 승려들이 바짝 긴장하여 만일의 사태에 준비하고, 관병과 금의위도 언제 명령이 떨어질지 몰라 전투태세를 갖추었다.

유장경이 지독한 살기를 풀풀 흘리면서 말했다.

"대사…… 대사는 오늘 대사의 행동이 소림을 구할 거다 생각하겠지만…… 대사로 말미암아…… 생각보다 더 많은, 상상할 수도 없는 수많은 중생이 오늘 삼도천(三途川)을 건너게 될 것이오."

듣고 있던 이들이 다 소름 끼칠 정도였다. 삼도천은 죽어야 건널 수 있는 강이다. 그야말로 거리낌 없이 살수를 쓰겠다고 예고한 것이다.

소림을 찾은 참배객들은 서슬 퍼런 유장경의 말에 놀라서 주춤거렸다. 아무리 소림의 승려들이 그들을 보호한다 해도 무사하다는 보장이 없었다.

그런데 매우 심각하게 받아들여야 할 상황에서 원호는 오히려 웃었다. 잠깐은 놀라는 것 같더니만 이내 유장경 만큼이나 차분해진 것이다.

"허허, 졸납 때문에 중생들이 삼도천을 건넌다고?"

원호가 웃음을 뚝 그쳤다.

그러더니 태산처럼 우뚝 서서 정면으로 유장경을 응시했다.

"할 수 있으면 해 보시오."

지켜보던 대부분이 원호가 그런 말을 할 거라고는 생각하지 못했다. 소림의 승려들과 참배객들은 기겁했다.

"으헉!"

지르는 것도 정도껏이지, 이건 질러도 너무 질렀다!

"사백님!"

"사형!"

승려들의 외침 속에 오황과 곽모수가 서로를 쳐다보았다. 둘은 참관하기 위하여 소림을 방문했다. 소림이 사건·사고에 휘말리면 끼어들지 않을 수 없었다. 말리기에는 너무 멀리 와 버렸다. 어쩔 수 없는 일이었다.

그러나 묘하게도 둘은 정말 심각하게 생각하는 표정이 아니었다. 그리고 그것은 소림의 몇몇 원주들도 마찬가지였다. 대부분의 승려들과 참배객들이 겁을 먹거나 새하얗게 질린 데 비해 다소 표정이 달랐다. 긴장의 끈은 놓지 않고 있으되 완전히 체념한다거나 너무 놀라서 당황하거나 한 표정은 아니었다.

"크윽……!"

유장경이 신음을 내뱉었다.

유장경의 두 눈동자엔 실핏줄이 터질 듯 차올라 있어서 핏물이 뚝뚝 떨어질 듯하다. 손이 떨리고 그의 발치에선 흙먼지들이 끓어오르는 것처럼 튀어 다닌다.

살의가 잔뜩 어린 눈빛, 표정. 주변에 있던 관병들은 숨이 막혀서 서 있을 수 없을 지경이다.

건드리기만 하면 바로 폭발하고 터져 버릴 것 같은 매우 불안 불안한 느낌.

원호는 거기에 정면으로 돌을 던져 버렸다. 유장경이 무슨 짓을 하든 전혀 이상하지 않은 상태다. 하다못해 유장경이 아니라 평범한 일반인이었대도 이성을 잃고 말았을 터다.

한데 어쩐지 그럼에도 불구하고 아직 유장경은 아무런 조치를 취하지 않고 있었다.

원호가 유장경을 노려보면서 비웃듯 한쪽 입술을 슬쩍 들어 올렸다.

"호오, 과연 그러하군?"

어딘가 모르게 무언가를 확신하기라도 한 듯이.

           *   *   *

소림을 찾은 명사들은 제각기 생각에 골몰하여 있다.

상황이 엉뚱하게 흘러 버려서 풍랑 속에 조각배를 탄 듯 연신 출렁이는 기분이었다. 자기 혼자 다치는 게 아니라 괜히 불똥이 자파에도 튀게 될까 봐 염려스럽다.

호광 삼태종(三太宗)이란 문파에서 온 단옥도(丹玉刀)도 그중 한 사람이었다. 단옥도 역시 삼태종의 대표로 소림의 진산식을 찾은 명사로서 이번 진산식의 사건이 자파에 미칠 파장을 심각하게 생각해 보고 있었다.

하나 묘하게도 단옥도는 다른 명사들처럼 조급해 보이지

않는다. 그것은 크게 당황하지 않은 소림의 몇몇 원주들의 표정과도 별반 다르지 않다.

"흠."

단옥도가 흰 머리를 쓸어 넘기며 낮은 신음을 내뱉고는 곁에 서 있던 제갈동교를 바라보았다. 제갈동교가 단옥도의 시선을 받고는 고개를 끄덕이며 말했다.

"선배님도 저와 같은 생각이시군요."

"자네도 그러한가?"

"예."

삼태종은 군소문파에 속하지만 제갈가와 비슷한 길을 걷고 있다. 무문(武門)이지만 문종(文宗)에 가깝다. 하여 제갈가와는 자주 왕래도 하는 편이다.

그렇게 두 책사가 대화를 나누기 시작하니 주변의 명사들이 하나둘 귀를 기울인다. 삼태종의 수석장로인 단옥도와 제갈가의 인물이 얘기를 하는데 한 조각이라도 들어 둬서 나쁠 것이 없다.

한 명사가 끼어들었다.

"그게 무슨 말씀들이십니까? 표정을 보아하니 두 분은 그다지 걱정하시는 것 같지 않습니다만. 저는 심장이 다 쪼그라들어서……."

단옥도가 인정했다.

"맞소. 일단은 그러하오. 크게 걱정할 일이 없다 생각되오."

"고견이 있으시다면 알려 주십시오. 저흰 걱정되어 죽겠습니다."

"간단히, 관부가 소림을 어떻게 할 수 있을지 생각해 보시오."

"네? 그야……."

다른 명사가 대답했다.

"지금 말하지 않았소이까. 다 죽이겠다고 엄포를 놓는데."

제갈동교가 되물었다.

"이 자리에 있는 소림의 승려들, 속가제자와 일반인들을 합하면 족히 만 명이 됩니다. 이들을 다 죽인단 말씀이십니까?"

"그러려고 관부에서도 그만한 인원을 끌고 온 것이 아니오?"

"애초에 분란을 일으키기 위해서였다면, 혹은 힘을 과시하기 위해서였다면 굳이 진산식이란 날짜를 고르지 않았을 겁니다."

"그건 왜 그렇소?"

그 물음에는 단옥도가 대신 대답했다.

"소림의 진산식은 소림뿐 아니라 강호 무림 전체의 세대 교체를 의미하오. 즉, 소림만의 행사가 아니란 말이외다. 한데 관부가 중간에 끼어들어 끝까지 행패를 부리면 강호 무림 전체의 행사를 훼방 놓은 셈이 되어 버리오. 한마디로 관과 무림의 상호 불가침 협약을 위배한 것이지."

"아! 그렇군요."

"따라서 관부로서는 어느 정도의 선에서 물러설 필요가 있소. 강호 무림의 반발을 감수하기엔 나라 안팎의 정세가 그리 좋지 못하오. 하물며 이러한 상황에서 학살극을 벌인 다는 것은 매우 무모한 짓이오. 소림의 피해는 차치하고서 라도 자칫 죄 없는 백성들을 참살한 것을 명분으로 삼아 좋지 않은 일이 벌어질 수도 있을 터."

좋지 않은 일이 무엇을 의미하는지 못 알아들을 이는 없다. 약간의 섬뜩한 기류가 흘렀다.

한 명사가 다시 물었다.

"그럼 소림의 봉문을 요구한다면 어떻습니까?"

이번엔 제갈동교가 대답했다.

"그러기엔 빌미가 너무 빈약합니다. 차라리 도독부의 자제를 습격한 것으로 끝까지 물고 늘어졌다면 억지로나마 반역이라는 명분이 섰을 겁니다. 하나 현재 관에서 들고 온 이유가 모두 강호 내부의 일들로 인한 것입니다. 더구나 대부분 해결된 일이 아닙니까. 이 때문에 소림의 봉문을 요구한다면 역시나 관과 무림의 불가침 협약에 위배됩니다."

"과연……."

뭇 명사들이 수긍했다. 그중 한 명이 고개를 갸웃하며 물었다.

"한데 관부는 왜 그러한 불리함을 알면서도 굳이 오늘 이런 일을 저지른 거요?"

"아마도 관에서 진산식 날을 택한 것은 뭇 일반인들의 눈과 귀가 오히려 도움이 될 거라 생각해서인 듯합니다. 또한, 만약 소림에서 무력으로 대항하려 한다 치면 본래 전역에 흩어져 있었어야 할 속가제자들마저 한자리에서 모두 잡아들일 수 있다는 장점이 있지요."

"방금은 무력행사가 어렵다고 하지 않았소? 그런데 잡아들인다는 건 앞뒤가 맞지 않는 얘기인 것 같소."

"무력행사가 어려운 것이 아니라 무력행사에 따른 명분이 더 중요합니다. 예를 들어 소림이 적법한 관의 집행에 반대하여 끝까지 무력시위를 한다면 관은 충분히 소림을 무력으로 진압할 명분을 가지게 됩니다. 하지만 지금처럼 소림이 명분을 따지고 들었을 때, 그에 합당한 이유 없이 관에서 먼저 무력을 쓰게 된다면 관은 명분을 잃게 됩니다."

명사들이 혼란을 느끼자 단옥도가 정리해서 말했다.

"관부에서 투서의 조사를 이유로 소림의 인물들을 몇몇 소환하여 가는 것은 적법한 일이오. 관과 무림의 불가침 조항 중에도 범죄의 조사에는 충실히 응하여야 한다 명시하고 있소. 소림이 이에 불응한다면 오히려 소림이 협약을 위배하는 것이므로 관은 소림을 제압할 명분을 가지게 되는 것이오."

단옥도가 잠시 말을 끊었다가 이었다.

"그러나 처벌과 조사는 다른 얘기요. 상호 불가침 협약에 따라 강호 무림은 부당한 관의 요구나 판결에 방어권을 가지고 있소. 관에서 충분한 증거나 마땅한 이유 없이 봉문 요구라든가 무력 제압이라든가 하는 행위를 하는 것은 불가능하오. 그래서 과거에는 관이 무조건적인 동행이나 소명을 요구하면 무력으로 부딪치는 경우도 있었소."

제갈동교가 덧붙였다.

"그러니까 지금은 소림이 방어권을 이용하여 관의 행위가 적법한지를 인증하라 요구하는 절차라고 보시면 될 듯합니다. 적어도 이 절차가 끝나기 전까지는 어떤 일도 벌어지지 않을 가능성이 큽니다. 이 절차를 무시하면 그야말로 감당하기 어려운 커다란 문제가 생기기 때문이지요."

그 말을 들은 명사들이 묘한 표정을 지었다.

바로 지금 그 부분이 문제가 생겼기 때문이다.

상천권명의 패를 든 관원들을 무자비하게 두들겨 팬 것은 두말할 필요도 없는 심각한 반역 행위였다. 그 일에 유장경은 해명을 요구하고 원호는 우리가 왜 해명을 하느냐, 너희가 밝혀내라 하며 우기는 중인 것이다.

그런데 문제는 두 쪽의 말이 다 일리가 있다는 점이었다. 상식적으로는 유장경의 말이 맞는데, 논리적으로는 원호의 말이 맞다고나 할까? 물론 실제 사실관계는 그와 다를지라도 말이다.

"거참……."

"누구의 말도 틀리지 않으니……."

명사들도 당황스럽다. 이런 경우는 본 적도 들은 적도 없었다.

그런데 관의 입장에선 장건의 일이 해결되지 않았다고 다시 원래대로 돌아가 처음부터 죄를 짚기에도 힘들어졌다. 이미 사태가 너무 크게 번져 버렸다.

현재의 상황을 어떻게든 수습하지 않고는 처음으로 돌아가기도 어렵다. 천지를 뒤흔드는 금의위와 상천권명의 권위가 한순간에 폭락하게 된다.

이에 황제의 진노를 받아 누군가는 책임을 지고 목을 내놓아야 할지도 모른다.

"그럼 궁지에 몰린 것은 관부인가?"

아무리 생각해 봐도 유장경은 벗어날 길이 없었다. 장건의 수법이라도 밝혀내면 모를까, 그것도 현재로는 불가능해 보인다.

누군가의 혼잣말에 단옥도가 답했다.

"현 상황에서는 관부의 선택지가 매우 좁은 것이 사실이오. 하나……."

"하나?"

단옥도가 제갈동교를 쳐다보았다. 제갈동교가 나이는 훨씬 어리지만 괜히 제갈가의 사람이 아니다. 제갈동교 역시 단옥도의 의심 이유를 알고 있었다.

"두 가지…… 두 가지가 마음에 걸립니다."

명사들이 하나같이 제갈동교를 보며 물었다.

"그게 무엇이오?"

"하나는 상천권명의 권위입니다. 상천권명을 내세운 이상 어쨌거나 쉽사리 물러설 수가 없는 것입니다. 상천권명은 꺼내 든 이상 반드시 행해져야 할 황제의 뜻이기 때문입니다."

"또 하나는?"

"다른 하나는 이 사태의 열쇠를 쥔 핵심 인물이 아직 움직이지 않았다는 점입니다."

제갈동교가 말을 하면서 누군가에게로 시선을 옮겼다.

뭇 명사들이 그의 시선을 좇았다.

유장경…… 아니, 그 뒤에 서 있는 백발의 단단한 체구를 가진 노인.

제갈동교의 시선은 바로 그, 무이포신 종암에게 멈추어 있었다.

"상천권명의 패에 의하여 지금 이 자리에서 가장 높은 직책을 가진 이, 순안감찰어사 종 대인이 아직 나서지 않고 있습니다."

그의 말을 들은 것일까?

아니면 때가 되었다고 생각한 때문일까.

무이포신 종암.

그가 유장경을 제지하며 마침내 앞으로 나섰다.

* * *

"귀사의 입장은 충분히 알아들었다."

낮지만 공력을 담아 사방으로 퍼트린 그의 목소리는 이만 명 모두에게 똑똑히 말을 전달하였다.

동시에 이만 명 모두가 종암에게 이목을 집중했다.

유장경이 몸을 흠칫 떨며 종암을 돌아보았다.

종암은 짧게 말했다.

"물러나게."

유장경은 이를 꽉 깨문 듯 턱에 힘줄이 시퍼렇게 돋아나고 눈에 시퍼런 빛이 흘러나왔으나, 별다른 대꾸 없이 뒤로 물러났다. 그가 지금 따지고 들어 봐야 그건 항명이다.

종암의 개입은 매우 시기적절했고 유장경이 군소리 한 톨 없이 물러남으로써 오히려 종암의 위세를 크게 높여 준 효과가 있었다. 누구도 종암의 명령에 거부할 수 없을 것 같은 위압감과 분위기가 풍겨났다.

하지만 그렇다 해도 상황이 크게 달라질 일은 없었다. 포기하고 물러나거나 악다구니처럼 들러붙거나, 혹은 그냥 서로 끝장을 보거나. 어느 쪽이든 선택할 수밖에 없다.

모두가 종암의, 종암의 입에, 종암의 입에서 나올 말에 촉각을 곤두세웠다.

종암이 천천히 입을 떼었다.

"금의위는 아무 죄도 없는 자를 핍박하는 잡배의 무리가 아니다. 정황상으로 어떠하든 당장 증명할 수 없는 사건에 대해 죄과의 추궁은 옳지 않다. 대사의 이의를 받아들이겠다. 이 사건은 충분한 조사가 진행된 후 죄의 여부를 가리는 것이 옳을 것이다."

일부에서 '오오!' 하는 탄성이 흘러나왔다.

조사를 거쳐 추후에 결과를 내겠다지만 수월할 리 없다. 사실상 금의위에서 결국 뜻을 굽힌 것이다.

"또한 일을 밝히기 위한 과정에서 본 부장이 공정한 절차보다 지나치게 감정을 앞세워 관과 무림의 상호 불가침에 대한 협약을 무시한 것 또한 유감스럽게 생각한다."

원호가 소림을 대표하여 반장하며 고개를 숙였다.

"정대한 말씀이십니다. 쉽지 않은 결정에 감사드립니다."

"하나."

종암이 원호의 말을 끊었다. 그러고는 큰 목소리로 호통을 내질렀다.

"제아무리 억울한 일이라 하여도 상천권명을 내세운 나랏일의 집행이었다! 무릇 나라의 백성으로 상천권명은 곧 황상을 배알하듯 조금도 예의에 벗어남이 없어야 하는 것이다!"

원호와 소림의 승려들의 얼굴에 불안한 느낌이 떠올랐다.

종암이 계속해서 외쳤다.

"그럼에도 불구하고 상천권명을 내세운 관리를 대하는 대사의 태도는 심히 불충하였다. 강호의 무뢰배라 하여도 스스로 부끄러움을 아는 법인데 승려 된 자로서 일말의 수

치도 없이 언성을 높이기에 급급하였으니, 이 어찌 통책(痛責)할 일이 아니라 하겠는가!"

원호의 안색이 크게 어두워졌다.

소림의 승려들은 물론이고 일반 민초들마저도 종암의 말에 크게 놀랐다. 상천권명은 결코 쉬이 볼 위엄이 아니었다. 유장경이 괜히 역적 운운한 것이 아니다. 우려했던 일이 벌어지고 만 것이다.

"하물며 대사는 차기 방장으로 소림을 이끌어 갈 중책을 짊어지고 있음에도 불구하고 오히려 소림을 방패 삼아 상천권명의 권위를 능욕하였으니, 만인지상(萬人之上)이신 황제 폐하의 신하 된 도리로 이를 도저히 용납할 수 없다. 차후에도 같은 일이 발생하지 않도록 일벌백계(一罰百戒)하여 본보기로 삼음이 옳을 것이다!"

쿵!

모든 이들의 심장이 바닥까지 떨어졌다.

"소림은 항변할 수 있겠는가!"

항변할 수 있을 리가 없었다. 상천권명에 불충하게 대든 것은 맞는 사실이었다. 그건 어떤 말로도 변명할 수 없다. 장건 때처럼 '아닌데?' 하고 우길 수 없는 문제였다.

그러나 아직 상황이 크게 나빠진 것은 아니다. 여전히 관부의 선택지는 좁고 소림은 굳건하다. 일벌백계라며 큰소리를 쳐도 소림을 봉문시킨다거나 폐사를 지시한다거나 하는 일은 무리수다.

원호가 눈살을 찌푸리며 이를 꾹 깨문다.

'기껏해야 나를 잡아 가두는 것이 다겠지. 모두에게는 미안한 일이나, 내가 스스로 책임질 수밖에 없다.'

그리 생각한 원호가 반장한 채 앞으로 나왔다.

"제 잘못을 모두 인정하겠소이다. 항변은 없을 것이며 자진 출두하여 어떤 벌이든 달게 받도록 하겠습니다."

"사백님!"

"사질!"

승려들이 원호를 외쳐 불렀다.

하지만 원호가 손을 들어 그들의 입을 막았다. 괜히 더 나서서 일을 불릴 필요가 없다. 이 정도면 일의 규모에 비해 꽤 괜찮은 결과다. 좋은 교환 조건이라고 생각해도 무방한 것 같다.

하지만 그것은 원호 혼자만의 생각이었다.

종암이 고개를 저었다.

"아니, 대사는 출두할 필요가 없다. 본관은 대사가 아닌 소림사에 책임을 묻도록 하겠다."

"으음? 그게 무슨 말씀이외까?"

원호가 눈을 부릅떴다. 말도 안 되지만 봉문이나 폐사를 운운할 경우 끝까지 싸울 것이었다. 그리고 그것은 소림의 제자라면 누구나 갖고 있는 생각이었다.

두려움에 떨던, 혹은 겁을 먹고 있던 소림의 제자들 분위기가 일순 변했다. 이를 악물고 눈을 빛낸다. 속가제자들도 주먹을 불끈 쥐고 종암을 노려본다.

해 볼 테면 해 봐. 나는 몰라도 소림은 건들지 못해!

제자들의 결의가 느껴졌다.

관병들과 금의위 무사들도 심상치 않은 분위기를 감지했다.

철그럭! 철거덕!

저마다 병장기를 쥔 손에 힘을 주며 전방을 주시한다.

날카로운 살기가 하늘을 찌를 듯 곳곳에서 비산하고, 어린아이들은 흉흉한 분위기를 이겨 내지 못하고 울음을 터트리기도 하였다.

오황이 참지 못하고 나섰다.

"무이포신! 자네가 나라의 관리로 이 자리에 왔으나, 자네의 지금 행동이 어떠한 결과를 초래하게 될지는 누구보다도 잘 알고 있을 것이야! 이것은 명백한 협박일세! 그리고 나는 이 일에 대하여 자네가 재삼재사 고려하여 신중하기를 바라네!"

종암은 오황의 외침을 무시했다. 일언반구도 대꾸하지

않고 심지어 잠깐의 시선도 주지 않았다.

"저놈이?"

오황이 발끈하자 방장 굉운까지 나섰다.

"어사께서는 부디 조금 더 숙고하여 주시기를 부탁드립니다. 이는 저뿐만 아니라……."

마찬가지였다. 종암은 굉운에게도 눈길을 주지 않았다. 그저 자신이 하고 싶은 말만 외칠 뿐이었다.

"소림사는 벌써 두 가지의 죄를 스스로 인정하였다. 관원을 뇌물로 매수한 죄, 상천권명에 불충한 죄! 또한 더 이상 항변도 하지 않는다 하였으니, 본관은 그 두 가지에 대해 이 자리에서 바로 즉결 심판할 것이다."

그 외침이 어찌나 단호하던지 유장경마저 놀라서 나섰다.

"종 어사!"

유장경이 원호를 상대로 성질을 버럭버럭 냈어도 해도 될 것과 하지 말아야 할 것은 구분했다. 최악의 선만은 넘지 않았다.

하지만 지금! 종암은 그 선을 넘으려 한다!

원호가 울컥하여 소리쳤다.

"소승이 항변도 하지 않겠다 하고 죄를 인정하겠다 한 것은……!"

질러야 산다

"판—결—한—다!"

내공이 실린 종암의 목소리가 대웅전 앞을 쩌렁거리고 울리며 원호의 목소리를 묻어 버렸다.

웅웅웅웅—

"내 말을…… 들어……."

원호가 내공을 더 실어 목소리를 내려 했으나 종암의 목소리를 넘어설 수 없었다. 모든 소리가 묻혔다.

"크윽!"

원호는 내력의 차이를 처절하게 느끼며 종암의 입이 열리는 모습을 지켜보아야만 했다.

종암의 목소리가 울려 퍼지며 소림사에 대한 처분을 알렸다.

"관원을 뇌물로 매수한 죄! 남들이 모두 그리한다 하여도 천하제일사찰 소림사라면 능히 모범을 보여 그 같은 나태를 경계하였어야 할 터! 이에 본관은 향후 십 년간 소림사에 도첩(度牒) 발행을 불허한다!"

순간 사람들이 멍해졌다.

"도, 도첩 발행 금지?"

"이게 갑자기 무슨 말이야?"

"당장 문 닫으라는 소리가 아니고?"

전혀 생각지도 못한 말이 튀어나오는 바람에 다들 혼란

스러워했다.

그러나 아직 종암의 얘기는 끝나지 않았다.

"무림 문파로서의 오만함을 믿고 상천권명의 권위를 거스른 죄! 이는 관과 무림의 상호 불가침 협약 이전에 스스로가 한 나라의 백성이라는 근간을 잊은 것이다. 이에 본관은……."

고의적일까. 종암이 잠시 말을 끊은 사이에 모든 소리가 사라졌다. 바람마저도 잦아들어 종암의 말에 귀를 기울이는 듯했다.

종암이 잠시간의 침묵을 즐기는가 싶더니 곧 툭 내던지듯 말을 했다.

"향후 십 년간, 소림사의 병장기 소지 허가증에 대한 발급 권한을 박탈한다!"

"……."

모든 이가 생각을 한다.

고민을 하고 궁리하여 본다.

종암의 판결이 무슨 의미를 가지고 있는가. 소림사에 어떠한 영향을 끼치는가. 또 강호 문파들에게는 어떻게 받아들여질 것인가.

기껏 결연하게 싸울 의지를 불태웠던 소림의 제자들도 어리둥절해한다.

수뇌부들의 결정을 기다릴 수밖에 없다. 어쨌거나 단독으로 행동할 수는 없는 일이니 말이다.

이의를 제기할 거면 지금 해야 나중에 강호 동도들에게 놀림거리가 되지 않을 것이고, 이의를 제기하지 않을 거면 받아들여서 사태를 마무리할 수밖에 없는 상황이다.

굉운이 장고에 빠지고, 주변 원주들도 함께 고뇌한다.

지켜보던 일반 민초들의 사이에서 웅성거림이 일어난다.

"무슨 말이야?"

"글쎄…… 봉문하거나 한단 얘기는 아닌 거 같은데?"

"그냥 뭐 불이익을 좀 준다 그런 얘기로 보이네만."

"그래? 그럼 괜찮은 건가?"

"나야 잘 모르지만, 당장 큰일이 생기는 건 아닌 거 같으니까 괜찮지 않겠어? 그냥 서로서로 체면을 봐 가면서 하자…… 그런 뜻 아닌감?"

"어찌 되든 그냥 내 입장에서야 이쯤에서 조용히 끝났으면 좋겠구먼. 무서워 죽겠어."

그때 원호가 조금은 힘 빠진 얼굴로 중얼거린다.

"양두구육(羊頭狗肉)…… 아니, 그 반대인가?"

양두구육이란 겉으론 멀쩡한데 사실은 부실하다는 뜻이다. 그 반대라는 건 오히려 들리는 것보다 파장이 클 것이라는 생각이 들어서다.

원호는 가슴을 움켜쥐었다.

가슴에서 뜨거운 것이 치미는데 치민다고 해결될 일이 아니라서 우울하다. 한데 놀랍게도 그 가운데에 가장 큰 감정은 바로 슬픔이다. 깊은 슬픔의 골이 파이고 또 파여서 원호의 정신을 아득하게 만든다.

원호가 멍하니 굉운을 바라보았다.

굉운이 생각에 잠겨 있다가 원호와 시선을 마주치고는 고개를 젓는다. 원주들도 굉운이 고개를 젓는 이유를 금세 깨달았다.

언뜻 받아들이기 쉬운 얘기로 들리나, 받아들여서는 안 되는 얘기인 까닭이다.

하지만 원호의 생각은 달랐다.

원호가 다시 고개를 저었다. 씁쓸한 표정 속에 오기가, 오기 속에 분노가, 분노 속에 의지가 깃들었다.

굉운이 원호의 뜻을 알아들었다. 굉운은 잠시 고민하는 듯하더니 종암에게 말을 건넸다.

"이것으로……."

종암이 다 듣지도 않고 고개를 끄덕였다.

"이것으로, 더 이상 오늘 같은 문제로 소림을 찾을 일은 없을 것이다."

"그렇게 믿겠습니다."

"약속하지."

거래가 이루어졌다. 이 제안을 받아들이면 소림사는 더 이상 관의 괴롭힘을 받지 않아도 된다.

"방장 사형!"

여기저기서 놀라 굉운을 부른다.

굉운은 어쩔 수 없다는 듯 그들을 한 번씩 보고는 시선을 종암에게로 돌린다.

종암이 최종 결정을 기다리고 있다.

굉운은 깊이 반장하며 고개를 숙였다.

"종 어사의 선처에 감사드립니다."

종암의 뜻을 받아들였다.

소림이 관의 처분에 승복한 것이다!

원주들이 비통한 표정을 짓고, 명사들 몇은 안타까운 헛소리를 냈다. 영문을 모르는 소림의 제자들이나 참배객들은 아직 어리둥절해할 따름이다.

종암은 무표정한 얼굴에 한 줄기 묘한 웃음을 내비쳤다.

"좋은 판단이군."

종암은 더 볼 것도 없다는 듯 몸을 돌렸다.

"돌아간다."

관병들과 금의위 무사들도 영문을 모르기는 마찬가지인 얼굴이었다. 하지만 그들에게 설명이 필요한 것은 아니다.

절도 있게 무기를 거둔 관병들이 통제에 따라 대열을 맞추어 하산할 준비를 했다.

쓰러진 자들이 수백이나 되니 부축하고 일으키는 데만도 상당한 소란이 있어야 하는데, 조용하다. 신음 소리가 간간이 들려올 뿐, 수백이 널브러진 처참한 현장에도 불구하고 비명 소리는 하나도 들려오지 않는다.

가끔 코를 고는 이상한 소리가 들려오는데, 어찌 보면 그것마저 괴이하기 짝이 없는 일이었다. 하지만 오늘 벌어진 일들 자체가 이미 다 괴상하고 믿기 힘든 일뿐이어서 그런지 크게 이상하다 여기는 이는 별로 없었다. 아마도 나중에 생각하면 정말 이상하다 생각할 것이었다.

"어서들 움직여!"

이 와중에 큰 소리를 내는 것은 독촉하는 백부장들뿐이다. 소림의 승려들은 소림 정문에서 포박되었던 나한들의 신병을 인계받는 와중에도 입을 꾹 다문 채였다. 참배객들도 묵묵히 그 광경을 바라보기만 하지, 아무도 소리를 내지 않고 있었다.

농담을 건네거나 혹은 신변잡기를 이야기하거나 할 분위기는 결코 아니었다.

정적 속에서 수천 명이 움직이는 괴이한 광경이었다.

어느덧 장내의 정리가 거의 끝나고, 대부분의 관병들이

내려간 후에도 유장경은 가장 최후까지 남아 있었다.

유장경이 떠나기 전 마지막으로 원호를 노려본다. 원호는 그의 시선을 피하지 않고 마주 보았다.

유장경은 눈살을 찌푸리고는 고개를 돌렸다. 얼마 지나지 않아 그의 뒷모습이 철수하는 관병들의 틈 사이로 사라져 갔다.

관병들이 완전히 철수하는 데에는 그리 오랜 시간이 걸리지 않았다.

다만 뒤에 남은 우울한 여운이 쉽사리 지워지지 않고 있었을 뿐.

굉운이 애써 소리를 내어 말했다.

"우리도 이만 돌아가세나."

옆에 있던 원주가 깊게 한탄하며 되물었다.

"예? 우리가 어디로 돌아간단 말씀입니까?"

굉운이 담담하지만 어딘가 모르게 어색한 미소를 지었다.

"어디긴, 진산식을 마저 치러야 하지 않겠는가. 그리고 멀리까지 오신 시주 분들에게 약소하지만 점심 공양도 한 끼 대접해야 하고."

"방장 사형……."

원주들이 울음기 어린 목소리로 길게 한숨을 내쉬며 고

개를 끄덕였다.

"그러지요. 그래야지요. 알겠습니다. 곧 장내를 수습하고 진산식을 진행하도록 하겠습니다."

이미 상황은 정리되었다.

이젠 할 수 있는 것만을 해야 할 뿐.

한데 장내를 정리하는 도중 원주 중의 한 명이 조금 의아한 얼굴을 했다.

"이상하네……."

옆에서 참배객들을 인솔하던 나한이 되물었다.

"왜 그러십니까?"

"뭔가 빠진 게 있는 것 같은데…… 그게 뭔지 잘 모르겠네."

"글쎄요. 무슨 물건이라도 잃어버리신 게 아닙니까?"

"아냐. 물건은 아니고 뭐 딴 건데? 흠……."

원주는 고개를 흔들면서 상념을 털어 버렸다.

"아, 모르겠군. 얼른 대웅전으로 가세. 고민이든 뭐든, 잃어버린 게 있든 없든 일단 지옥 같은 오늘만은 빨리 지났으면 좋겠으니."

"예. 알겠습니다."

원주와 나한이 참배객들의 사이로 사라진 자리의 뒤에,

한 명의 노승이 뻘쭘하게 서 있었다. 노승은 쓰러져 있던 장건을 막 부축해서 일으키려던 찰나였다.

노승은 동작을 멈추고 매우 인상을 썼다.

"으음……."

"노사님?"

장건은 굉목의 침음을 듣고는 끙끙대며 고개를 들었다. 굉목이 물었다.

"괜찮으냐?"

"예. 그냥 조금 힘이 없는……."

문득 장건이 굉목을 보고 물었다.

"근데 노사님은 왜 오신 거예요? 저 보러 오신 거예요?"

"……이상한 소리 하지 마라. 내가 왜 널 보러 와야 하느냐?"

퉁명스러운 굉목의 목소리에 장건은 오히려 안정감이 들었다. 표정이 풀린 장건이 실쭉 웃었다.

"저 부르셨잖아요. 건아! 하고."

"그렇다고 널 보러 온 건 아니다."

"그럼 어떻게요? 갇혀 계셨는데 어떻게 오셨어요?"

장건이 궁금한 만큼 굉목도 의아한 눈빛이다. 오면서 얘기는 대충 들었는데, 어쩌다 보니 흐지부지 넘어가 버린 느낌이다. 아니, 느낌이 아니라 그게 사실이다.

그리고 그건 다름 아닌 이 녀석, 장건이 일으킨 사고 때문이다. 물론 그 뒤엔 원호의 탓도 있었지만.

"으음…… 그러니까 그게 나도 내가 뭐하러 온 것인지 잘……."

굉목도 조금 난감했다. 이렇게 되면 자신의 처지가 또다시 애매해지지 않겠는가.

굉목이 생각에 잠긴 얼굴이 되자, 장건이 다시 불렀다.

"노사님?"

"끄응! 나도 모르겠다."

"……네?"

"귀찮게 왜 자꾸 부르느냐! 혼잣말한 게다."

"헤헤."

"사내놈이 실실거리고 다니면 큰 사람이 못 되는 법이다."

"저는 큰 사람 안 되어도 되는데요."

굉목은 인상을 썼다.

"시끄러우니 입 다물고 업혀라."

장건이 눈을 휘둥그레 떴다.

"네에?"

"걸을 만하면 관두고."

"아녜요! 못 걷겠어요! 업힐게요!"

장건은 쓰러지듯이 굉목의 등에 넙죽 업혔다. 아니, 업히려고 했다. 그러나 몸에서 수십 번의 뚜두둑거리는 소리가 나더니 주저앉고 말았다. 근육 경련에 뼈까지 다쳐서 업히기는커녕 제대로 서기도 힘든 지경이다.

"으으으윽!"

굉목은 크게 놀랐다.

"멍청한 녀석! 제 몸이 어떤지도 제가 모르면서 업히겠다 했느냐!"

장건이 눈물을 그렁거리면서 헤실거리고 웃었다.

"하지만…… 노사님이 업어 주신다는 게 흔한 일은 아니잖아요. 헤헤."

"닥쳐라! 이 멍청한 놈."

굉목이 주변에 있던 속가제자 아이들을 향해 외쳤다.

"누가 들것이라도 좀 가져오너라!"

굉목은 화내는 목소리였지만 장건을 바라보는 눈에는 걱정이 가득했다. 남들이 보기엔 장건이 무시무시한 무공을 지닌 소마귀(小魔鬼)일지 몰라도, 굉목의 눈에는 아직도 장건이 여덟 살 똘망똘망한 눈으로 자신을 쳐다보면서 '쓸지도 않을 비는 왜 가져다 놓으셨나요?'라고 묻던 그때의 어린아이일 뿐이었다.

    *   *   *

 소림사를 찾은 평범한 참배객들의 반은 얼이 빠져 있고 반은 아직도 겁이 나서 덜덜 떨고 있었다.

 소림사의 승려들과 속가제자들 중 반은 비통하게 고개를 숙였고 반은 하늘을 보며 망연자실한 표정으로 눈물을 머금었다.

 진산식은 겨우 재개되었고, 이임사를 위해 굉운이 연단에 올랐으나 누구도 주목하는 이가 없었다. 대부분이 자리를 벗어나고 싶은 마음만 가득해 보였다. 극한의 피로감이 대웅전을 무겁게 짓눌러서 견딜 수가 없어 보였다.

 누가 이런 분위기에서 사람들에게 무슨 말을 할 수 있을까? 어떤 얘기를 해도 귀에 들릴 것 같지 않았다. 말하는 사람이 부담스러워서 앞에 서는 것조차 힘들 터였다.

 굉운은 천천히 사람들을 둘러보더니 잠시 기다렸다가 입을 열었다.

 "……오늘은 저에게 매우 가벼운 날이었고 슬픈 날이었으며, 그래서 무겁고 또 기쁜 날이었습니다."

 미리 준비한 이임사가 아니었다. 전혀 다른 얘기로 시작한 굉운이었다.

 굉운이 내력을 담아 보낸 목소리가 사방에 퍼지면서 사

람들의 귓가에 은은한 목소리를 전해 온다. 부담스럽게 고막을 울리는 커다란 소리도 아니고, 사람을 차분하게 만드는 낮고 담담한 소리다.

몇몇 참배객들이 고개를 두리번거렸다. 마치 바로 옆에서 조곤조곤 말하는 걸 듣는 듯한 느낌을 받아서다.

"어?"

몇몇 승려들도 함께 놀랐다.

"육합전성(六合傳聲)?"

단순히 내공으로 목소리를 가다듬어 증폭시키는 홍포현음(弘抪吃音)의 수법은 많은 사람들에게 말을 전하기에는 편해서 자주 쓰이지만, 소리가 카랑카랑해서 시끄럽다는 생각이 든다. 아무리 작은 목소리 같아도 오래 들으면 머리가 울려서 어지럽다.

그러나 굉운의 목소리는 차분하고 조용했다. 머리를 울리지도 않는다. 정말로 그냥 말을 하듯이 소리가 들려올 뿐이다. 다만 여러 명이 대웅전의 곳곳에서 같은 말을 하는 것처럼 약간의 메아리가 있다. 육합전성의 특징이다.

원주들이 걱정스러운 눈으로 굉운을 쳐다보았다.

"지금 몸 상태로 육합전성을……."

"너무 무리하시고 있어……."

아닌 게 아니라 굉운의 창백한 얼굴은 더욱 창백해지고

있다. 홍포현음보다 고급의 수법이라 내공의 소모가 심해서다. 하나 누구도 말리지 못했다.

검성의 앞에서도 물러서지 않은 굉운이다. 아직도 아물어지지 않는 공명검의 상처로 출혈이 계속되고 있는데도 스스로 선택한 행동이다. 소림의 백년지대계. 그 전승을 어찌 됐든 자신의 손으로 마무리하고픈 마음 때문이리라.

그러니 성하지 않은 몸이라는 걸 아는데도 말릴 수가 없는 것이다.

"사형……."

원주들은 안타까운 얼굴로 눈시울을 붉혔다.

그런 마음마저 이해한다는 듯 굉운은 파리한 얼굴로 모두를 향해 미소를 지었다. 그리고 사람들을 향해 말했다.

"아시다시피 오늘은 제가 방장(方丈)에서 쫓겨나는 날입니다."

방장은 주지를 의미하기도 하고 주지가 머무는 처소를 말하기도 한다. 주지에서도 쫓겨나고 방에서도 쫓겨난다는 중의적 의미의 가벼운 농담이었다.

하지만 아무도 웃지 않았다. 웃지 못했다. 대신 사람들의 이목이 조금씩 굉운에게로 집중되기 시작했다.

어느 정도 사람들의 시선이 모이자, 굉운이 다시 육합전성으로 말을 이어 갔다.

"가진바 능력이 부족한데 중책을 맡고 있다 보니 어디 하소연할 데도 없고, 참으로 오래 마음고생을 하였습니다. 하여 그 자리를 내놓게 되니 제게는 오늘이 매우 가벼운 마음이 되는 날이었습니다. 하나 한편으로 오랫동안 저의 체온을 담았던 익숙한 방을 떠나 새로운 처소로 옮긴다고 생각하니 주변의 모든 것들이 다르게 보이기 시작했습니다. 낡은 요와 목침, 선대에서부터 물려온 책궤, 족자, 청동화로와 그 안의 불쏘시개까지…… 모든 사물이 제게 이별을 고하는 것처럼 느껴졌습니다. 한낱 사물에 불과하였는데 저도 모르게 그렇게나 정이 들어 섭섭하게 생각된 것이지요."

사람들이 의아한 얼굴로 굉운의 말을 경청했다. 다른 사람도 아니고 천하제일사인 소림사의, 그것도 주지스님이 좋았다 싫었다 하면서 일반인처럼 이야기를 하고 있으니 의아한 게 당연하다.

내내 내공을 한계까지 끌어 올린 굉운의 안색이 점점 더 하얗게 질려 가고 있었다. 그러나 굉운은 결코 웃음을 잃지 않고 말을 이었다.

"사물에 든 정을 버리는 것 또한 그리 어렵습니다. 그런데 저는 그보다 더 중히 여겼어야 할 주지의 자리를 벗어난다고 홀가분해하고 있었지 않습니까? 만일 제가 정심(正心)

을 가지고 있었다면 둘 다 홀가분해하였거나, 둘 다 섭섭하여야 옳았을 터인데 말입니다. 스스로 한 가지 감정에 집착하여 그릇된 마음을 가지고 있었으니, 평정을 잃고 곧은 마음으로 사물을 대하지 못하여 결국 이날까지 많은 잘못된 결과들을 만들고 말았습니다. 그것을 깨닫자 오늘은 제게 매우 슬픈 날이 되었습니다."

사람들이 울적한 얼굴로 굉운을 쳐다보았다. 굉운이 고개를 끄덕였다.

"득지망월(得指忘月) 집즉무구(執卽無救)라…… 달을 가리키는 손가락을 보다가 달을 보지 못하는 것과 같이, 집착하면 아무것도 구할 수 없다는 얘기를 이제야 깨닫게 된 것이지요. 이러한 힘든 시기에 아무것도 해 주지 못하고, 오히려 후대에 고난을 물려주게 되었으니 저의 마음은 천근만근 무겁기만 합니다. 그런데……."

굉운이 뒤쪽에 서 있던 원호를 바라보았다.

"저를 쫓아내고 제 방에 들어오게 될 이는 벌써 알고 있더군요. 스스로 들 줄 알고 얻을 줄 알고, 또 필요할 때 놓고 버릴 줄도 알고 있었습니다. 심지어 저보다 훨씬 옳고 곧은 마음을 가지고 있었습니다. 저보다 더 나은 소림을 만들어 나갈 거란 확신이 들었습니다. 그래서 오늘은 또한 제게 기쁜 날이 되었습니다. 가벼운 날이며 슬픈 날이고, 무겁고도 기쁜 날인 이유입니다."

원호가 울컥하였는지 굉운과 눈을 마주치지 못하고 고개를 수그렸다. 굉운은 다시 시선을 돌려 사람들 한 명 한 명과 눈을 맞추듯 천천히 시선을 옮기다가 크게 반장했다.

"하지만 무엇보다도…… 본사의 불찰로 인하여 찾아 주신 분들을 심각한 곤경에 빠트린 것이 제 마음을 아프고 괴롭게 만듭니다. 용서받을 수 없는 일입니다만, 부디 용서해 주십시오."

굉운은 반장을 거두더니 그 자리에 무릎을 꿇고 서서히 몸을 굽혀 바닥에 엎드렸다.

모두가 크게 놀랐다.

소림사의 방장이 무릎을 꿇고 사죄를 하다니!

명사들과 오황, 마해 곽모수마저도 놀라서 입을 벌렸다.

일반 민초들은 충격이 더 컸다. 소림사의 방장이라면 그들로서는 상상도 할 수 없는, 거의 왕에 가까운 존경과 권위가 있는 사람이었다.

그런 그가 무릎을 꿇었다…….

이루 말할 수 없는 묵직한 침묵이 폭풍처럼 대웅전을 휩쓸었다. 충격은 거친 파도처럼 머리를 치는데 숨죽인 고요함이 역설적으로 가득했다.

"바, 방장 사형……."

원주들도 적잖은 충격을 받은 얼굴로 굉운을 바라보았다.

굉운은 방장으로 있는 동안 가난하고 헐벗은 민초들을 위해 수많은 일을 해 왔다. 오죽하면 활불이란 별호가 생기기도 했다. 지금만 해도 글조차 깨치지 못한 대부분의 민초들을 배려하여 알아듣기 쉬운 말만 골라 이임사를 하지 않았는가.

그러나 거기에 무릎까지 꿇는다는 건 그들도 미처 예상하지 못한 일이었다. 강호 전역으로 순식간에 소문이 퍼져나갈 게 분명한데도……

그래서 더더욱 굉운이 내보인 진심의 무게가 느껴졌다.

굉운은 엎드린 채 힘을 다해 육합전성을 펼쳤다.

"다시 한 번 본사의 행사에 찾아 주신 모든 분들께 깊은 감사의 말씀과 사죄의 말씀을 드립니다. 이제 저는 저의 크나큰 과오를 이 자리에 모두 남기고 물러날까 합니다."

한 시대를 살아왔던 이가 모든 것을 내려 두고 가며 남기는 마지막 말이었다.

참배객들 중의 많은 이들이 눈물을 글썽이기 시작했다. 참배객들뿐 아니라 승려들도 저도 모르게 울컥하여 눈물을 흘렸다.

이 자리에 있는 모두는 그간 소림이 많이 힘들었다는 걸

어느 정도 알고 온 사람들이었다. 때문에 굉운의 말이 그냥 허술하게 들리지 않았다. 더구나 오늘의 일을 겪은 탓에 더욱 굉운의 심정이 절절하게 가슴에 와 닿았다.

너무나 멍했던 참배객들이 정신을 찾기 시작했다.

참배객들은 한 명 두 명 굉운처럼 똑같이 몸을 숙이고 절을 하기 시작한다.

그것은 마치 파도처럼 번져 갔다. 수많은 참배객이 무릎을 꿇고 마주 절을 하였다.

단순히 장관이라고 표현하기엔 너무나 장엄하고 엄숙했다.

결국엔 대다수가 엎드려서 절을 하는 진기한 광경이 벌어졌다…….

훌쩍이는 소리만이 가득한 가운데, 굉운은 원호의 부축을 받으며 몸을 일으켰다. 이미 승복은 배어 나온 피로 얼룩져 있었다.

"사백님……."

"난 괜찮네."

굉운은 오히려 원호의 어깨를 두드렸다.

"자네 차례일세. 이젠."

이임사에 이어 취임사를 하라는 뜻인지, 다음 세대의 소림사를 부탁한다는 뜻인지 원호는 명확하게 알아들을 수가 없었다. 하지만 취임사를 할 수 없게 된 것은 확실했다. 굉운이 그 말을 끝으로 피를 토하고는 정신을 잃었기 때문이었다. 굉운의 몸 상태가 매우 위중하여 도저히 식을 이어 진행할 수 없었다.

원호의 지시로 식이 정리되고, 다시 먼 길을 떠나야 하는 참배객들을 위해 공양을 대접하려고 승려들이 바삐 움직였다.

"곳간이 거덜 나더라도 모든 시주가 한 분도 빠짐없이 배불리 돌아가실 수 있도록 준비하여라."

그것이 오늘 아침, 굉운이 방장으로서 내린 최종 명이었다.

또한 소림의 모든 제자들은 굉운의 최종 명을 하늘이 무너지더라도 따를 준비가 되어 있었다.

* * *

원호는 굉운이 잠드는 것을 보고 내원의 의당을 나섰다.

밖에는 원우가 기다리고 있었다. 아니, 원우를 비롯한 몇몇 원 자 배의 승려들이 함께 원호를 기다리고 있었다.

원우가 다짜고짜 물었다.

"왜 그러셨습니까?"

무엇을 의미하는지는 뻔했다. 하지만 원호는 말없이 원우와 원 자 배 승려들을 보기만 했다. 그들은 억울하고 분한 마음을 이기지 못하고 눈이 벌게져 있었다.

원우는 눈물을 억지로 삼키면서 다시 물었다.

"왜 어사 대인의 처분을 받아들이셨습니까? 왜 수긍하셨습니까? 왜 한 번도 반대하지 않으셨습니까?"

원호가 대답했다.

"내가 처분을 받아들이지 않았다면 분명히 무이포신은 공격을 명했을 것이다."

"치욕스럽게 관부에 굴복하느니 우리 모두는 그 자리에서 죽을 생각까지 했습니다. 애초에 사형이 건이를 구한 것도 그런 각오가 있어서가 아니셨습니까?"

"나도 처음엔 너희와 같았다. 소림의 명예를 위해서라면 죽어도 괜찮다고 생각했다."

"그럼 차라리 그러셨어야지요! 사형은 우리 모두를 버리셨습니다. 소림을 버리셨습니다!"

원 자 배의 다른 승려가 옆에서 원우를 거들었다.

"사형, 아무리 일반 시주들을 구하기 위해서였다고 하더라도 저흰 용납할 수 없습니다. 어사 대인이 건 두 가지의 처분이 무엇을 의미하는지 모르셨습니까? 그건 우리 소림을 죽이는 일이었습니다!"

원호는 고개를 가로저었다.

"아니, 안다. 하지만 그때 난 누구도 죽게 만들 수 없다는 걸 깨달았다. 우리는 소림의 제자이고 한 명 한 명이 모두 소림이지만, 소림이란 말 자체는 허명이다. 허명을 위해서 죽는 것이 옳은 것이냐?"

"사형!"

그들의 외침에 원호가 노한 얼굴로 단호히 말을 끊었다.

"어리광 부리지 마라!"

원호의 노기 어린 기세에 항의를 하던 원 자 배 승려들이 흠칫했다.

"잘 들어라. 십 년은 길다면 길고 짧다면 짧은 시간이다. 그 기간에 우린 선대의 도움을 받을 수도 없겠지만, 선대의 허물로 고통 받지도 않을 것이다. 알겠느냐? 지금부터의 십 년 후는 오롯이 우리들에게 달려 있단 말이다. 그것이 그렇게도 억울하더냐? 아니면 지킬 힘도 없는 주제에 아직도 천하제일이라는 허울을 버리지 못하겠단 말이냐?"

원호의 말에 원 자 배 승려들은 침묵했다. 원호의 말은 틀리지 않다. 그리고 사실 그들 역시 그것을 모르는 바도 아니었다.

"저흰 그저……."

"안다. 나도 너희처럼 분하고 화가 나니까. 그리고 누군가에게는 그것을 털어 버리고 싶으니까."

왜 모를까. 선대와 달리 목숨을 걸고 험한 강호를 거쳐 온 같은 원 자 배인데. 수없이 죽어 나가는 사형제들의 소식을 듣고 시신을 보면서 분노했던 게 어제 같은데.

원호는 잠시 저물어 가는 하늘을 쳐다보았다가 고개를 똑바로 하고 말했다.

"소림이란 허명은 우리를 지켜 주지 못했다. 하지만 십 년 후에, 우리의 후대는 소림이란 이름으로 보호받을 것이고, 가끔은 소림의 이름에 기댈 수도 있는 세상에서 살아가게 될 것이다. 난 반드시 그런 소림을 만들 거다. 반드시! 그래서 지금의 이 분노를 참을 수 있는 거다. 억울함을 새겨서 그것으로 새로운 소림을 만들 수 있도록!"

원호는 이가 부서져라 꾹 깨물었다.

"나는 너희들도…… 너희도 그러기를 바란다. 이 억울함을 뼈에, 심장에 새기기를."

원주들은 깨달았다.

지금 이 순간, 가장 원통한 것은 사실 다른 누구도 아닌 원호였음을.

원주들의 소리 없는 눈물이 의당 앞을 고요히 뒤덮었다.

*　　　*　　　*

진산식은 끝났다.

시대의 마지막을 알리는 웅장한 타종 소리와 함께.

그리고 강호는 새로운 시대를 맞이하였다. 우내십존으로 굳건히 대표되던 긴 시대가 막을 내리는 순간이었다.

산도 나무도 호수도 변하지 않았다. 사람들의 일상도 변하지 않았다.

그럼에도 불구하고 사람들은 새로운 시대의 개막을 느꼈다.

새 시대, 새 흐름의 공기가 폐부로 스며들고 기대감과 흥분으로 몸을 떨었다.

아무것도 변하지 않았지만 많은 것이 변하였다.

하나 그 시작이 결코 순탄하지 않음을 알리는 수백 마리의 전서구들이 석양을 뒤로 한 채 날아오르고 있었다.

강호 전역으로.

문득 힘겹게 노구를 이끌고 걸음을 하던 노승이 걸음을 멈추었다.

"큰스님?"

노승을 보필하던 젊은 승려도 멈춰 섰다.
푸드드득!
석양을 받아 붉게 타오르는 듯한 소림사와 수없이 날아오르는 비둘기들의 모습이 대비되어 심상치 않음이 느껴진다.
그것이 걱정되었음인지, 아니면 그것조차 그저 인연의 결과라고 생각하였는지.
노승 금오는 조용히 선 자리에서 소림사를 바라보며 합장을 했다.
"나무아미타불……."

제 2장

처분의 의미

 장건은 약초 냄새가 풀풀 풍겨 오는 외원의 약전에서 치료를 받고 있었다. 상체에는 온통 부목을 대고 붕대로 칭칭 감았다. 팔이고 어깨고 꼼짝도 못할 모습이었다.
 한쪽에서는 굉목과 제갈영, 백리연, 양소은이 함께 지켜보고 있었다.
 나이 든 의원이 손을 툭툭 털면서 장건을 침상에 눕히고는 일어섰다.
 "상태가 중해 보였는데, 생각보다는 심하지 않은 것 같습니다."
 굉목이 인상을 쓰고 되물었다.

"괜찮다는 뜻으로 들으면 되겠소?"

"뼈 대여섯 군데 탈골되고, 관절 서너 군데 탈구되고, 자잘하게 십여 군데 정도 부러진 것 외에는 멀쩡합니다."

듣고 있던 제갈영과 백리연이 입을 떡 벌렸다.

"별로 안 괜찮은 거 같은데요!"

"잘못 말씀하신 거 아닌가요?"

노의원은 쭈글쭈글한 주름살을 더 찡그리며 대답했다.

"관절이야 맞추면 되고 뼈야 붙으면 더 단단해지지. 근맥과 혈도가 멀쩡하니까…… 멀쩡한 정도가 아니라 아주 좋으니까 밥만 잘 먹으면 칠 일 안에 나아. 아, 이 나이면 무공 같은 거 하나 몰라도 보름이면 다 붙어. 뭐가 걱정이야?"

사실은 그것도 믿기 어려운 일이었다. 이만 명에 달하는 사람들이 모두 느낄 수 있을 정도의 엄청난 충격이 있었다. 땅이 꺼지고 귀청이 떨어져 나갈 정도의 폭음이 울렸다.

그런 일합을 겨루었는데 뼈만(?) 부러지다니.

아니, 뼈가 그 정도로 부러졌으면 근육이 다치고 혈맥이 온통 상해서 내상을 입어야 정상이 아닌가?

세 소녀들은 거기까지 생각이 미치자, 장건을 다시 훑어보게 되었다.

안색도 평소랑 다를 바가 없다. 부목과 붕대로 고정한 모습만 아니면 다친 사람으로 보이지도 않는다.

어쩐지 눈빛은 더 깊어진 것 같다. 당장 어제보다도 훨씬 생생한 느낌이다.

"뭔가 이상한데……."

"그러게……."

당연히 장건은 어제와 다르다.

환우신장 악천과 백귀살의 내공이 더해져 있다. 모두 자신의 것으로 만들지는 못했지만, 일부라도 결코 적은 양이 아니었다. 장건은 묵직한 단전에 모처럼 포만감을 느끼는 중이었다.

의원이 주섬주섬 침구를 챙기면서 말했다.

"잔 뼛조각이 돌아다니다가 잘못 붙거나 근맥이 파열될 수도 있으니까, 다 붙을 때까지는 움직이지 말고."

"그럼 칠 일이나 꼼짝도 못하고 이렇게 있어야 하는 건가요?"

장건은 갑자기 끔찍한 기분이 들었다. 거기에 더해서 찬물을 끼얹듯 가만히 지켜보고 있던 굉목이 퉁명스럽게 말했다.

"주제를 모르고 함부로 나서니까 그 꼴이 되는 게다. 칼밥을 먹고 산다는 게 그리 쉬운 일인 줄 알았더냐?"

한마디를 툭 던진 굉목이 일어서서 의원과 함께 나가려

했다.

"노사님, 어디 가시게요?"

"죄인이 갈 데가 어디 있겠느냐. 다시 옥사(獄舍)로 돌아가야지."

"네?"

세 소녀들은 떠나는 굉목에게 인사를 하려다가 애매한 표정을 지었다. 감옥으로 간다는 사람한테 '안녕히 가세요.'라고 할 수도 없는 일이었다. 말없이 합장을 하는 것으로 인사를 대신했다.

굉목은 답도 없이 세 소녀들을 빤히 쳐다보더니,

"곧 통금 시간이니 시주들께서도 늦기 전에 그만 돌아가시게."

라고 말하고는 고개 한 번 돌리지 않고 의원을 따라 휑하니 방을 나가 버렸다.

제갈영이 금방 '후아!' 하고 숨을 내쉬었다.

"영이는 숨 막혀 죽는 줄 알았어!"

장건은 제갈영의 표정을 보고 웃었다. 한때는 자기도 굉목을 보고 그랬던 때가 있었다.

"원래 저런 분이셔. 그래도 날 얼마나 많이 생각해 주시는데."

"그래?"

백리연이 끼어들었다.

"하긴, 다른 제자들은 내원으로 후송되었는데 굳이 장소협만 외원의 이곳으로 데리고 오셔서 이상하다고 생각하긴 했어요."

양소은이 말했다.

"뭐야. 그럼 우리 때문에 여기서 치료를 받게 하는 거라고?"

"……."

잠시 침묵이 생겼다.

"에이, 설마."

"그 정도까지 배려하실 분은 아닌 것 같던데."

"아무래도 그렇죠?"

아무리 생각해도 굉목의 꼬장꼬장한 표정과 말투를 떠올리면 그렇게 세심하게까지는 배려할 것 같지 않았다.

그러다가 갑자기 양소은이 옅은 한숨을 내뱉었다.

"휴우, 어쨌거나 진산식이 끝나긴 했네. 몇몇 분들은 크게 다치시긴 했다는데 이만하면 다행이지, 뭐."

양소은의 말을 들은 제갈영이 코웃음을 쳤다.

"흥. 다행은 무슨?"

"왜? 넌 그럼 이게 다행스럽게 끝난 게 아니라고? 뭐, 시비는 좀 있었지만, 딱히 소림에 해가 되거나 한 것도 없었잖아. 관부도 그냥 물러나긴 좀 그러니까 대충 명목상으로만 도첩이니 뭐니 하고 간 거 아냐?"

"쯧쯧쯧?"

제갈영이 볼을 통통하게 부풀린 채 팔짱을 끼고는 짐짓 교만한 척 혀를 찼다.

"그게 그렇게 만만한 일이었으면 애초에 관부에서 이런 짓을 저질렀겠어?"

제갈영이 양소은의 눈치를 보며 백리연의 뒤로 슬슬 움직였다. 양소은이 한쪽 눈썹을 꿈틀했다.

"환자 앞에서 난동을 부릴 정도로 몰상식하진 않거든? 그러니까 너도 성질 긁지 말고 얘기나 해 봐. 도대체 그게 무슨 얘기야?"

장건도 궁금했다.

"그럼 영이 얘기는 우리 소림이 안 좋은 상황이라는 거야?"

"안 좋아도 어지간히 안 좋은 게 아니야."

제갈영은 장건이 관심을 가지자 더 흥이 나서 말했다.

"소림사에 금제된 게 두 가지잖아. 도첩 발행 불허와 병장기 소기 허가증 발급 금지. 양 언니는 잘 모르는 거 같은데, 도첩은 나라에서 발행하는 스님의 신분증명서 같은 거야. 너도 나도 스님이 되면 세도 안 내고 군역도 할 사람이 없어지니까, 나라에서 그걸 막기 위해 시행하는 제도거든."

"야, 그걸 내가 왜 몰라. 근데 그거 제대로 하지도 않잖아. 군역을 피하려고 너도 나도 돈만 주면 발행해 줬다면서. 그래서 이젠 도첩도 거의 발행하지 않는 걸로 알고 있는데?"

"하지만 거의 안 해 주는 것과 아예 안 해 주는 건 다르지. 잘 생각해 봐. 이제 명목상이든 어쨌든 소림사에서는 새로 스님을 받아들일 수 없는 거야."

"왜? 그냥 받으면 되지? 어차피 대부분 스님들이 도첩을 갖고 있는 것도 아니잖아."

백리연이 끼어들었다.

"잠깐만요. 이건 영이 동생 말이 맞는 것 같아요. 십 년 동안 소림사에 입적한 분들은 공식적으로는 스님이 아닌 거예요. 소림 안에서는 몰라도 밖에선 다들 스님으로 인정해 주지 않을 거예요."

"그런가……?"

"네. 게다가 관부에서 아무 때고 실사를 나와서 군역을 회피했다는 죄목으로 소림사에 새로 입적한 스님들을 잡아갈 수도 있겠죠."

"어? 진짜 그러네?"

처분의 의미 73

"적어도 십 년 동안은 관부가 함부로 개입할 빌미를 막기 위해서라도 소림사에서는 새로운 스님을 받을 수 없게 될 거예요. 그렇다는 건 제자를 받을 수 없다는 얘기도 되죠."

"그게 그런 얘기였어?"

장건도 양소은도 놀랐다.

"그것뿐만이 아녜요. 병장기 소지에 대한 허가는 나라에서 몇몇 무림 문파들에 위임하고 있는 형태예요. 이것이 금지된다는 건……."

제갈영이 백리연의 말을 재빨리 이었다.

"소림사로부터 무림 문파로서의 가장 큰 이점을 빼앗은 거야. 아직 허가증을 받지 못한 소림의 제자들은 앞으로 무기를 들고 강호를 활보할 수 없게 돼."

양소은이 물었다.

"소림사가 곤법에도 일가가 있지만 그거야 얼마든지 길가에 나뭇가지 꺾어서 쓸 수도 있는 거고…… 권각법이 주력이니 괜찮지 않을까?"

"아니라니까. 이건 어디까지나 핑계와 빌미를 제공하는 거야. 선장이나, 계도, 염주, 불진만 들어도 잡아갈 수 있는 단초가 되는 거라구."

"그건 너무 억지 아냐? 세상에 무슨 염주를 들었다고 잡아가."

"잡아가서 바로 처벌을 받지는 않겠지. 하지만 그 과정에서 어떤 추궁이나 고문이 있을지 아무도 몰라. 소림사에서 항의를 하면 풀어는 주겠지만, 그러다가 정말 쇠꼬챙이 하나라도 나오게 되면 그 죄는 소림사가 옴팡 뒤집어쓰고 말걸?"

"흐응…… 강호에서의 활동에 압박을 받게 된다 이건가."

"지금의 소림사로서는 작은 꼬투리라도 잡히면 안 되는 입장이니까 아마도 강호 활동을 거의 할 수 없게 될 거야."

"생각해 보니 정말 간단한 얘기가 아니네. 그렇다고 다른 문파에다 부탁할 수도 없고."

그것이야말로 자존심과 체면이 완전히 뭉개지는 일이었다. 자존심이 목숨인 강호 무림에서는 애초에 생각도 못 할 일이다. 관부에서도 허가증을 내주긴 하지만 소림사 인물에게는 제대로 해 주지 않을 게 자명했다.

"큰일이네. 그럼 소림사의 지부들도 유명무실해지는 거잖아. 활동을 할 수가 없으면. 무림인들이 거대 문파의 지부를 찾는 이유 중 하나가 병장기 소지 허가증의 발급을 위해서인데, 앞으로는 소림사의 지부를 찾을 사람도 없겠어."

양소은의 중얼거림에 백리연이 씁쓸한 말을 더했다.

"허가증 발급 권한은 문파의 힘을 상징하는 것이기도 하죠. 그것이 사라진 만큼 강호에서 소림사의 발언권은 상당히 줄어들 거예요. 허가증조차 발급하지 못하는 문파라면서 무시하게 되겠죠. 소림사에서는 그런 수모를 겪지 않기 위해서라도 가급적 강호의 일에 끼어들지 못할 거고요."

제갈영이 뾰로통한 표정을 지었다. 자기가 먼저 꺼낸 얘기를 가로채서 밉다는 듯 백리연을 흘겨보기도 했다.

듣고 있던 장건이 크게 한숨을 내쉬었다.

"정말 보통 일이 아니었구나…… 그래서 사백님 표정이 그렇게 심각했던 거였어."

양소은이 입술을 잘근 깨물면서 말했다.

"이건 겉으로는 아무것도 아닌 것처럼 보여도, 실질적인 봉문이나 마찬가진걸? 제자도 받아들일 수 없고 강호 활동도 할 수 없게 되어 버렸으니."

제갈영이 끼어들었다.

"맞아. 봉문이나 다름없어. 정말 이 방법은 누구도 생각하지 못한 최고의 한 수였어. 봉문을 명한 것도, 강제로 봉문을 시킨 것도 아닌데 소림사는 스스로 봉문할 수밖에 없게 된 거야."

장건은 적이 감탄했다.

"영이는 처음부터 다 알고 있었던 거야?"
"응! 영이가 좀 똑똑하잖아. 헤헤헤."
"그런데……."
장건은 조금 의아한 생각이 들었다.
"어째서 관부는 우리 소림에 이렇게까지…… 하려는 걸까? 영이의 얘기를 들으면 철천지원수지간 같아."
"응. 일반적인 경우는 아니지. 영이가 보기엔……."
"보기엔?"
"아마도 본보기가 아닌가 싶어."
"본보기?"
"진산식이 끝나면 우내십존 어르신들이 줄줄이 은퇴하게 될 거고, 그럼 새로 강호 무림의 판세가 꾸며질 테니까. 까불지 마라! 하면서 초장부터 기를 잡아 보려는 거겠지."
양소은이 미간을 찌푸렸다.
"그건 어딘가 관과 무림의 상호 불가침 관계에 위배되는 것 같은데."
"어디에나 규칙의 허점을 이용하는 자들은 있기 마련이니까. 우리 오라버니에게 술을 먹여서 난동을 부리게 만들려던 못된 할배도 있었던 거 잊었어?"
"아, 맞다. 그랬지?"
세 소녀들의 눈길이 저절로 장건을 향했다. 장건은 누워서 꼼짝도 못하는 상태라 고개를 돌리지도 못하고 얼굴을 붉혔다.

"왜, 왜요?"

세 소녀들이 하나가 된 것처럼 이구동성으로 외쳤다.

"앞으로 절대 술 마시지 마!"

　　　　　　　*　　　*　　　*

소림의 외원, 지객당.

아직 떠나지 않은 오황과 곽모수가 방 안에 함께 있었다.

오황은 분한 표정으로 좁은 방 안을 연신 서성거리면서 혼잣말을 내뱉는다.

"살다 살다 이렇게 뒤통수를 맞게 될 줄이야! 망할 놈. 그놈의 면상을 아주 박살 냈어야 했는데!"

씩씩거리는 오황에 비해 마해 곽모수는 조용히 차를 따라 마셨다. 진산식이 끝나고 난 후부터 오황은 내내 화를 억누르지 못하고 있었다.

"종암, 이놈! 감히 나를 병신 중의 상병신으로 만들다니. 확 그냥 그놈의 면상을……."

"흠. 그렇게 하는 게 자연스러웠다면 왜 하지 않았나?"

툭 던진 곽모수의 한마디에 오황이 걸음을 멈추었다.

"뭐?"

오황은 아무 말도 없이 차만 마시는 곽모수가 마땅찮다는 듯 쳐다보았다.

"그럼 소림의 손님으로 와서 깽판이라도 놓을까?"

"언제 자네가 그런 생각을 하고 움직였던가? 그저 마음이 가는 대로 움직여야 자연스럽다고 하지 않았나?"

"나도 궁금하군! 나이가 들면서 없던 체면이라도 생겼는가 보지?"

"그걸 왜 나한테 묻나. 내가 자네보다 자네를 더 잘 알 거라고 생각하는 건 부자연스럽군."

"에라이! 그땐 너무 어이가 없었는데 지금 생각하니 확 열이 받아서 그런다! 왜!"

오황이 성질을 부렸다.

"아니, 그건 그렇다 치고 지금이 말장난이나 할 때야?"

"그럼 지금이 어떤 때라는 말인가?"

너무나 태연스럽게 되묻는 곽모수의 말에 오황은 어이가 없다는 표정을 지었다.

"관부에서 강호 무림을 들쑤시고 있잖나! 네가 보기엔 이게 소림으로 끝날 일인 것 같아?"

"그래서?"

"그래서라니? 오호라, 어차피 네놈은 심산유곡에 처박혀

신선놀음이나 하며 살 거니까 강호야 어찌 되든 상관없다는 게냐?"

"그럴 리가 있겠는가. 그저 관부가 강호 무림을 들쑤셔서 무엇을 얻으려 하는지, 자네의 생각이 궁금해서 묻는 걸세."

"그야······."

갑자기 말문이 막혀 버린 오황이었다.

"강호일통(江湖一統)?"

"······."

"아니면 황궁에서의 암투 같은 것으로 눈을 다른 데로 돌릴 필요가 있어서?"

"어느 쪽이든 충분히 있을 수 있는 얘기긴 하네만, 그것으로는 오늘 종 어사가 보인 행동이 설명되지 않는 부분이 있네."

"그러니까 그게 뭔데?"

오황이 곽모수의 앞에 의자를 끌어다 앉았다. 곽모수가 무덤덤한 얼굴로 찻잔을 들고 말했다.

"최근 도독부의 일이라든가, 세대교체의 혼란기에서 벌어지는 비무행이라든가로 강호 무림이 어수선하네. 하여, 관부가 강호 무림에 경고를 할 필요를 느꼈을 수도 있네."

"일리가 있구먼."

"하나, 경고의 의미였다면 오늘보다 더 효과적이고 위험이 적은 방법은 얼마든지 있었을 거네. 굳이 소림사를 택할 필요도 없었을 테지. 결과적으로는 성공했으나, 난 오늘 일이 매우 도박적인 행동이었다고 보네."

오황이 의문을 제기했다.

"근데 말야. 본래는 이렇게까지 될 일은 아니었어. 종암은 홍오의 제자인 굉 자 배 승려 하나를 건네받는 것으로 끝내려고 했었거든. 근데 건이 놈이 되도 않는 사고를 치는 바람에 어떻게 거기까지 가게 된 거지. 원호 대사가 어처구니없이 나선 것도 그러했고."

"나는 첫 번째 선에서 합의가 되었더라도 마찬가지라 보네. 자파의 제자를 관부에 넘기는 것만으로도 소림의 위신은 땅에 떨어졌을 걸세."

"그래도 그때 그걸로 끝냈으면 소림이 지금처럼 옴짝달싹 못하게 되지는 않았을 거 아닌가. 이젠 아예 십 년 동안 손발이 다 잘린 채 살게 생겼는데."

"자, 그럼 애초에 손발을 다 자를 수 있는 비책이 있었음에도 처음부터 그걸 내세우지 않은 이유는 무엇이겠는가?"

"응? 얘기가 또 그렇게 되나?"

오황이 잠시 생각하다가 콧수염을 튕겼다.

"오호라. 달리 보면 관부는 굳이 소림의 손발을 자를 필요가 없었다는 게로구만."

"그렇다네. 소림의 위신을 떨어트리는 것만으로 저들이 목적한 바로는 충분했는데, 우연찮게 일이 커져서 도첩과 허가증 발급을 언급하게 된 것이라 볼 수 있지."

곽모수의 말에 오황은 고개를 끄덕여 수긍했다.

"소림의 위신이 떨어지는 것, 소림이 문파로서의 활동을 제대로 못 하게 되는 것. 그 두 가지에는 굉장한 차이가 있어. 그럼에도 불구하고 그 두 가지의 제재가 결국 같은 결과를 낸다는 건……."

곽모수는 말을 하다 말고 차를 우려내는 개완(蓋碗)의 뚜껑을 열어 찻잎을 넣고 물을 따랐다.

그러고는 뚜껑을 닫은 후 양손으로 개완을 가볍게 감싸 쥐었다.

얼마 지나지 않아 자글거리고 물 끓는 소리가 났다. 곽모수가 뚜껑을 살짝 비스듬히 열자 김이 피어올랐다.

그런데 김이 조용히 오르는 게 아니라 소용돌이를 치듯 회오리의 모양으로 기묘하게 피어오른다.

"차 한잔하겠나?"

곽모수가 가볍게 앞으로 개완을 밀어냈다. 개환이 곽모수의 손을 떠나기가 무섭게 공기가 일변했다.

개완이 미끄러지듯 탁자를 가로질러 오황에게로 날아간

다.

 찌직.

 탁자 위를 지나간 자리가 날카로운 송곳으로 긁은 듯한 흔적이 남으며 작은 파편이 튄다.

 오황의 오른쪽 눈썹이 한껏 치켜졌다. 개완에 공력이 담겨 있다. 그냥 밀어낸 게 아니다. 개완의 안에서는 찻물이 미친 듯이 회전하고 있는 것이다.

 "어, 이 미친놈이……."

 오황이 앉은 채로 양손을 벌렸다가 박수를 치는 것처럼 손을 마주쳐서 개완을 움켜쥐었다.

 퍼석!

 개완은 두부처럼 으깨지면서 오황의 손안에 갇혔다. 오황의 주름진 손등에 힘줄이 두드려졌다.

 드드득! 드드드득!

 맞잡은 손안에서 무언가 계속해서 갈리는 소리가 난다. 오황이 와락 인상을 구겼다.

 덜덜덜덜.

 오황의 몸이 무시무시한 속도로 떨린다.

 투다다다닥.

 오황이 앉아 있던 의자도 바닥을 요란하게 두드린다. 머리칼이 휘날리고 탁자가 부서져라 흔들렸다.

순식간에 방 안은 시끄러운 소리로 가득해졌다.

 그러다가 거의 숨 한 번 쉬고도 남을 시간이 지나자 점차 소리가 줄어들었다.

 소리가 완전히 잠잠해지자 오황의 몸 떨림도 멈추었다. 그러곤 곧 오황의 손에서 맑은 찻물이 흘러내렸다.

 주르르륵.

 순식간에 탁자 위가 찻물로 흥건해졌다.

 "흥."

 오황이 맞잡은 손을 떼어 놓자 부서진 사기 조각들과 찻잎이 탁자 위에 우수수 떨어졌다.

 곽모수가 짐짓 난처한 표정을 지었다.

 "마시라고 줬더니 부숴 버리는 건가?"

 "얘기하다 말고 갑자기 애들처럼 장난질이야! 내가 네 장난을 받아 주게 생겼어? 내가 확 피해 버릴까 하다가 집 무너질까 봐 참았다."

 장난이라고 말할 수 있는 것도 오황이니 가능한 것이다. 찻잔에 담긴 공력은 그야말로 어마어마했다. 오황의 말처럼 지객당의 벽 정도는 순식간에 날려 버릴 수 있을 정도였다.

 "젊었을 때나 괜한 혈기에 힘자랑하느라고 아무 데서나 찻잔 주고받고 그랬지, 나이 처먹고도 때와 장소를 분간 못

하냐?"

오황의 신경질에 곽모수가 덤덤하게 말했다.

"각인자소문전설(各人自掃門前雪). 눈이 오면 사람들은 제각기 집 앞의 눈을 치우게 마련이네. 옆집에 상관할 틈이 없지."

"뭐?"

곽모수가 눈짓으로 어딘가를 가리켰다.

오황이 곽모수의 시선을 따라 보니, 어느 샌가 곽모수가 탁자 한 귀퉁이에 '왕팔(王八)'이라고 찻물로 써 놓았다. 속어로 흔히 자라새끼라고 욕하는 말이다.

"아, 이놈이!"

"당장에 급한 일이 생기면 남의 일에 관심을 갖는 것조차 버거워지네. 날아드는 찻잔을 무난하게 받아 내든, 힘으로 부수든, 그냥 피해 버리든. 그것에 신경 쓰느라 다른 일에 신경 쓸 겨를이 없게 되고 말겠지. 이를테면 내가 그 사이에 이런 글자를 썼다는 걸 몰랐듯이."

오황이 욱해서 따지려 했다가 곽모수의 말을 듣고 참았다.

"으음......"

"결국 소림을 건드린 건 제재하는 게 목적이 아니라 묶어 두기 위한 것. 아마도 소림이 강호 무림에 끼치는 영향을 줄이게 만듦에 이번 출행의 목적이 있지 않았는가 싶네."

오황이 얼굴을 크게 찡그렸다. 오황도 강호에서 일 갑자가 넘는 세월을 살아왔다. 곽모수가 하려는 얘기를 충분히 알아들었다.

"강호의 위기 상황에서 소림은 언제나 맏형이 되어 움직였지. 강호 무림의 분열…… 아니, 조금 더 명확히 말하자면 강호 무림의 단결을 방지하기 위해서 소림을 친 것이군."

"그랬을 거라고 생각하네. 앞으로도 강호 무림에 다수의 혼란을 일으킬 작정일 테지."

"뭐하러?"

"무이포신은 강호 무림에 원한이 있고, 황제에겐 제어할 수 없는 세력이 눈엣가시. 대중의 혼란과 갈등은 늘 통치자에게 좀 더 쉬운 통치의 길을 제공하는 법이 아니겠는가. 집 앞의 눈처럼."

"끙!"

"북숭소림(北崇少林) 남존무당(南尊武當). 내 추측이 맞는다면 조만간 무당파 역시 고난을 피하지 못할 것이야. 강호 무림의 주축인 양대 문파가 무너지는 때가 오면, 그때부터 강호 무림과 관부의 균형이 본격적으로 무너지기 시작하겠지. 아니, 소림이 당한 시점에서 이미 반은 넘어갔다고 볼 수도 있겠네."

"그럼 균형을 무너트린 다음에는? 혼란만 일으키고 끝? 뭐 다른 게 있을 거 아닌가. 혼란이 궁극적인 목적은 아닐 테고."

잠깐 생각하던 곽모수가 대답했다.

"……강호일통?"

"……그건 아까 내가 한 얘기인 것 같은데?"

"아니라고는 하지 않았네."

"농담처럼 들리지 않아서 더 소름 끼치누만?"

"농담 아닐세."

오황이 곽모수를 빤히 쳐다보았다. 곽모수는 눈썹을 살짝 들어 보이고는 아무 일 없었다는 듯 새로 다구(茶具)를 꺼내어 차를 끓이기 시작했다.

오황이 낮은 목소리로 물었다.

"천문서원은 이번 일에서 안전할 거라고 보나?"

곽모수가 찻잔을 덥히면서 대답했다.

"전혀. 본원이라고 그냥 넘어갈 리가 없겠지. 하지만 안전하지 않더라도 마찬가지일세. 강호 무림은 너무 오래 정체되어 있었네. 아니, 천하오절의 시대에 비해 현 기수의 무력은 오히려 퇴보하였지."

"거기에 너도 한몫했어."

"부인하지 않겠네. 그런 의미에서 본원은 어느 정도의 혼란이 필요하다는 입장일세. 물론 그렇다고 해서 소림사나 무당이라는 질서가 무너지는 것은 원하지 않지만."

"복잡하게 사는구만."

곽모수는 잘 우려진 차를 두 잔 따라 한 잔을 오황에게 건네었다. 오황이 코웃음을 쳤다.

"이게 독인지 차인지 어떻게 알고 마시겠나?"

정말 독을 넣었느냐는 뜻이 아니다. 곽모수가 자신의 의견에 동조해 달라는 의미로 주는 것이면 마시지 않겠다는 뜻이다.

곽모수가 재촉하듯 찻잔을 들었다. 곽모수의 입가에 은은하게 미소가 감돌았다.

"너무 무리하지 말게. 이미 수레바퀴는 구르고 있고, 우리의 시대는 끝났네."

*　　　*　　　*

종암은 작은 등잔불에 의지한 채 밤늦도록 서탁에 앉아 황제에게 보고할 서신을 쓰고 있었다.

덜컥.

유장경이 말없이 문을 밀고 들어오더니 조금 떨어진 탁자에 앉으며 술병을 턱하니 올려놓았다.
"아직 멀었소?"
종암은 돌아보지도 않고 짧게 대답했다.
"곧."
"아직 문서를 다루는 데는 익숙하지 못하구려. 하나 곧 익숙해지게 될 거요. 원래 관리라는 게 상급자가 될수록 사람보다는 문서와 싸우는 일이 많아지니까."
"익숙해지고 싶은 생각은 없네. 이번 일만 끝나면……."
"끝나면? 후후."
유장경은 쪼르륵, 홀로 술을 따라 들이켰다.
"끝나고 돌아갈 데는 있소? 어차피 전진파엔 다시 돌아갈 수 없는 몸이고, 그렇다고 다른 문파나 종교에 귀의할 수도 없을 거 아니오. 아니면 황상께 귀향이라도 요청하려고?"
쉴 새 없이 움직이던 종암의 붓이 멈췄다. 종암이 상체만 비스듬히 돌려 유장경을 쳐다보았다.
유장경이 웃었다.
"그렇군. 그럴 생각이었군. 강호 무림은 있는 대로 뒤흔들어 놓고 혼자 산중에서 유유자적 살아 보시겠다? 참, 잘도 되겠군. 하루걸러 한 번씩 암살자가 찾아올 거라는 데에 내 남은 녹봉을 모두 걸겠소."

유장경이 한 잔의 술을 더 따라 들어 보인 후 거칠게 입 안에 털어 넣었다. 흰 수염을 따라 몇 방울의 술이 흘렀다.

유장경은 낮고 길게 한숨을 내쉬고는 종암을 마주 보았다.

"착각하지 마시오, 종 형. 종 형이 갈 곳은 없소. 달리고 달리다 보면 어딘가에 이르기 전에 그냥 갑자기 이게 끝인가 보다 싶은 날이 올 거요. 그럼 그게 우리 같은 자들의 끝인 거요."

종암은 화도 내지 않았다.

"오늘따라 감상적이로군."

유장경이 피식 웃었다.

"종 형의 기지 덕분에 완전히 망칠 뻔했던 대계(大計)를 성사시켰으니, 아니, 오히려 대성하였으니 어찌 감상적이 되지 않을 수 있겠소?"

"기지라고?"

그제야 처음으로 종암의 얼굴에 표정 변화가 일어났다. 스산하리만치 비틀린 웃음을 내비친다.

유장경은 적이 놀란 얼굴을 했다.

"그럼 그게 기지가 아니었다고? 그런 상황마저 예측하기라도 했다는 거요? 도첩과 허가증에 대한 생각을 미리 하고 있었다고?"

종암이 손을 뻗었다. 유장경이 가져온 술병이 탁자에서부터 종암의 손아귀로 순식간에 빨려갔다.

종암은 병째 거칠게 술을 들이켰다.

벌컥벌컥.

"크으!"

종암의 얼굴에 가벼운 미소가 번져 갔다.

"생각했지. 수천, 수만 번. 어떻게 하면 그들의 얼굴에서 웃음을 빼앗을 수 있을까. 어찌해야 날 이렇게 만든 놈들의 눈에서 차례차례 피눈물을 흘리도록 만들 수 있을까."

유장경은 종암의 얘기를 가만히 듣고 있다가 어이가 없다는 듯 허탈한 표정을 지었다.

"허허. 그거 아오? 종 형. 지금 종 형의 모습을 보면 마치 소박맞은 여인네 꼴이라는 거. 남편에게 돌아가고 싶다고 투정 부리다가, 안 되니까 죽여 버리겠다고 협박하는 꼴이라는 거?"

다소 모욕적인 언사로 들릴 수 있음에도 불구하고 종암은 큰 소리로 웃었다.

"오늘은 기분이 좋으니까 참도록 하지!"

좀처럼 감정을 내색 않던 종암이 과격하게 웃기까지 하자, 유장경은 그만 혀를 내두르고 말았다.

처분의 의미 91

"거참. 좋긴 좋은 모양이오!"

종암은 그 말에 거짓말처럼 웃음을 뚝 그쳤다.

"하지만 아직은 정말 좋다고는 못 하겠네. 특히 북해의 초고수라던 자가 한 방에 나가떨어져서 혼수상태……."

말을 하다 말고 종암이 얼굴을 찌푸렸다.

"……아니, 자빠져 자고 있는 이 상황이 그다지 개운하지는 않으니까."

"으음."

유장경의 이마에 새겨진 주름살도 덩달아 깊어졌다.

어쩌면 생각지도 못한 지금의 이 결과 때문에 계획을 전면적으로 재수립해야 할 수도 있었다.

소림소마.

그것은 거의 계획의 절반이 성공했다고 볼 수 있는 현 상황에서 미지로 남은 최대의 변수였다.

* * *

소림의 진산식이 끝남과 동시에, 혹은 끝나기도 전에 소림 인근에서 날아간 수많은 전서구들이 강호의 하늘을 가로지른다.

소문은 발보다 빠르다지만 직접 소식을 담고 날아가는

전서구보다 빠르지는 않다. 전서구들은 경천동지할 소식을 발에 매달고, 강호에 소식이 퍼지기도 전에 각자의 문파와 가문들로 밤낮을 날아 회귀하고 있었다.

그중 한 곳.

산동 제남의 양가장.

양소은의 부친이며 신창이라 불리는 양지득도 소림 진산식의 귀추를 주목하고 있던 한 명이었다.

정확하게 얘기하자면, 진산식이 어떻게 되어 가나 하는 쪽이 아니라 누가 오고 누가 오지 않았는지를 확인하기 위해 보던 차였다.

그런데 만 하루 만에 긴급으로 날아온 전서에는 전혀 엉뚱한 이야기가 쓰여 있었다.

> 금월사자와 무이포신이 상천권명을 대동하여 소림 제압. 금의위의 고수와 정체불명의 우내십존 급 고수 백귀살, 소림소마에 의해 일초식 패배.

꿈벅꿈벅.

양지득은 전서를 다 읽었음에도 불구하고 별 반응 없이 눈만 깜박거렸다. 그러다가 전서를 가져온 정보 담당 외관

처분의 의미 93

가(外管家)를 보고 멍하게 되물었다.

"도대체 이게 무슨 개소리야?"

"그게 저……."

"아니, 뭐 내용이 앞뒤가 맞아야지. 황궁에 있어야 할 금월사자와 무이포신이 왜 갑자기 소림에 나타나? 이거 어디서 나온 정보야?"

"소림사에 일반 향객으로 위장해서 들어간 정보원이 직접 보낸 얘깁니다. 우리 쪽 정보원요."

"정보원을 미친놈 보낸 거 아냐?"

"아닙니다. 능력 있는 녀석입니다."

"그럼 중간에 뭐 가로채거나 해서 잘못된 거 아냐?"

"아닙니다. 봉인도 제대로 붙어 왔습니다."

"근데 왜 이래."

양지득이 어이가 없다는 얼굴로 말했다.

"갑자기 소림을 제압했다는 것도 황당한데 정체불명의 우내십존 급 고수는 뭐야. 그게 하늘에서 그냥 뚝 떨어지는 거야? 나 얼마 전에 우내십존 급 고수한테 맞아서 비명횡사할 뻔한 거 몰라?"

"아니, 그게……."

외관가가 땀을 흘렸다.

"야이, 우라질! 근데 그게 또 소림소마에게 일초식에 패배했다고? 그럼 이게 우내십존 급이라는 거야, 아니라는 거야? 근데 또 처음엔 제압했다며? 일초식에 패배했다면서 뭘 제압이야, 뭘!"

"죄송합니다. 워낙 급하게 보내느라 그런 듯합니다. 다음 전서가 오면 확실히 알 수 있을 것 같습니다."

양지득은 손가락을 비벼서 전서를 찢어 버렸다.

"허, 딸년은 소림사에서 올 생각을 안 하고 전서라고 날아온 건 소학도 안 뗀 새끼가 써 보냈는지 당최 뭔 얘긴지 알아들을 수가 없고…… 가만?"

양지득이 문득 떠오른 생각에 얼굴을 일그러트렸다.

"소림소마라면 내 딸년이 쫓아다닌다는 그놈?"

옆에서 외관가가 대답했다.

"예. 맞습니다."

"아직 새파란 핏덩이라더니…… 너무 센데?"

"장주님, 어떻게든 대책을 세워야 하는 거 아닙니까?"

"뭘?"

"금월사자는 금의위 소속이고 무이포신은 관부 소속입니다. 그 둘이 소림사에 갔다는 건……."

"우리 뭐 잘못한 거 있어?"

"아뇨. 저흰 없지만……."

"그냥 있나 없나 물어본 거야. 긴장하지 마."

"아, 네……."

"그러니까 황궁에서 소림을 치러 갔다는 거잖아. 외부 세력까지 동원해서. 그런데 그 와중에 소림사에 코 깨졌다는 거고."

"그, 그런 것 같습니다."

말이 안 맞느니 어쩌니 했으면서 중요한 건 다 꿰뚫은 양지득이다. 양지득은 잠깐 고민하다가 말했다.

"일단 가만히 기다리고 있어. 애들한테 남궁가 놈들이랑도 싸우지 말고 자중하라 일러. 그리고 무슨 일이 있어도 절대 나서지 말라고 해. 괜히 사고 치면 내 손에 먼저 죽을 거니까."

무식한 듯 보이지만 최적의 판단이다. 아니, 다른 면에서는 어지간하면 성질을 죽이지 않던 양지득이 몸을 사리라고 한 것이다. 우내십존에게도 덤비던 양지득이.

그만큼 사태가 만만치 않다는 걸 느낀 탓이리라. 양지득의 생각을 읽은 외관가도 꿀꺽 하고 마른침을 삼켰다.

"빨리 연락을 취해서 망할 딸년에게도 돌아오라고 해…… 아니다. 거긴 일단 냅둬야겠다."

"예……."

"가 봐. 생각 좀 하게."

"그럼."

외관가가 읍을 하듯 고개를 숙이고 물러났다.

방 안에서 홀로 서성이던 양지득은 돼지털처럼 꺼끌거리는 턱수염을 매만지며 혼잣말을 읊조렸다.

"제압이라…… 소림사가 말이지. 천하의 소림사가……."

양지득의 손에 쭉 하고 수염이 몇 가닥이나 뽑혀 나왔다. 그러나 양지득은 그것도 눈치채지 못하고 중얼거렸다.

"이럴 땐 튀는 놈이 매를 먼저 맞는 거야. 튀는 놈이…… 당분간은 아주 쥐 죽은 듯 숨죽여 살아야 할 거야."

* * *

사천의 당씨세가.

우내십존의 한 명인 독선 당사등이 버티고 있는 곳.

한때는 아미파와 청성파를 필두로 사천의 패자 중 한 가문이었다. 사천뿐 아니라 강호 어디에서도 결코 함부로 대할 수 없었던 곳.

그러나 소림에서의 대규모 하독 사건 이후로 당가는 크게 몰락했다.

뒷수습을 하는 데 들어간 자금도 천문학적이었고, 그 때문에 많은 사람들의 질타와 부정적인 눈초리마저 감내해야 했다.

현재의 당가는 그야말로 침체 일로를 걷고 있는 중이었다.

그리고 당가를 대표하던 무인, 당사등은 고작 일 년 전보다도 훨씬 늙어 버렸다. 어마어마한 내공을 지닌 이라고는 상상할 수도 없이 확 늙었다. 깊게 파인 주름살과 자글자글한 주름살이 얼굴을 뒤덮었다.

잿빛으로 짙게 바랜 기왓장을 밟고, 삼 층 전각의 지붕 위에 올라서서 멍하니 석양을 바라보는 당사등의 얼굴에는 드문드문 검버섯까지 드리워져 있었다.

독공을 익힌 자는 기력이 쇠할수록 여타의 정종심법을 익힌 자보다 훨씬 빠르게 노쇠한다고는 하지만, 도저히 상상할 수 없는 정도까지 늙어 버렸다.

하루의 반을 전각의 지붕에 올라 당가의 담장 밖을 바라보는 것은 마음까지 늙어 버린 당사등의 단면이었다.

"백부님."

가주의 동생인 당유원이 훌쩍 지붕 위로 뛰어 당사등의 등 뒤로 다가갔다. 당사등은 뒤를 돌아보지도 않고 거의 다 저문 붉은 석양만 바라보며 입을 열었다.

"전서구가 몇 차례나 날아오더구나."

"그러합니다. 하남에서 온 소림사의 소식입니다. 진산식에서 변고가 생겼습니다. 현재 형님이 회의를 열고 논의 중입니다."

그런데 당사등은 조금도 놀라지 않았다.

"소림은 어떻게 되었다더냐."

"무력 충돌이 있어 서로 간에 다소의 피해가 있었다고 합니다. 특히나 금의위의 고수가 무력하게……."

당사등이 고개를 저으며 말을 잘랐다.

"결과부터 말해 보거라."

"무이포신이 소림에 향후 십 년간 두 가지를 금지시켰다 합니다. 도첩 발행 중지, 무기 소지 허가증 교부 중지."

"흠?"

잠시 생각하던 당사등의 입가에 곧 희미하게 미소가 머금어진다.

"도첩과 허가증으로 십 년이라…… 생각보다 별로지만, 그만하면 나쁘지는 않군."

당유원이 약간 불안한 표정으로 말했다.

"아까 말씀드리다가 만 얘깁니다만, 금의위 고수와 백귀살이란 자가 장건, 그 아이에게 무력하게 당했다고 합니다. 그중 금의위 고수는 거력철권을 데리고 놀듯 했다는데, 아마도 황도팔위의 한 명이 아닌가 생각되고……."

당사등이 번쩍 눈을 치켜뜨고는 몸을 돌렸다.

"백귀살?"

"예. 금월사자가 그리 불렀다 합니다. 장건, 그 아이와 손속을 나누는데 공력을 퍼트렸을 때의 파장이 엄청나서 수백 명이 주저앉을 정도였다고 합니다."

당사등의 눈매가 날카로워졌다.

그러고 나서 그의 입에서 튀어나온 말은 그야말로 충격적이었다.

"북해로군."

놀라운 일이 아닐 수 없었다. 단편적인 정보만으로 강호에서 수십 년이나 잊혀 있던 북해빙궁을 대번에 거론하다니!

한데 더 놀라운 건 당유원의 태도였다. 마치 당사등이 그 말을 할 줄 알았다는 듯 고개를 끄덕인 것이다.

"확실합니다."

본래 당가는 북해빙궁에 정탐꾼을 몇 번이고 보낸 적이 있었다. 나라밀대금침술의 비밀을 알아내기 위해서였다. 그 과정에 우연히 북해빙궁의 움직임을 파악했다.

때문에 강호에서 가장 먼저 북해빙궁을 포착한 것이 바로 당가였다. 심지어 관부와의 접촉마저도 알고 있었다. 북해빙궁을 바로 의심한 것은 어쩌면 당연한 일이었다.

"게다가 황도팔위보다 더한 고수입니다. 제아무리 황도

팔위라도 수백 명을 주저앉게 할 수는 없습니다."

"황도팔위는 황궁에서 무이포신과 금월사자 다음가는 고수다. 그게 무엇을 의미하는지 알고 말하는 게냐."

"예. 무이포신과 그들이 격돌한 현장에서 발견한 흔적들을 보아하니 그 수준이 강호의 초고수들에 결코 떨어지지 않을 거라 예상한 바가 사실이었던 것으로 사료됩니다."

"크크크. 그런데 건이…… 그 아이에게 밀렸다?"

"그냥 밀린 것도 아니고 단 한 수였다고 합니다."

"승패를 가르는 데는 한 수면 충분하다. 그건 그리 중요하지 않아. 하나…… 석연치 않다. 제아무리 천고의 기재라 할지라도 약관 전의 나이에 그런 일은 있을 수 없다."

"하나 그동안의 행적을 보면 가능할 수도 있지 않겠습니까. 청성의 일검을 받아 내기도 하였고, 무당의 중견 고수인 청 자 배 둘의 합격을 상대로도 아무 피해 없이 승부를 냈습니다. 심지어 본가의 독정에도……."

핏.

당사등의 눈에 언뜻 심상치 않은 살기가 스쳐 지나갔다.

"감히……."

당유원이 황급히 말을 삼켰다. 소림에서 돌아온 후로 성격은 더 날카로워졌고 소림과 관계된 얘기만 나오면 민감하게 굴었다.

평생 혼인도 않고 외길만 팠던 그였다. 당가가 현재의 상황에 이르게 된 것을 모두 자신의 책임이라 여겼다. 갈기갈기 찢어진 자존심은 그를 상처투성이의 신경질적인 노인으로 만들어 버렸다.

"죄송합니다. 그런 뜻으로 말씀드린 것은…… 워낙에 그 아이가 벌인 일이 하나같이 범상치 않아……."

"됐다!"

카랑한 목소리가 쇠를 긁는 것처럼 비집고 흘러나왔다. 결코 괜찮지 않은 목소리였으나, 당유원은 그것까지 따질 자신이 없었다.

당사등이 부들거리는 손을 들어 올리며 분노의 외침을 털어 냈다.

"이렇게…… 물러나야 한다는 게 너무도 억울하다. 네가 알겠느냐? 끝내 패배한 것으로도 모자라서 가문마저 내 손으로…… 내 손으로 끌어내린 꼴이 되어 버린 이 원통함을…… 네가, 네가 알겠느냐!"

그의 눈동자를 분노와 회한과 짙은 패배감이 잠식하고 있었다. 당유원이 진중하게 당사등을 주저하다가 말했다.

"사실 말씀드리지 않은 게 있습니다. 며칠 전에서 황궁에서, 아니…… 금의위에서 비밀 서한이 왔습니다."

"이제 진산식도 끝났겠다, 은퇴하면 그만인 밥버러지 취급이다 이거냐? 큭큭큭. 어쩐지 며칠 동안 가주도 그렇고 장로들도…… 꽤 바쁘더구나?"

당사등이 억지로 분노를 갈무리했다.

"그래, 그래서 금의위에서는 뭐라고 왔느냐?"

당유원은 잠깐 호흡을 고르다가 쑥 하고 던지듯 말을 내뱉었다.

"사천을…… 주겠답니다."

"뭐?"

당사등은 어이가 없다는 얼굴로 당유원을 쳐다보다가 웃기 시작했다.

"크크크크!"

"백부님?"

"사천을 주겠다고? 크크크큭!"

당사등이 웃음을 그치지 않고 되물었다.

"싫다면? 본가가 싫다고 한다면?"

"이미 가주 이하 모든 장로들이 뜻을 같이하기로 했습니다. 죄송합니다."

"썩을 놈들이……!"

그 순간.

칙칙하게 죽어 가던 당사등의 눈에 불이 일었다.

"내 잘못이다. 모두가 내 잘못이야!"

당사등은 잔뜩 비틀린 입술로 거친 목소리를 토해 냈다.
 절망과 허망.
 자꾸만 자신의 몸으로 들어차는 그것들을 어떤 식으로든 내버리지 않고는 도저히 삶을 연명할 수 없는 것처럼.

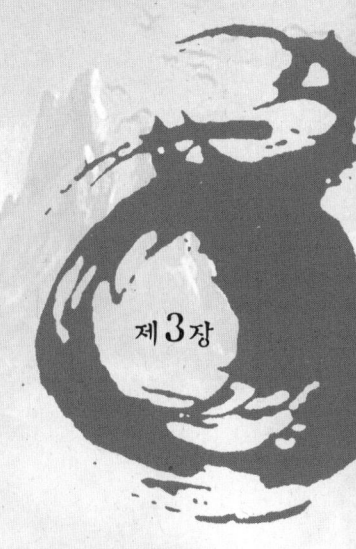

제3장

다시 장건이 화두로

강호가 충격에 휩싸였다.

비록 정치적 이유로 홀대받은 면이 없지 않으나, 소림사의 진산식은 강호 전체의 행사였다. 한 시대의 종막을 상징하는 유서 깊은 행사의 현장이 관부에 의해 난장판이 되었다는 것만으로도 강호인들에게는 경악스러웠다. 심지어 백도 무림의 태산북두나 다름없던 소림사가 관부의 압력에 무릎을 꿇었다는 건 믿기도 어려운 소식이었다.

그러나 이후 전해진 소식은 더욱더 충격적이었다.

무당파의 고수이며 우내십존 중 한 명인 환야 허량이 관부에 압송되어 간 것이다.

죄목은 무려 관원 폭행.

평소라면 어떻게든 사태의 해결을 위해 움직였을 무당파였다. 하나 당장에 소림사에서 사고가 터지고 나니 무당파도 함부로 움직일 수가 없게 되고 말았다.

그렇게 강호를 지탱하던 거대한 두 축이 눈 깜짝할 사이에 손상을 입어 버렸다. 어느 순간에라도 가장 믿음직스러웠던 두 문파가 어이없이 존재감을 잃게 되었다.

불안감이 강호 무림을 뒤덮었다.

관부에서 본격적으로 강호 무림에 간섭을 시도하기 시작한 것이라면, 강호 무림으로서는 도저히 좌시할 수가 없을 터였다. 암암리에 관부에 대한 불신과 불만이 피어나기 시작했다.

관부가 지금 상황에서 한 걸음만 더 강호 무림을 억압하는 행보를 가졌다면, 분명히 강호 무림은 화산처럼 폭발했을지도 몰랐다.

그러나 소림사를 공격했던 금의위는 그저 할 일을 다 했다는 듯 대놓고 황궁으로 돌아가 버렸다.

아니, 단순히 그냥 돌아간 것은 아니었다.

오히려 강호 무림에 희소식을 안겨 주고 돌아갔다.

거대문파에서 독점적으로 갖고 있던 병장기 소지 허가증의 발급 권한을 중소 문파에까지 넓히겠다고 포고한 것이다.

 더욱이 중소 문파가 관부에 신청하여 그 권한을 받기 위해서는 심사를 받는 것이 아니라, 문파의 명부를 관부에 제출하는 식으로 신고만 하면 되었다. 간단히 허가제에서 신고제로 바뀐 것이다.
 이에 관부에서 밝힌 이유는 다음과 같았다.

 ―기존의 제도는 일부에는 유리하고 다수에는 불리하도록 되어 있어 대문파는 물론이고 유명 사찰을 비롯한 도관마저도 이를 악용하여 사사로운 이득을 챙기는 등 논란의 소지가 많았다. 이에 새로이 제도를 개혁하여 선포하노니, 기존에 거대 문파에만 허락하였던 병장기 소지 허가증의 발급 권한을 중소 문파에로까지 확대시행토록 한다. 이를 시작으로 다시금 강호에 큰 의(義)와 협(俠)이 자리하기를 바라노라.

 당연히 기득권층이라 할 수 있는 거대 문파와 세가들의 반발이 있었다.
 하나 반발은 극히 소수였다.
 일단 목소리를 하나로 모아야 할 구심점이 없었다. 소림사와 무당파가 침묵해 버렸고, 천하제일고수를 보유한 화산파마저도 모종의 이유로 입을 닫았다.

그렇다면 누군가가 나서서 힘을 규합하여야 하는데, 그렇게 전면적으로 나서기에는 꺼림칙했다.

거대문파의 입장에서야 기득권을 빼앗기는 일이었으나 중소 문파에서는 충분히 환영할 일이었던 탓이다. 그동안 알게 모르게 중소 문파들의 불만이 팽배해 있었다. 자파의 제자들이 무기 소지를 위해서 타 문파에 찾아가 허가를 받아야 한다는 사실은 어찌 보면 자존심이 상하는 행위였다.

힘이 약한 약소국이 강대국에 조공을 보내고 고개를 조아리는 것과 비슷한 수치심을 느꼈던 것이다. 게다가 거대문파들은 상당한 수준의 공조를 유지하고 있었다. 어느 한 문파에 잘못 보이기라도 하면 순식간에 소문이 퍼져서 허가증을 받기가 어려워지는 일도 종종 있곤 했다.

그러다 보니 거대 문파들의 횡포를 규탄한다는 취지는 중소 문파들에게는 꽤 큰 공감을 얻었다. 거대 문파 때문에 바뀌는 제도라 하니 명분마저 중소문파들에 있는 셈이었다.

강호에서 명분만큼 중요한 것은 없다. 이때 누군가가 섣불리 나서서 불만을 토로한다면 오히려 횡포를 자행하는 못된 자로 매도되기 십상이었다. 거리낄 것이 없다면 어째서 반대를 하느냐, 소인배처럼 하찮은 기득권을 놓기 싫으냐, 따위의 욕만 먹고 말 터였다.

때문에 거대 문파들은 대부분 뒷짐을 지고 혀를 차며 구경만 할 뿐, 직접적으로 반대하고 나설 수가 없었다.

물론 거대 문파의 소속이 아니더라도 이 같은 현상을 우려하는 이들은 있었다.

"기득권의 재분배라는 면에서는 크게 환영할 일이나, 소림사와 무당파라는 질서의 축이 사라진 지금에 이러한 일은 좋지 않다. 일정한 틀 안에서 유지되던 강호의 질서가 한순간에 어지럽혀질 수 있다."

"반드시 이를 악용하는 무리들이 생길 것이다. 이미 뒷골목의 한량들 일부는 가짜 문파를 만들어 공공연히 길거리에서 칼을 찬 채 돌아다니고 있다."

"사실상 이번 개혁은 거대 문파와 중소 문파의 사이에 내재된 갈등이 문제가 아니다. 좀 더 깊이 본질을 파 본다면 강호 무림의 자율성을 크게 침해하는 행위라는 걸 알 수 있다. 문파의 명부를 관부에 제출한다는 것은 강호 무림의 계보가 온전히 관부의 손에 넘어가게 된다는 의미인 것이다!"

이 같은 수많은 우려에도 불구하고 이번 개혁은 중소문파들의 전폭적인 지지를 받았다.

때마침 소림사의 진산식과 맞물려 세대교체가 일어나는

와중이었다. 세력의 판도가 재구성되는 시기였다.

새로운 세대는 기존의 틀을 부수길 원했다.

일 갑자가 넘는 세월, 강호는 우내십존이란 큰 틀로 변함없이 고정되어 있었다.

그 밑에 있던 이들이 치고 나가려 해도 할 수가 없었다. 우내십존은 넘을 수 없는 벽이었다. 그들이 지키고 있는 한, 그들이 소속된 문파와 세가도 철옹성처럼 단단하기만 하였다.

그러나 세상이 바뀌었다.

이제 철옹성을 지키던 수문장 우내십존은 물러날 것이다. 비록 기존 세력을 온전히 뛰어넘을 수는 없을지라도 그 근처까지는 어떻게든 갈 수 있을지도 모른다.

그러한 욕망과 욕구가 실현될 길이 열렸다. 중소 문파와 대다수 무인들에게는 정말로 기회가 생긴 셈이었다. 지금이 아니면 다시 오기 어려운 그런 기회가.

강호 무림 전체로 보면 일 할도 채 되지 않는 거대 문파와 구 할이 넘는 중소 문파의 갈등.

아직 우내십존이 은퇴하지 않은 지금에야 대놓고 반감을 드러내긴 어려울지언정, 그 같은 감정의 발로가 이번 새 제도의 실시로 인해 야기되었다는 것은 누구도 부인할 수 없는 사실이었다.

강호는…….

물밑에서부터 역동을 준비하고 있었다.

*　　*　　*

개방의 장로 흑개는 매우 불편한 표정으로 바닥에 주저앉아 있었다.

그를 바라보고 있는 수십 쌍의 시선들.

이제는 장로급으로 물러난 굉 자 배의 승려들을 대신하여 새로이 직무를 수행하게 될 원 자 배 승려들, 새로이 방장이 된 원호까지. 소림의 실세라 할 수 있는 그들의 시선이 온통 흑개를 향해 있는 탓이었다.

"의자에 올라앉으시지요."

원호가 재차 권유했으나 흑개는 귀만 후비며 딴청을 부렸다.

"거지가 바닥에 앉는 거야 당연한 일인데 왜 그러시오? 두들겨 패서 감옥에 넣어 놓을 땐 언제고? 젠장, 사흘이나 돌바닥에서 자빠져 자느라 감사하게도 입 돌아갈 뻔했소이다?"

이제 원호가 소림사의 방장이 되었으니 흑개도 함부로 하대를 할 수가 없었다.

하나 흑개의 말을 들은 원호는 눈썹을 꿈틀거렸다.

"일의 전후를 알아보니 먼저 손을 쓰신 것은 흑개 장로님이시라면서요? 게다가 그렇게 변장까지 하고 몰래 들어와 계시니 누가 개방의 방도라 생각이나 했겠습니까?"

"거, 변장이란 소리 듣기 거북하구려. 그냥…… 좀 씻은 것뿐이거늘."

"그렇습니까? 여하간에 죄송하오나 본사의 상황이 여의치 않아 간자에게까지는 신경을 쓰지 못하였습니다."

굉운과는 다른 공격적인 성향이 그대로 드러나는 원호의 말투였다.

흑개는 원호의 가시 돋친 어조에 흠칫했다. 원호가 시퍼런 눈으로 노려보자 약간 주눅이 든 태도로 변명했다.

"아니, 사람이 까칠하게 무슨 간자까지 운운을…… 뭐, 내 잘못인 건 인정하겠소이다. 그러나 이 거지로서도 어쩔 수 없었다는 건 알아주시오. 대의를 위해서였소."

"본사의 제자에게 강제로 술을 먹이려 하셨다지요? 그게 대의입니까?"

"쯥…… 입이 열 개라도 할 말이 없소. 하지만 이 거지는 여전히 내 행동이 잘못되었다고 생각하지 않소이다. 원호 대사…… 아니, 신임 방장 대사라도 나와 같은 상황이면 똑같은 행동을 하였을 거요."

"그리하지 못하여서 이 꼴이 되었습니다."

원호가 말하는 이 꼴이라는 게 무슨 꼴인지는 명확하다. 쉽게 할 수 있는 얘기가 아닌데 아무렇지 않게 말을 해 버리니, 오히려 흑개가 당황스럽다.

"허허허……."

흑개는 머리를 긁적거렸다.

"아니, 도대체 방장 대사 같은 성격으로 왜 관부에 투항한 것이오?"

"그것은 본사의 사정입니다."

"그럼 이제 날 어쩔 거요?"

"어쩌긴요. 보내 드려야지요. 그냥 보내 드리면 섭섭하실까 봐 잠시 뵌 것뿐입니다."

"흠……."

너무 간단한 얘기에 흑개는 또다시 당황스러워졌다.

"돌아가셔도 됩니다."

축객령에 흑개는 잠시 머뭇거렸다.

"으음, 얘기는 대충 들었는데, 관부에서 무슨 개 같은 신고제니 뭐니 하면서 미끼를 던졌다고 들었소."

"관부에서 어떻게 나오든 간에 당분간 본사는 강호의 일에 개입하지 않을 것입니다."

"방장 대사의 뜻은 알 것 같소. 소림의 상황도 알겠고.

하지만 개입하지 않으려 해도 그럴 수 없을 것이오."

원호를 비롯한 소림의 원주들이 의아한 표정을 지었다.

"그게 무슨 말씀이십니까?"

"그 전에 한 가지."

흑개가 말을 끊었다가 다시 물었다.

"날 개 패듯이 팬 소림소마, 그 꼬마 놈이 대림 표국의 거력철권도 이기지 못한 금의위의 고수를 농락했다는 게 사실이오? 그리고 백귀살인지 하는 정체불명의 고수도 일권으로 패퇴시키고?"

원주 한 명이 약간 저어하면서 대답했다.

"그랬습니다."

흑개가 '쩝' 하고 입맛을 다셨다.

"이 거지가 강호의 밑바닥에서 일 갑자를 굴렀소이다. 통빡 굴리는 데에는 이력이 났지. 내 소림사에 못 할 짓을 한 건 사실이니까, 가기 전에 한마디만 해 두겠소이다."

원호가 가만히 흑개를 보다가 고개를 끄덕였다. 순간적인 판단으로 관부의 속셈을 눈치채고 소림사에서 일을 저지른 흑개였다. 소림에도 정보 조직이 있으나, 아무래도 속세의 일은 개방이 전문이다. 개방에서 그가 쌓아온 능력이라면 충분히 귀담아 들을 만하다.

"고견을 청하겠습니다."

흑개가 툭툭 엉덩이를 털고 일어서서 원호와 원주들을 보며 말했다.

 "관부는 할 수 있다면 소림사를 봉문시키고 싶었을 거외다. 그러나 지켜보는 눈도 많고 하여 차선책으로 약간의 꼼수를 부렸는데, 거기에는 한 가지의 큰 빈틈이 있소."

 원주들은 의아했다.

 "빈틈이요?"

 "그렇소. 관부가 소림사를 끝으로 강호의 일에서 손을 뗀다고 했으니 명확해졌소. 때문에 소림소마…… 그 아이가 앞으로 요주의 인물이 될 거요. 아니, 이런 경우에는 아마도 태풍의 중심이 된다고 하는 말이 옳을 것 같소이다. 아무튼 그때가 되면 소림사는 아마도 굉장한 곤욕을 치를지도 모르오."

 "곤욕이란 말씀은……."

 "소림사가 개입하지 않으려 해도 개입하게 될 거란 말이외다. 하지만 개입할 수 없는 입장인 건 여전하니 매우 곤란하게 될 거고. 쉽게 말하자면, 그 아이가 소림사에 큰 재앙을 가지고 올 수 있다는 말이오. 지금보다 더 심각한 수준으로."

 원주들은 기가 막혀서 입을 벌렸다.

 저런 말을 한 것은 흑개가 처음이 아니다. 혜원사의 금오도 같은 말을 했다. 장건이 무시무시한 악운을 가져올 거라 했다.

금오는 사주와 천기를 읽었는데 흑개는 시류를 읽어 같은 결과를 냈다.

이건 섬뜩할 정도가 아닌가!

모골이 송연해지는 발언이었다.

원호는 자기도 모르게 '또 장건인가…….' 하고 중얼거리기까지 했다. 정신을 차린 원호가 물었다.

"이유가 무엇입니까?"

"이유는 당장에 답해 주기 어렵소. 하지만 확실할 거요."

"그럼 저희가 어찌해야 하겠습니까?"

"해결책은 간단하오. 그냥 아이를 내쫓으시오. 파문하시오."

원호가 얼굴을 찌푸렸다.

장건을 내보내는 일은 단순하지 않다. 수많은 문파들의 무공을 익히고 있는데다, 원한 관계도 복잡하게 얽혀 있어서 다들 노리고 있는 판이다. 그런 판국에 장건을 내쫓을 수는 없다. 무엇보다 원호 스스로가 내치기를 원하지 않는다.

그러나 원호는 내색하지 않고 반장으로 답했다.

"알겠습니다. 말씀 감사합니다."

원호의 표정에서 고지식함을 읽은 흑개가 어깨를 으쓱했다.

"내 말을 믿지 않아도 어쩔 수 없지. 그럼, 방장에 취임한 것을 공식적으로 축하하며 이 거지는 그만 물러가겠소이다."

흑개는 정중하게 포권을 하고는 나한의 안내를 받아 회의전을 나갔다.

흑개가 나가자 원주들의 이목이 한꺼번에 원호에게 쏠렸다.

"방장 사형. 흑개 장로가 한 말이 사실일까요?"

"괜히 분란을 더 일으키려는 속셈이 아닐까요?"

원호는 고개를 천천히 저었다.

"아직은 모르지. 하지만 하나 확실한 것은, 어떤 일이 생겨도 내 손으로 본사의 제자를 내치는 일은 없을 거라는 것일세."

원호의 말에 누군가 '아차!' 하고 말을 내뱉었다.

"내치지 않는다는 말에 생각이 갑자기 났습니다. 그리고 보니 굉목 사숙의 일이 아직……!"

다른 원주들도 놀란 얼굴들을 했다.

어떻게 그 일을 잊고 넘어갔는지 다들 황망해했다.

"이미 세상에 크게 알려졌으니 그냥 덮고 넘어갈 수 없는 일입니다."

"이것마저 덮었다간 본사의 체면이 말이 아니게 될 겁니다."

"다른 일도 아니고 음적으로 몰린 일이니……."

원호가 손으로 머리를 짚었다.

"그렇군. 그 일이 있었지……."

새로이 계율원의 부주에서 원주가 된 원읍이 난감한 표정을 지었다. 또 다른 원주가 발언했다.

"홍오 사숙조에 대한 일도 논의해야 합니다. 홍오 사숙조에 대한 얘기를 모르는 제자들이 많아 불안해하고 있습니다."

원호가 낮은 한숨을 내쉬며 말했다.

"알았네. 굉목 사숙의 일은 내 생각이 있으니 빠른 시일 내에 날을 잡도록 하지. 그리고 일단은 서둘지 말고 하나씩 해 나가세, 하나씩. 우선 흑개 장로가 왜 건이를 쫓으라 하는지 그 이유부터."

* * *

집무실의 문을 덜컥 밀어 젖히고 야용비가 들어섰다.

방 안에 있던 관아의 하급 관리가 놀라서 야용비를 쳐다보았다.

"아니, 저…… 저 누구……."

은발의 머리와 눈이 튀어나올 정도의 외모에 하급 관리는 너무 놀라서 말도 채 잇지 못하였다.

"누구시……."

그러나 야용비는 그에게는 신경도 쓰지 않고, 서탁에서 계속 서류 작업에 골몰하고 있는 종암을 쳐다보았다.

"이게 뭐 하는 짓이죠?"

종암은 고개도 들지 않고 말했다.

"되도록 사람들의 눈에 띄지 말라고 했을 텐데?"

"이봐요!"

종암이 그제야 얼굴을 찌푸리면서 붓을 놓았다.

"자넨 나가 보게."

"아, 예예."

하급 관리는 야용비에게서 눈을 떼지 못하다가, 그 뒤에 선 냉고사의 무시무시한 표정을 보고는 깜짝 놀라 집무실을 나갔다.

야용비가 짐짓 화가 난 듯 탁탁 소리를 내며 종암의 앞까지 걸어갔다. 수십 장이나 쌓여 있는 죽간과 서류를 슬쩍 훑어보고는 종암을 재차 노려본다.

"바쁜 건 알겠는데, 그렇다고 금의위와 금월사자가 완전히 철수할 때까지 아무 말도 안 해요? 왜 우릴 따돌리는 거죠?"

"바빠서 따로 시간을 내지 못한 게 맞소. 그렇지 않아도 오후에 퇴관하기 전엔 시간을 내려 했소."

"퇴관을 하기 전에?"

야용비의 표정이 웃는 듯 마는 듯 기묘하게 일그러졌다.

"백귀살이 당하긴 했지만, 아직 우리 손에 든 패는 많아요. 벌써 효용 가치가 떨어졌다고 판단하고 우릴 홀대하다가는 언젠가 큰코다칠 거예요."

"그렇잖아도 그 얘기를 하고 싶었소."

종암이 눈살을 살짝 찌푸리며 물었다.

"어째서 백귀살이란 자는 한 번 힘도 써 보지 못하고 백보신권의 전승자에게 일패도지(一敗塗地)한 것이오? 언젠가 코를 다칠 게 아니라 이미 그때 당했소이다."

일패도지는 한 번 패하여 땅에 떨어진다는 뜻인데, 백귀살의 경우에는 한 번 공격에 뛰어내렸던 지붕으로 다시 날아가 걸렸으니 어딘가 모르게 비꼬는 투의 어감이 있었다.

"흥. 그 때문에 우릴 괄시했다는 걸 인정하는 건가요?"

"괄시가 아니라, 그 때문에 모든 계획을 다시 전면적으로 세워야 했소. 그래서 내가 금월사자를 따라 입궁(入宮)

하지 못한 것이오. 소궁주와 대화를 나눌 시간도 부족했던 것이고."

종암이 말을 하면서 쌓인 죽간과 서류를 가리켰다.

"흥. 좋아요. 그렇게 믿어 주죠."

"고맙소. 그리고 나와 직접 손을 맞대어 보았던 백귀살이란 자가 어찌 그리 허무하게 당해 버렸는지도 말해 주면 고맙겠소."

종암은 다시 비어 있는 죽간을 들어 보였다.

"바로 그것 때문에 계획의 중요한 부분이 완성되지 않고 있소. 만일 약관도 채 되지 않은 아이가 차세대 천하제일고수의 자리를 두고 사람들의 입에 오르내리게 된다면 우리의 계획은 완전한 실패요."

"……말해 주죠."

냉고사가 인상을 굳히며 끼어들었다.

"소주!"

"어쩔 수 없잖아요?"

야용비는 길게 숨을 내쉬며 말을 고르더니, 말했다.

"예상했겠지만 본궁의 일부 무공은 문각 선사의 백보신권과 상극 관계를 이루고 있어요."

"예상했소. 그러나 묻고 싶은 것은 그게 어느 정도로 상성이 안 맞느냐는 것이오."

"이미 보았다시피, 매우 심각하게."

종암은 낮게 신음을 내뱉었다.

"소궁주의 말대로라면 그야말로 심각한 일이오. 그러나 한편으로는 다행스러운 일이기도 하고."

"뭐가 다행스럽죠?"

"백보신권의 전승자만 피한다면, 북해의 전력을 제대로 쓸 수 있다는 얘기가 될 테니 말이오."

냉고사의 얼굴 근육이 씰룩거렸다. 그러나 이미 백귀살이 크게 패함으로써 북해의 권위는 상당히 실추된 상태였다. 섣불리 따지고 들 수가 없었다. 종암에게 중요한 건 비꼬거나 놀리는 게 아니라 정확한 사태를 파악하기 위함이라는 걸 알기 때문이었다.

야용비가 타박하듯 종암에게 말했다.

"그러니까 애초에 제 말대로 소림사를 봉문시켰으면 좋았잖아요? 그랬다면 백보신권의 전승자도 함께 묻혀 버렸을 테죠. 어째서 굳이 봉문만은 피하려 한 거죠?"

"강호 무림의 저력은 매우 깊고도 넓소. 그들이 위기 의식을 느끼고 똘똘 뭉치면 설사 십만 황군이라 할지라도 막을 수 없소. 물론 그대들 북해의 도움이 있더라도 마찬가지요."

"그건 종 어사가 강호인이었기 때문이에요. 잘 아는 것이 오히려 병이 된 셈이군요. 차라리 그냥 모르고 일을 진행했다면 처음 반발은 심했어도 나중엔 더 나았을 걸요?"

"내 생각이 틀렸다고는 생각하지 않소."

"그건 중원 황제의 뜻이기도 하니 우리도 어쩔 수 없네요. 하지만 내가 세운 계획을 전면적으로 다시 짜야 한다는 건 반대예요."

"하나, 소궁주의 계획대로 하자면 백보신권의 전승자가 매우 큰 걸림돌이 되오."

"물론 그렇죠. 그러나 계획을 정말 재수정해야 할지 한번 살펴볼까요?"

야용비가 벽면의 지도를 바라보더니 종암이 내려 둔 붓을 들고 그쪽으로 걸어갔다. 그러더니 지도의 한 점을 붓으로 쿡 찍었다.

바로 현재 종암과 야용비가 있는 하남의 소림사가 있는 위치였다. 그리고 무당파가 있는 무당산에도 점을 하나 더 찍었다.

"강호의 모든 대소사는 소림사와 무당파를 위시하여 움직인다. 강호 무림의 구심점인 소림사를 무너트리고, 기둥인 무당파를 흔들면 강호 무림은 쉽게 결집할 수 없게 된다. 여기까지는 현재 성공하였죠."

종암이 고개를 끄덕였다.

야용비가 다시 지도의 좌측 하단에 점을 찍었다. 사천이다.

"강호 무림에서도 유독 결집력이 강한 사천 무인들은 내분을 일으켜 강호 무림에서 따로 떨어진 고립된 형국으로 만든다."

"당가에서 우리의 제의를 수락했소. 그쪽의 일은 물론이고 다른 곳 몇 군데도 무난하게 진행될 것이오."

야용비가 몇 개의 점을 더 찍었다. 오대세가와 나머지 십대 문파가 있는 위치였다.

"진산식을 기점으로 거대 문파가 세대교체에 집중하는 사이, 중소 문파의 관계를 이간질해서 강호 무림을 대립시키고 서로 반목하게 만든다."

"새 제도의 시행령을 내린 지 만 하루도 지나기 전에 여기 하남에서만 천 개의 방파가 등록을 신청했소. 소림사가 터줏대감인 이곳에서도 그 정도요. 다른 곳에서도 호응이 뜨겁다는 소식이 들려오고 있소."

"그러나 거대 문파들의 세대교체가 끝나면 지금의 혼란은 그냥 그것으로 그쳐 버릴 거예요. 내부 정리가 끝난 거대 문파들이 다시 작은 문파들을 압박하여 세를 규합하게 될 것이고, 그러면 강호 무림은 또다시 십대…… 혹은 구대 문파와 오대 세가의 커다란 몇 개 덩어리로 이전처럼 남게 되겠죠."

"그렇소. 거대 문파들의 지지 기반은 매우 확고하고 뿌리 깊게 퍼져 있소. 결국 중소 문파들은 압박을 견디지 못하고 그들에게 굴복하게 될 것이오."

"그래서 우내십존이란 상징적이며 실질적인 거물들을 제거할 필요가 생긴 거죠. 은퇴가 아니라 확실한 제거. 그래서 거대 문파의 사이에도 갈등을 유발함과 동시에 지금의 혼란을 한층 가열시키고 지속시킬 수 있게 되는 것."

종암은 약간 미심쩍은 표정을 지었다가 거두었다.

"검성이 그리 쉽게 수락했다는 것이 믿어지지 않지만…… 곧 첫 번째 살행을 시도할 예정이라 알려 왔소."

"그래요. 우내십존이라는 거대한 우상이 하나든 둘이든 사라지는 순간, 강호 무림은 그야말로 상상도 할 수 없는 혼란의 도가니에 빠져 버리겠죠. 그리고 그를 틈타 중소 문파들의 새로운 도약이 시작되는 거예요."

"물론 그들은 우리 쪽에서 포섭한 무인들. 육검문을 비롯한 천룡검문이라든가 하는 문파들이 될 거구요."

"거기에 북해의 힘이 필요하다는 것은 이미 합의를 본 얘기요."

"알아요. 우리는 우리가 포섭한 그들이 새로이 강호 무림에 자리를 잡고, 각각이 각자의 지역을 대표하는 무림 문파로 성장을 하도록 도울 거예요. 물론 서역에서 초청한 고수들의 힘을 빌어서까지 말이죠. 그러면 우내십존이란 강대한 힘을 잃은 거대 문파들과 싸워도 충분한 승산이 있어요."

"강호 무림은 새외 세력에 대해 매우 배타적이오."

"그러니까 우리와 초청 고수들은 어디까지나 '돕는 것'이죠. 새외 세력이든 뭐든 그건 결국······."

야용비가 생각만 해도 즐겁다는 듯 웃으며 말했다.

"거대 문파들이 건드릴 수 없는 중소 문파의 연합체들을 만들어 내기 위한 수단일 뿐이니까요."

종암의 얼굴이 굳어졌다.

중소 문파들의 연합체!

그것은 그야말로 충격적인 이야기가 아닐 수 없었다!

심지어 종암조차 처음 그 얘기를 들었을 때에는 소름이 돋았다.

본래 강호 무림을 제어하려면 십대 문파와 오대 세가로 대변되는 거대 문파를 어떻게든 해결해야 했다.

강호에 어떠한 문제가 생기면 거대 문파들은 어떻게든 강호 무림의 힘을 규합하여 대항해 왔다. 중소 문파들은 당연히 외부의 핍박과 침략에 거대 문파들을 따라 힘을 보태었다.

따라서 강호 무림을 제어하려면 일단 주축이 되는 거대 문파를 포섭하거나 무력으로 짓누르거나 두 가지의 방법이 선행되어야 했다. 하나 후자의 경우에는 강호 무림이 똘똘 뭉쳐 대항할 여지가 있으므로 사용할 수 없는 방법이었다.

그렇다고 포섭이 되느냐 하면 그건 또 아니었다. 유서가 깊고 자존심이 강한 거대 문파들은 돈이나 권력에도 쉽사리 움직이지 않았다.

설상가상으로, 포섭이든 무력이든 일정 이상의 압박을 가하면 강호 무림 전체가 반발하여 들끓는다는 점이었다. 자유를 침해당하는 것을 크게 자존심 상해 하여 죽는 것보다도 싫어하는 게 무림인들이다.

이번 소림과 무당 사태도 아슬아슬한 경계선상에 있었다. 그 이상의 핍박을 가했다거나 다른 문파까지 연속적으로 건드렸다면 분명 강호 무림이 들고 일어났을 터였다.

하여, 강호 무림이 눈엣가시이면서도 황궁에서는 별다른 대책이 없었다. 강호 무림에 손을 대고자 하면 가장 먼저 거대 문파를 처리해야 했는데 그것이 불가능한 탓이었다. 그러다 보니 문제가 생겨도 어느 정도 적정선에서 타협하는 수준으로 관과 무림의 균형이 맞춰져 왔다.

강호 무림의 힘은 거대 문파에 있다고 누구나 그렇게 생각했다.

한데 야용비는 그렇게 생각하지 않았다. 강호 무림의 힘은 실제로 인원수만 따져도 구 할이 훨씬 넘는 중소 문파에 있다고 보았다.

그래서 거대 문파를 통합의 대상으로, 제어의 대상으로 보지 않았다.

거대 문파를 오히려 주적(主敵)으로 삼았다!

우내십존이 너무나 오래 군림하여 불만이 잠재되어 있던 상황 등의 여러 조건을 이용하여, 오히려 중소 문파 연합체를 거대 문파의 대항마로 일으킬 생각을 했다.

관부는 처음 불씨만 지펴 주면 이후로는 직접적으로 무력을 동원한다거나 하는 부담이 생기지 않는 것이다. 어디까지나 강호의 일은 강호의 안에서 처리하는 것이 원칙이라고 하면서도, 육검문이나 천룡검문 등을 통해 얼마든지 뒤에서 조종할 수 있게 된다.

이것이 유장경이 곧바로 회군하여 돌아간 이유였다. 관부에서 강호의 일에 개입한 게 아니라, 소림사라는 거대 문파가 잘못한 게 있어서 정당한 공무를 집행한 것처럼 행동한 것이다. 당연히 이후로도 어지간한 일이 아닌 이상 유장경과 종암은 나서지 않는 것을 전제로 한다.

결국 중소 문파 전체를 아우르는 무림맹(武林盟)을 설립하여 거대 문파들과 대립 관계를 만들어 내는 게 야용비의 최종 계획이었다. 몰래 관부의 지원을 받는 구 할의 무림맹을 일 할도 채 되지 않는 거대 문파들이 상대하기는 버거울 테고, 빠르든 늦든 언젠가는 몰락할 수밖에 없을 터였다.

그리고 이 계획은 첫 시작인 소림의 실질적 봉문이 성공하면서 거의 자리를 잡아 간 듯싶었다.

하지만.

전혀 생각지도 못한 존재가 이 계획에 문제를 일으켰다.

바로 장건이었다.

종암은 그 점을 짚어 냈다.

"검성이 첫 살행을 시작하면 곧바로 강호는 혼란기에 접어들 것이고, 그때가 되면 수많은 문파들이 난립할 것이오."

야용비가 고개를 까딱했다.

"알아요. 비무행으로 서열을 가리고, 심하면 문파를 무력으로 접수하는 일도 생기겠죠. 강호의 무인들이란 본성이 그러니까요. 육검문과 천룡검문을 비롯한 우리 측 문파들도 그때에 확실히 자리를 잡을 테고요."

"그렇소. 그런데 그때 백보신권의 전승자가 우리 측보다 훨씬 더 큰 활약을 해 버리면 매우 곤란하단 말이오. 그 아이는 정식 제자가 아니라 속가제자라 지금 소림에 가한 제약만으로는 잡아 둘 수 없소. 강호행을 하더라도 전혀 문제가 없단 뜻이오."

 종암이 뒤쪽에 시립해 있던 냉고사를 눈짓으로 가리켰다.

 "예를 들어 천룡검문의 이름으로 저 친구가 비무행에서 연전연승을 하더라도, 어느 순간 백보신권의 전승자에게 당해 버린다든가 하는 일이 생겨 버리면."

 "우리 측 문파가 그 지역에서 최강의 문파로 자리매김하기 어려워지겠지요. 전승자를 이기기 전까지는 오히려 소림사의 위명을 높여 주는 셈이 되겠구요."

 "심지어 그 아이는 소림사뿐 아니라 화산이나 무당, 개방의 무공까지 지니고 있다 하오. 아이의 성장 배경을 생각해 보건대 십대 문파와 오대 세가의 무공 전부를 익히고 있을 수도 있소. 어떻게 보면 거대 문파의 공동전인이 되는 셈이오."

 거대 문파를 몰락시키고 중소 문파의 연합체를 끌어올리려 하는데 하필 가장 귀찮은 걸림돌이 생겼다.

 그들로서도 의도치 않았던 일이겠지만, 장건이 마치 공동전인처럼 거대 문파를 대표하는 인재가 되어 버린 것이다.

 "소림뿐만이 아니라 거대 문파 전체를 상징하는 인물……."

"그렇소. 그리고 현재 강호의 후기지수 중에서 그 아이를 이길 자가 없소. 심지어 무당의 양대 중견 고수가 합격술을 펼쳤는데도 승기를 잡지 못하고 패배를 자인하며 물러섰소."

종암이 말을 계속했다.

"강호는 언제나 영웅을 원하고 영웅에게 끌리기 마련이오. 거대 문파를 주적으로 하는 우리의 계획에서 거대 문파를 상징하는 영웅이 나온다면, 또한 우리가 그 아이를 꺾지 못한다면! 제아무리 커다란 연합체를 이룬다 해도 그것은 그저 공허한 지지 위에 세워진 허상에 불과할 것이오."

종암의 말이 이해하기 약간 어려워서 야용비가 고운 아미를 찡그렸다. 결국 아무리 큰 연합을 세워 봐야 한 명의 아이를 이길 수 없게 된다는 뜻이고, 그것은 곧 계획이 실패한다는 의미다.

"그래서 계획을 다시 세우겠다고요?"

"현재로서는 다른 방법이……."

"쉬운 일을 너무 어렵게 생각하시는 것 아닌가요?"

야용비가 갑자기 깔깔대고 웃었다.

"그래 봐야 겨우 한 사람이에요! 한 사람 따위야 그냥 제거해 버리면 그뿐이잖아요?"

종암이 얼굴을 굳혔다.

"소림을 거의 무력화시킨 지금, 갑자기 촉망받는 후기지수마저 제거해 버리면 분명히 의심을 살 거요. 앞으로의 일에 많은 차질이 빚어질 수 있소. 우리는 다른 무엇보다 강호 무림의 결속이 생길 빌미를 가장 두려워해야 하오."

야용비가 살짝 비웃음의 미소를 띠었다.

"제거한다는 말을 죽인다는 말과 동일시하는 것도 강호 무림인들의 특징이군요?"

"음……?"

"소림사를 봉문시키지 못했지만 무용지물로 만드는 데에는 성공했듯이 백보신권의 전승자 역시 그렇게 하면 되는 거 아닌가요? 그럼 우리 계획에도 전혀 차질이 없게 될 거고요."

"방법이 있소?"

"남의 계책을 이용하여 내 계책으로 쓴다…… 분명히 그런 말이 있었죠."

"장계취계(將計就計)?"

"그래요. 소림사는 위기를 모면하려 내놓은 계책 때문에 오히려 스스로 발목이 묶여 자신들의 손으로 백보신권의 전승자를 내놓게 되고 말 거예요."

"어려울 것 같소만."

"아뇨. 약속을 목숨처럼 지켜야 하는 강호 무림인이라

면, 그리고 그것이 소림사의 승려라면 더더욱 거부할 수 없을 거예요. 그리고 이번엔 제가 같이 가도록 하죠. 소림사에서 어떻게 나와도 바로 대응할 수 있도록."

종암이 우려했다.

"우리와의 관계가 알려진다면?"

야용비가 싱긋 웃었다.

"의혹은 밝혀지지 않는 이상 의혹일 뿐이죠. 걱정 마세요. 반드시 백보신권의 전승자를 제거하도록 할 테니. 아, 물론 실제로든 계획상에서든 말이죠."

* * *

장건은 며칠째 답답해 죽을 지경이었다.

온몸에 부목을 대 놔서 편하게 움직일 수도 없었고, 꼼짝없이 누워만 있어야 했다.

그러나 그보다도 더 장건을 괴롭힌 것은 따로 있었으니······.

"자, 아~ 해."

제갈영이 죽의 마지막 숟가락을 퍼서 장건의 입에 떠 넣어 주었다. 장건은 입만 벌려서 오물거리고 받아먹었다.

"어때? 영이가 주니까 더 맛있지?"

"으, 응……."

"근데 표정이 왜 그래?"

제갈영이 샐쭉해지려는 눈초리로 장건을 쩨려보자, 장건이 황급히 대답했다.

"아냐. 맛있어."

"정말?"

"응, 정말…… 이야."

사람은 학습 능력이 있어야 피곤해지지 않는다. 첫날에도 제갈영은 같은 질문을 했다. 거기다 대고 '같은 죽인데 어째서 누가 준다고 더 맛있어야 해?'라고 되물었다가 제갈영이 울면서 떨어트린 뜨거운 죽 때문에 뱃가죽에 화상을 입을 뻔했다.

하지만 위기를 무사히 넘긴 장건의 표정이 그렇게 밝지만은 않다. 빈 그릇을 바라보면서 엄청난 고뇌에 휩싸인 때문이다.

꼬르르륵.

죽 한 그릇을 다 먹어치웠는데도 배가 고파서 배 속이 요동을 친다.

"더 줄까?"

제갈영이 묻는데, 인생 최악의 고민을 하는 것처럼 오만상을 찌푸리다가 '푸하!' 하고 숨을 내뱉고 만다.

"괜찮아."

순식간에 십 년은 늙은 듯한 장건의 얼굴이었다.

제갈영이 떨떠름해하면서 되묻는다.

"안 괜찮아 보이는데?"

당연히 괜찮을 리가 없다.

장건은 체질적으로 정과 기가 거의 일체(一體)를 이루었다. 몸이 상하면 뭐든 먹어치워서 정을 만들고, 그 정이 장건의 상처를 더 빨리 낫게 한다.

그러니까 사실은 죽 한 그릇만 먹일 게 아니라 뭐든지 잔뜩 먹이면 더 빨리 나을 수 있다. 장건도 배가 고파서 죽을 지경이다. 더 먹고 싶은 마음이 굴뚝같다.

한데 그럴 수 없는 건 몸에 배인 습관 때문이다.

―일도 하지 않고 마냥 누워서 빈둥거리는 주제에? 사람은 살 수 있는 만큼만 먹으면 된다! 어디 사치를 부리는 게냐!

라고 금방이라도 굉목이 호통을 칠 것 같았다.

배가 고파 음식을 더 먹고는 싶은데 일을 안 하고 먹으려니 죄책감이 든다. 그렇다고 안 먹자니 배가 고파서 헛것이 다 보일 지경이고.

정말로 미칠 것 같았다.
"으으으……."
장건은 배가 고파서 참지 못하고 식은땀까지 흘렸다.
"오라버니! 진짜로 안 괜찮아 보여!"
제갈영이 기겁을 했다. 제갈영의 뒤에 서 있던 백리연과 양소은도 걱정스러운 얼굴을 했다.
"이상해. 점점 더 상태가 나빠지는 것 같지 않아."
"의원님께서 좀 호전되었다고 하셨는데…… 다시 모셔 올까?"
장건은 허기가 져서 말 한 마디 하는 것도 힘들어졌다.
"아, 아냐."
"그럼 왜 그래? 응? 벌써 며칠째 계속 이러고 있잖아. 어디 우리 모르게 내상 입은 거 아냐?"
내상 같은 걸 입었을 리 없다. 몸으로 스며든 백귀살의 내공조차 몽땅 정으로 바뀌어서 장건의 몸이 자가 치유 하는 데 쓰이고 있었다.
장건은 식은땀을 흘리면서 끙끙거렸다.
'왜 이러지?'
배가 고파도 보통 고픈 정도가 아니었다. 어제까진 참을 만했는데 오늘은 더 참기가 힘들었다. 몸이 이제 안정적인 상태에 돌입하여 더 빨리 나을 준비가 된 것이다.

장건은 먹지 못하면 죽는다는 생각으로 무공을 익혔기에 지금도 그 같은 생각이 사라지지 않았다. 사실 다른 사람들의 반만 먹어도 충분히 살 수 있을 정도의 공력을 쌓았음에도 불구하고 늘 예전과 같은 양을 먹는다.

더 먹지도 않지만 덜 먹지도 않는다. 딱히 특별한 일도 없이 덜 먹으면 하루가 우울하다.

"안 되겠어. 이러다가 나 죽을지도 몰라."

장건은 자기도 모르게 그렇게까지 말을 내뱉었다.

제갈영과 백리연, 양소은이 깜짝 놀랐다.

"무슨 일 있어?"

"말을 좀 해 봐요. 어디가 아픈지."

장건은 다 죽어 가는 얼굴로 세 소녀들을 쳐다보았다.

"배가 고파……."

세 소녀들은 동시에 경직되었다.

종일 꼬륵꼬륵 소리가 나서 대충 예상은 했지만, 정말 배가 고파서 죽을상을 하고 있을 줄은 몰랐다.

'그게 세상이 다 무너질 것 같은 얼굴로 할 말이냐앗!'

'배가 고프다는 말이 그렇게 하기 힘든 거야?'

먹을 것에 집착하면 보통은 많이 먹는 상상을 하는데, 장건은 소식하는 주제에 꼬박꼬박 끼니를 챙겨 먹는다. 그래서 그게 집착처럼 보이지 않기도 한다. 하지만 사실 거기에 엄청난 식탐이 숨어 있었던 것이다!

이해할 수 없다는 얼굴로 양소은이 물었다.

"배가 고프면 더 달라고 해서 먹으면 되잖아."

눈이 점점 퀭해지고 있는 장건이 대답했다.

"안 돼요. 사람은 먹고 살 만큼만 먹으면 돼요. 하물며 아무것도 안 하고 놀면서 더 먹을 수가 없어요."

흠칫.

세 소녀들이 또다시 경직되었다.

그것은 마치 '너희들도 시집와서 일 안 하면 밥 없다.'라고 말하는 듯했다.

백리연이 불안한 표정으로 장건을 애써 다독였다.

"무슨 소리예요. 아픈 사람은 원래 잘 먹고 빨리 나아야 하는 거예요. 배가 고플 정도라면 벌써 많이 좋아진 것 같은데요?"

"네?"

"그러니까 그게……."

백리연이 어떻게 말을 할까 고민하는데, 양소은이 툭 하고 던지듯 말했다.

"다치면 빨리빨리 먹고 나아서 일어나야지, 덜 먹고 오래 누워 있으면 그게 더 손해 아냐? 본인은 답답하고 주변 사람은 수발드느라 귀찮고."

갑자기 양소은의 얼굴이 붉어졌다.

"아니, 뭐…… 그렇다고 장 소협의 병수발을 드는 게 귀찮다는 건 아니고…… 그냥 이런 것도 좋긴 한데, 아니, 좋은 게 아니라……."

양소은의 입장에서야 정말 생각 없이 평범한 말을 던진 셈이었을 터였다. 한데 그 말을 받아들인 장건에겐 상상할 수도 없는 충격을 주었다.

양소은이 한 말 중에 들어 있는 '손해'란 말이 귓가를 맴돌았다.

"손해……."

번쩍.

벼락이 꽂힌 듯하다.

그렇다. 양소은의 말이 맞다. 많이 먹더라도 빨리 나으면 그게 덜 답답하다. 마냥 누워 있는 것보다는 훨씬 나은 일이다. 빨리 나아서 일을 더 많이 하고 움직이면 그게 더 득이 될 수도 있다.

무언가 벽이 깨진 것 같았다. 장건이 집착하고 있던 껍질 같은 게 머릿속에서 툭툭 하고 금이 간다.

최소한의 힘으로 최대의 효과를 낸다!

그것은 그동안 장건을 지탱해 온 유일한 신념 같은 것이었다. 불필요한 건 모두 쳐내서 늘 최상의 결과를 만들어 냈다고 생각했다.

한데 그 '최소한의'라는 개념에 대해 깊게 생각한 적이 없었다.

'어디까지가 최소한이지?'

이를테면 지금 같은 경우, 주는 것만 먹으면서 다 나을 때까지 버티고 있으면 분명히 최소한이라는 조건은 만족한다.

하지만 그게 최대의 효과라는 조건은 만족하는가?

그것에 대한 대답은 분명히 '아니요'였다.

오싹!

장건은 소름이 다 끼쳤다.

어째서 지금까지 그 가장 간단한 걸 생각하지 못하고 있었을까?

아니, 처음부터 몰랐던 것도 아니었다. 분명히 예전엔 알고 있었던 개념이었다.

검성 윤언강.

그와의 첫 만남이 떠오른다.

장건은 그때 사과를 깎고 있었다. 껍질 때문에 떨어져 나가는 과육이 아까워서 그저 마냥 얇게 깎으려고만 했다.

그런데 윤언강은 얇게 깎는 게 아니라 '사과를 깎을 땐 사과를 깎는 칼을 써야 하는 법이란다.'라고 말했다.

그땐 그게 무슨 말인지 이해할 수가 없었다. 그저 '칼'을 써야 한다면서 맨손으로 사과 껍질을 깎는 게 신기해 보였을 따름이었다.

이제 와 생각해 보니 '칼'이라는 말은 진짜 칼을 의미하는 게 아니었다.

사과를 깎는 도구로서의 칼을 의미하는 것이었다. 그것이 나무칼이든 쇠로 만든 칼이든 맨손이든, 그게 중요한 게 아니었다.

중요한 건 이후에 검성이 말한 '사과는 사과일 따름이니 자연스럽게 깎아야 한다.'는 것이었다.

"자연스럽게……."

장건은 윤언강이 사과를 어떻게 깎았는지 그 방법은 잘 모른다. 기억하지 못한다.

그러나 윤언강이 깎은 사과는 똑똑히 기억하고 있다.

그건 같은 사과인데도 장건이 깎은 사과와 달랐다. 윤기가 흘렀고 꿀을 바른 것처럼 광택이 났다. 너무나 맛있어 보였고 탐스러웠다. 심지어 껍질을 최대한 얇게 깎으려고 했던 장건보다도 더 투명하고 완전하게, 과육이 전혀 붙어 있지 않은 상태로 깎아 내기까지 했다.

장건이 깎은 사과가 시장에서 한 푼에 팔리는 그냥 사과라면 윤언강이 깎은 사과는 황제나 먹을 법한 만금짜리 사과와도 같았다.

 장건과 윤언강의 사이에 무엇이 빠져 있었을까?

 '비…… 은…….'

 목적에 의하여 움직임이 생겨나고, 움직임에 의하여 그 결과가 나온다는 것이 비은이었다.

 깎는다는 목적에 충실한 게 아니라, 맛있게 먹어야 한다는 목적에 충실한 게 윤언강의 방법이었다. 사과의 껍질을 깎는다는 건 더 맛있게 먹기 위한 수단일 뿐이었다.

 맛있게 먹기 위한 목적과 깎는다는 목적은 과정이 같지만 다른 결과를 만들어 냈다.

 '그런가……?'

 장건은 최소한의 힘으로 사과를 깎는 데에는 성공했지만 결국 최대한의 결과를 내놓지는 못했다.

 그러나 윤언강은 보통의 힘으로 사과를 깎아 최상의 결과를 내놓았다.

 궁극적으로 추구하는 목적이 과정을 다르게 만들었다. 무엇이 최대의 효과를 낳았는지는 두말할 것도 없이 명확하다.

 장건은 살짝 마음이 답답해졌다.

장건이 애초에 전혀 모르지 않았던 그 내용을 살아가며 잊어버린 이유는 무엇이었을까?

최소한이란 전제에 너무 집착했기 때문이 아닐까? 그래서 잘못된 길을 걸어온 것일까?

'비은.'

장건은 다시 한 번 그 말을 되뇌었다.

마음이 차분히 가라앉고 정신이 또렷해진다. 깊고 깊은 심연으로 스스로를 파헤치며 스스로 잘못된 길을 걸은 이유를 자책하여 본다.

뭔가가 손에 잡힐 듯 말 듯 눈앞에서 살랑거린다.

조금만 더 파헤치면 비밀을 보여 줄 것만도 같다.

장건은 애써 비밀의 단면을 엿보려고 하였다.

"응?"

장건이 누워 있는 침상 옆에서 서 있던 세 소녀들은 장건에게서 돌연 느껴지는 기이한 기운에 놀라서 살짝 물러섰다.

'무슨 일이지?'

'설마 이 와중에 깨달음을 궁구하고 있는 거야?'

'와아! 우리 오라버니 진짜 대단한데!'

그런 생각을 하고 있는데…….

갑자기.

꾸르르르르륵!

무시무시하게 요란한 소리와 함께 장건이 갑자기 눈을 번쩍 뜨고 소리쳤다.

"배고파—! 못 참겠어!"

제4장

이조암

우적우적.

와작와작.

장건은 부목까지 떼어 놓고 맛있게도 씹는다.

풀을.

생으로.

보통 사람이라면 날풀을 그냥 씹는 것만으로도 약간은 고역일 것 같은데, 고역은커녕 행복한 미소가 만면에 가득하다. 만족한 표정으로 앞에 잔뜩 놓인 풀을 와작와작 정성껏 씹어 먹는다.

"……"

조금 이해하기 어려운 건 장건을 보는 세 소녀 모두가 마찬가지였다.

장건이 처음으로 부탁을 했다. 들어 주지 않을 수 없었다. 그런데 그 부탁이라는 말이 좀 황당무계했다.

―삼지구엽초라는 귀한 풀이 있는데 그게 '정력'에 좋대요. 예전에도 그걸 먹고 나은 적이 있어요. 조금만 구해다 주실 수 있어요?

무술을 잘한다고 해서 모든 약초의 이름을 외고 있는 건 아니다. 먹고 나았다니 좋은 약초인가 보다 했고, 게다가 정력이란 말이 본래 이상한 말도 아니다.

세 소녀는 처음엔 자기들도 모르게 얼굴을 붉혔다가, 장건이 한 '정력'이란 말이 자기들이 알고 있는 그런 뜻으로 한 말이 아니라 생각하고 오히려 부끄러워했다.

'우리 오라버니가 그런 생각을 할 리 없는걸.'

'누구보다 순진한 장 소협인데…….'

'상식적으로 아픈 와중에 정…… 력…… 을 찾을 리가 없잖아?'

그래서 삼지구엽초란 약초가 그냥 왕성한 기운을 내는 데 좋은가 보다 했다.

상달에게 시켰더니 그의 안색이 일그러지더니 그딴 일은 안 하겠다고 도망가 버렸다. 하여 세 소녀가 직접 마을의 약재상을 갔다.

그랬더니만 약재상에서 일하는 사람들은 물론이고, 약초를 사러 온 사람들까지 모두 세 소녀를 이상한 눈길로 쳐다보았다. 죄다 미모가 뛰어난 소녀들이라 사람들이 더욱 요상하게 쳐다볼 수밖에 없었다.

그때 세 소녀들은 확실하게 삼지구엽초에 대해 알았다.

장건이 말한 정력이 순수한 의도의 정력이었는지는 몰라도, 삼지구엽초가 자양강장에 좋은 효능이 있긴 하더라도, 대부분은 밤일을 위해 삼지구엽초를 찾고 있었다는 사실을.

세 소녀들은 그때 당한 수치를 떠올리며 부끄러움에 몸서리를 쳤다.

"……."

사실 아무리 무림인이라 하여도 세 소녀들은 좋은 가문, 좋은 환경에서 자란 양갓집 규수였다. 알건 다 안다고 말할지 몰라도 그냥 어디서 대충 주워들은 풍문이 전부일 수밖에.

하지만 그럼에도 불구하고 세 소녀들은 '정력'에 좋다는 풀을 마구 뜯어 먹고 있는 장건을 보고 있으면 어쩐지 뺨이

후끈거리면서도 마음 한편이 흐뭇해지기도 하는 것이었다.

"아이, 참."

"부끄럽게."

물론 곁에 있는 경쟁자들이 마음에 걸리긴 할지라도 말이다.

빠직.

동시에 같은 생각을 했는지, 서로를 마주 보는 세 소녀들의 눈빛에서 불꽃이 튀었다.

여하튼 장건은 그로부터 하루 만에 완전히 멀쩡해져서는 자리를 박차고 일어났다. 의원이 말한 것보다 이틀이나 더 빨랐다.

그것도 무려 전보다 훨씬 더 생생한 얼굴로.

장건의 표현을 빌자면, 매우 '정력'이 충만해진 상태였다.

* * *

장건은 아침 일찍 이조암에 올랐다.

이조암은 소림사에서도 가장 먼 곳에 위치한 작은 불당이다.

장건은 이조암의 본당에서 가사를 두르고 있는 황금 불

상에 참배를 하고 고즈넉한 안뜰을 지나 뒤쪽으로 향했다. 작은 소로(小路)를 거쳐 깎아지른 듯한 절벽의 끄트머리에 올랐다.

절벽의 끝에 서니 숭산의 전체 풍광이 한눈에 들어온다. 사방을 둘러싼 거대한 산과 작은 봉우리들이 수묵화의 그것처럼 진하고 흐린 형태로 연무에 휩싸여 있다.

"휴우."

경공술로 뛰었는데도 한참을 올랐는지라 장건이 가볍게 숨을 골랐다.

"여긴가? 불목하니 할아버지가 말씀하신 데가."

장건은 앞에 보이는 커다란 바위를 바라보았다. 작은 집 채만 한 크기의 거대한 바위는 본래부터 그곳에 있던 것인지, 아니면 누군가 옮겨다 둔 것인지 알 수 없었다.

문원의 말처럼 돌은 매우 특이했다.

전체적으로 매우 시커먼 묵색인데 군데군데 시뻘건 면이나 선 같은 것이 섞여 있었다. 노을에 비치면 피처럼 붉게 보인다는 게 그런 희한한 색을 띠고 있어 그런 모양이었다.

보통의 바위라면 회색빛이고, 갈라진 틈에 잡초가 피어나 있어야 정상인데 이 바위는 그렇지 않았다. 갈라진 틈 하나 보이지 않아서 잡초는커녕 이끼도 끼어 있지 않다. 딴딴히 뭉쳐진 하나의 덩어리였다.

들은 말대로 엄청 단단해 보여서 칼로 베어도 흔적 하나 남을 것 같지 않았다.

"답답하고 고민스러우면 여기에 꼭 와 보라고 하셨지."

장건이 기이하게 매끄럽고 단단해 보이는 바위를 손으로 매만져 보았다.

그랬다. 장건은 문원이 한 말을 기억하고 이조암에 오른 것이다.

> "거기에 가 보면 알 거야. 버리면 얻는다는 걸. 그리고 네가 거기에서 무얼 버리고 뭘 얻게 될지 몰라도, 적어도 그 바위에 조금의 흔적이라도 낼 수 있으면…… 그땐 더 이상 지금의 문제로 고민하지 않아도 될 거라고 봐."

"흔적……."

장건은 어제의 일로 깨달은 무언가의 실마리를 아직 완벽하게 깨닫고 있지 못했다. 비은과 관계가 있다는 건 알겠는데, 조화와 균형에 관한 원호의 조언도 제대로 이해하지 못한 채였다.

그래서 무엇을 얻을 수 있을까 막연하게 올라온 참이었다. 하다못해 화풀이를 하는 데에도 쓴다니까 혹시나 해서 궁금하기도 했다.

"여기다가 손자국을 낼 수 있을까?"

하지만 자세히 바위를 살펴보니 정말 문원의 말대로 약간의 흔적들이 있었다. 그건 부서졌다거나 깨진 자국이 아니라 눌린 듯한 흔적들이었다.

"희한하네? 이렇게 많이 때렸는데 금간 흔적도 없어."

그리고 그 가운데에는 손바닥 자국 몇 개도 찍혀 있었다. 손가락 마디와 손바닥의 손금까지 보일 정도로 푹 파인 뚜렷한 손바닥 자국도 있고, 손바닥의 형태만 겨우 찍힌 자국도 있었다. 그런데 그 정도도 많지 않았다. 일단 전면에 보이는 것만 예닐곱 개 정도였다. 수십 수백 개의 타격 흔적이 있지만 손바닥의 모양을 하고 있는 것은 겨우 그 정도였다.

게다가 크기가 모두 다른 것으로 보아 죄 다른 사람인 듯했다.

"와……."

장건은 새삼 손바닥 자국에 자신의 손을 가져다 대며 감탄했다. 가장 깊은 것이 손가락 한 마디 정도 패인 자국이었다. 장건의 손이 쏙 들어갔다.

"되게 오랫동안 여기에 있었을 텐데, 그래도 부서진 자국 하나 없는 걸 보면 깨져서 떨어질 염려는 없는 거겠지?"

화가 나서 무언가를 때리고 두들겨서 화를 푼다는 건 장건에게 딱히 내키는 일이 아니었다. 특히나 멀쩡한 걸 때려서 망가트린다는 건 장건에게 지독한 사치였다. 아무리 쓸모없는 돌덩어리라 하더라도.

"정말 안 부서지겠지?"

장건은 기우(杞憂)라도 하는 듯 걱정스러운 표정을 지으면서 다시 바위를 만졌다.

꽤 단단해 보이는 바위였지만, 절벽의 끝에 세워져 있어서 만약 부서지면 밑으로 돌들이 낙하해 위험할 것 같았다.

지금껏 몇 번이나 담이나 벽을 의도치 않게 부순 경험이 있는 장건이었다. 보통의 바위처럼 보이진 않지만, 바위에 손자국을 낸 사람도 손에 꼽을 정도라고 했지만…… 그래도 염려가 된다. 하다못해 부서지진 않더라도 밀려서 굴러떨어질까 봐 걱정스럽다.

하지만 사실 장건이 모르는 게 있었는데, 이 바위는 보통의 바위가 아니었다. 돌이 아니라 거의 통짜로 철(鐵)이나 다름없었다. 온갖 종류가 뒤섞이긴 했으나 바위라고 부르긴 애매한 감이 있었다. 그래서 칼로 치고 곡괭이로 찍어도 부서지질 않았다.

"괜찮을까?"

장건은 손바닥으로 어느 정도 힘을 주고 바위를 쳐 보았다.

 착.

 당연하게도 바위는 미동도 없다. 내공도 없이 그냥 쳐 본 셈이라 손바닥만 아프다.

 "아야야."

 아무도 없는데 괜한 엄살을 부리면서 장건이 두 걸음을 뒤로 물러섰다.

 "후읍!"

 호흡을 가다듬고 기의 가닥을 뽑아내었다.

 기의 가닥으로 오성의 힘을 주고 바위를 쳐 본다. 오성의 힘이면 어지간한 무인들의 위기를 깰 수 있는 정도의 힘이다. 사람 한 명을 거꾸러트릴 정도의 위력이 있다.

 툭.

 기의 가닥은 답답하게 막힌 소리를 내며 허무할 정도로 바위에서 튕겨져 나왔다. 역시나 바위는 멀쩡하다.

 "정말 단단하네?"

 장건은 기의 가닥 두 개를 뽑아내어서 둘을 꼬았다. 탄력이 있는 기의 가닥은 꼬면 꼴수록 튀어 나가는 힘이 강해진다.

 한 호흡을 당겼다가 힘껏 기의 가닥을 쏘아 냈다. 이번엔 꽤 많은 힘이 실려 있었다. 사람 한 명을 공중에 날릴 수 있는 정도의 힘이다.

"탁!"

힘차게 뻗어 나간 기의 가닥이 바위에 부딪치며 장건의 몸에도 충격이 온다. 바위가 아니라 기의 가닥이 허공으로 산산조각 나서 부서져 나갔다. 아니, 부서졌다기보다는 그냥 응집력이 사라져 흩어졌다고 하는 표현이 옳을 터였다.

이번에도 바위는 꿈쩍 않았고, 별다른 소리도 나지 않았다. 그냥 사위가 조용한 아침의 풍경 그대로다. 하다못해 이 정도의 힘으로 벽을 치면 요란한 굉음이 나면서 벽이 무너졌을 텐데 말이다.

"어라?"

아까까진 부서질까 봐 걱정이었는데, 이제는 흠집 하나 나지 않아서 자존심이 좀 상한다. 누구한테 딱히 자랑하거나 할 성격은 아니었지만 장건도 자신의 깜냥을 어느 정도는 알고 있었다.

아무리 방장을 구하려고 급한 마음이었다 해도 관부의 병사들 수백 명을 쓰러트리는 데에 그렇게 큰 힘이 들지도 않았다. 그것은 분명히 일반 무인들로서는 생각하기 힘든 일임에 분명했다.

무공을 처음 시작할 땐 홍오가 손가락으로 돌을 부수는 것만 봐도 놀랐는데, 지금은 자기도 그 정도는 하지 않는가?

굳이 하려 들지 않아서 그렇지.

한데 하려고 했더니 안 되는 이 기분 상하는 상황이라니…….

장건은 오기가 생겼다. 눈썹에 힘을 주고 입술은 꾹 다물었다.

어떻게 하면 이 바위에 흔적을 새길 수 있을까 생각했다.

바위에 남겨진 수많은 흔적들.

물론 그것은 소림의 역사…… 아니, 어쩌면 그보다도 더 오래된 역사를 가졌을지 모르는 이 바위에 그만큼 많은 사람이 거쳐 갔다는 뜻이리라.

그리고 장건보다도 훨씬 더 고강한 무공 실력을 가진 사람이 그 흔적만큼이나 많다는 증거이기도 한 것이다. 장건은 흔적조차 내지 못하고 있었으니까.

"무공에서 밀린다고 자존심이 상하는 게 아닌 거 같아."

장건은 스스로에게 말을 걸듯 중얼거렸다.

"내가 넘지 못한 고민을 이 많은 사람들이 다 예전에 넘었다는 걸 알고 나니 나 자신이 너무 한심한 거야."

검성 윤언강은 자타가 공인하는 천하제일인이다.

윤언강이라면 분명히 이 바위에 자신만의 흔적을 남길 수 있었을 터였다.

그런데 장건은 그럴 주제도 되지 못하면서 공명겸이 무섭다고 두려워했고, 그걸 이길 방법을 생각하고 있었다.

이제 겨우 걷고 있으면서 날고 있는 상대와 견준 셈이다.

그러니까 당연히 심마 같은 것에 들 수밖에.

장건은 부끄럽고 창피해서 얼굴을 들 수가 없었다.

그러면서도 한편으로는 명확하게 한 가지의 꼬인 타래가 풀려서 기분이 개운하다.

장건은 한 걸음을 더 물러서서 가만히 생각에 잠겼다.

기의 가닥으로는 어느 정도 한계가 있다는 걸 이미 원호와의 비무로 깨달았다. 일정 수준까지는 훨씬 더 쉽게 상대할 수 있을지 몰라도 그 이상은 안 된다.

마치 지금의 이 바위처럼 말이다.

"그러고 보면……."

이 바위에 흔적을 남길 수 있다면 고민이 풀릴 거라는 문원의 말이 이를 두고 한 말인 것 같다. 비은이 완벽하게 조화를 이룰 때에야 바위에 흔적을 남기게 될 수 있을 거라는.

장건은 생각을 정리하며 중얼거렸다.

"최소한의 힘으로 최대의 효과를 얻으려면 내가 최대한으로 얼마나 힘을 내는지도 알아야 하잖아?"

장건은 땅에서 작은 돌멩이를 주워 들었다. 호흡을 머금고 내공을 몸 안에서 일주시켰다가 손을 뻗었다. 당가의 섬절을 이용한 수법이다. 내공을 밖으로 뿜어내는 걸 좋아하지 않고, 위력이 너무 무시무시해서 사람을 상하게 하기 때문에 거의 쓰지 않는 수법이었다. 일전에는 쌀알 같은 조그만 것으로 벽을 부순 적도 있었다.

하지만.

딱!

상당한 공력이 깃들어 있었음에도 불구하고 돌멩이가 부서지면서 몇 개의 조각이 되어 튕겨 나갔다.

바위에는 여전히 긁힌 흔적도 없다.

장건은 실망하지 않았다. 그럴 거라고 이미 예상은 했다.

"역시 이 정도로도 안 돼."

알고 있는 기초가 부족하다 보니 장건이 해 볼 수 있는 수법도 한계가 있었다. 하다못해 바위는 사람처럼 위기를 가지고 있지도 않다.

"위기?"

장건은 위기란 말에 생각이 미치자, 며칠 전 진산식에서의 일이 떠올랐다.

갑자기 위에서 뛰어 내려와 장건을 공격했던 그 무인의 위기를 깨트렸을 때.

그때 장건은 기의 가닥을 쓰지 않았던 것이다.

당시 무인의 위기를 깨트리는 데에는 기의 가닥으로도 충분했고, 그게 더 빠를 수도 있었다. 무인의 위기는 그리 강해 보이지 않았다.

한데 저도 모르게 직접 주먹을 내질렀다.

본능적이었다. 기의 가닥으로 부술 순 있지만 어쩐지 그러면 안 될 것 같다는 위기감에 절로 반응했었다. 어딘가 모르게 위기의 형태가 특이했던 것도 본능적으로 움직인 데에 한몫했을 수도 있었다.

결국 본능에 의한 판단은 맞았다.

만약 장건이 기의 가닥으로 대충 위기를 깨려 했다면 뒤에 숨겨져 있던 엄청난 공력에 의외로 실패했을 수도 있었다. 가벼운 기의 가닥으로 쳤다면 위기가 깨지려는 순간 뒤따른 공력에 기의 가닥이 반탄력으로 튕겨지거나 으깨져서 흩어졌을 가능성이 충분히 있었다.

그랬다면 장건은 지금쯤 이 세상 사람이 아닐지도 몰랐다.

장건은 오싹함을 감추며 천천히 당시의 상황을 복기했다.

뒤따라온 공력에 결국 당하긴 했지만 직접 주먹으로 가격하여 일거에 위기를 없앰으로써 상대를 무력화시키는 데에는 성공했다. 그게 본능적인 움직임이었다면, 기의 가닥보다 직접 주먹질을 하는 게 훨씬 강한 위력을 갖고 있다는 걸 장건도 은연중에 알고 있었다는 얘기가 된다.

본래 기의 가닥은 여러모로 안정적이지 못한 수법이다. 장건이나 되니까 자유롭게 기를 허공에 내보내어 다루는 것이지, 보통은 그렇게 하기가 쉽지 않다.

몸 밖으로 벗어난 기는 대기 중에 퍼져서 흩어지려는 성질을 갖고 있어서 작은 충격에도 금세 사라진다. 그리고 기라는 게 실체가 아닌 의념으로 조종하는 것이다 보니 다른 생각을 하거나 주의를 집중하지 못하면 또 분산되고 만다.

심지어 마해 곽모수는 주변 기의 흐름을 일그러트림으로써 장건이 기의 가닥을 조종하는 데에 영향을 끼치기도 하였다.

"결국은 직접 몸을 움직여야……."

장건은 표정을 찡그렸다.

기의 가닥이 좋은 건 몸을 움직이지 않아도 뭐든 할 수 있기 때문이었다.

그런데 그 이점을 포기해야 하다니!

장건은 애써 스스로를 다독이며 자위했다.

"매번 이렇게 하는 건 아니잖아. 그러니까 작은 힘을 발휘할 땐 얼마든지 기의 가닥을 이용할 수 있어. 큰 힘을 써야 할 때만……."

살짝 한숨을 내쉰 장건은 이제 진짜 고민에 빠져들기 시작했다.

무공을 배운 지 그리 오래되지 않았지만 몸을 쓰지 않으면서 생활한 게 수십 년은 된 기분이었다. 그래서인지 어떻게 몸을 써야 할지 생각을 해 봐야 했다.

직접 몸을 쓰는 일은 그리 쉽지가 않았다. 술을 마시고 취했을 때, 혹은 위기감이 들었을 때 정도다. 평소에도 몸을 쓰려면 걷는 것조차 평범하게 못 하는 지경이 아닌가!

"하아."

생각만으로 모든 게 다 되지는 않는 법.

장건은 크게 결심을 하고 자세를 잡았다.

바로 건신동공이었다.

건신동공도 안 한 지 좀 된 터라, 자세가 여간 어색하기 그지없었다. 첫 자세를 취하는 것만으로도 힘에 겨웠다. 그러나 몸에 익을 대로 익었던 동작이었다. 몇 번 자세를 교정하고 나니 그럭저럭 자세가 나왔다.

그러나 자세를 취하는 것과 움직이는 건 별개였다.

"으으으……!"

양팔을 허우적거리면서 천천히 앞으로 걸어야 하는 그 동작이 장건에게는 얼마나 거추장스럽고 불필요한 동작이라 생각되는지! 장건은 단 한 발짝도 발을 뗄 수가 없었다.

처음 이 동작을 따라 하면서 몸 안을 관조할 수 있게 되었고 내공도 자연스럽게 혈도에 흘릴 수 있게 되었다. 수년간을 했던 동작이었다.

한데 요즘 안 한 지 얼마나 지났다고 동작을 흉내조차 내기도 힘들게 되었는가 말이다. 그야말로 기가 막힌 일이었다.

장건도 스스로 어이가 없다고 생각했다. 그런데 또 정작 걷는 건 평생(?)을 해 왔지만 이제는 못 하고 있으니, 건신동공을 못 한다는 게 또 말이 아주 안 되는 건 아니었다.

"후욱."

가쁜 숨을 내쉬는 장건의 이마에 순식간에 땀방울이 맺혔다. 팔과 다리를 바들바들 떨었다. 몸의 기운을 최대한 아끼며 움직이는 장건이 열(熱)로 인해 땀을 낸다는 건 보통 일이 아니다. 그만큼 몸을 움직이는 게 고역이고 괴로운 일이었다.

정 안 되겠다 싶자, 장건은 눈을 감았다.

"난 움직이는 게 아니다. 움직이지 않는다. 움직이고 있지 않다아……."

세뇌하듯 몇 번이나 중얼거리면서 아주 천천히 움직이기 시작했다. 너무 느려서 움직이는지 움직이지 않는지 스스로도 모를 정도로.

손 한 번 뻗는 데 일각이 넘게 걸렸다. 뗀 발을 다시 내딛는 데 이각이 넘게 걸렸다.

풀이 자라고 나무가 자라는 걸 느끼기 어렵듯이 그렇게 느릿느릿 장건은 건신동공을 행했다.

조금씩 불편했던 동작과 마음이 가라앉고 마음이 편해진다.

아주 오래된 고향을 찾은 것처럼.

마구 떼를 부리다가도 어머니의 품에 안겨서 잠이 드는 것처럼.

장건은 느린 동작만큼이나 서서히 깊은 심상에 빠져들었다.

예전 기억을 되찾으면서 관조하는 법을 새삼 되새긴다.

장건은 기억 속 어딘가에서, 이미 스스로 알고 있었음에도 폐기해 버렸던…… 혹은 자의로 지워 버렸던 몸의 기억들을 찾아다니기 시작했다.

어느새 해가 중천에 뜨고, 그것이 다시 서쪽으로 넘어가고 있었다.

장건은 배고픔도 잊었다.

무아지경에 빠져서 새들이 지저귀는 소리도, 시간이 지나는 것도 잊었다.

반나절이 넘도록 장건은 고작 두어 걸음을 떼었을 뿐이

다. 그럼에도 불구하고 장건은 몸에 새겨진 수많은 기억을 읽을 수 있었다.

장건의 심안(心眼)이 몸 안 구석까지 샅샅이 뒤져 정보를 캐내어 온다. 무조건적인 검소함을 추구하는 역근경의 역능(力能)이 장건의 의식 깊숙이 처박아 두었던 감각을 찾아내기 위해서다.

여기저기 흩어져 있던 기억의 조각들이 서서히 모습을 드러내고 있었다.

그리고 장건은 거의 세 시진 만에 눈을 떴다.

"휴우, 휴우."

전신이 흠뻑 땀으로 젖어 있었다. 몸을 움직이지 않게 하려는 역근경의 내공과 힘겨루기를 하느라 많이 지쳤다.

그래도 마음은 개운하다.

"역시…… 몸을 움직이는 게 상쾌하긴 해."

장건은 자못 신기한 듯 손바닥을 폈다가 쥐었다가 해 본다.

역근경의 내공은 계속해서 불만스러워했다. 한데 건신동공이 일정 궤도에 오르자 싫다고 투정을 부리면서도 어쩔 수 없다는 듯이 기경팔맥을 따라 흘렀다.

평범하게 걸으려 할 때 반항하던 것과는 많이 달랐다.

걷는 데에는 수많은 방법이 있다. 빨리 걷는 법, 힘을 덜들이고 걷는 법 등의 여러 보법과 신법이 널려 있어서 그중 어떤 것도 평범하게 걷는 것보다 효율적이다.

그러니 평범하게 걷는다는 건 굳이 그럴 필요가 없는 장건에게 매우 불필요한 동작이다. 당연히 기맥이 막힌 것처럼 내공이 흐르지 않고, 내공을 이용하지 않고 걸으려 해도 잘되지 않았다.

그러나 건신동공을 할 땐, 마지못해서든 어쨌든 내공이 움직이지 않고는 버틸 수가 없는 모양이었다.

그건 다른 말로 건신동공의 동작들이 결코 부질없거나 불필요한 동작이 아니라는 뜻이다. 기가 흐르기 가장 좋은 자세이기 때문에 기가 따르지 않고는 배길 수 없게 된 것이었다. 물론 그러니까 수련의 동작으로 쓰이는 것일 테고 말이다.

"늘 무공은 사람을 다치게 하는 건 줄 알았는데……."

건신동공은 치유의 무공이다. 오래 하면 심신이 건강해지고 병치레가 없어진다. 단전호흡과 운기법을 몰라도 동작이 기를 인도하고 이끌어 스스로 주천을 이루어 내기 때문이다.

장건은 건신동공의 동작, 자세를 꼼꼼하게 떠올려 보았다. 동작과 내공이 관계가 있다는 건 이미 알고 있었어도 이 정도로 현묘한 뜻이 동작에 담겨 있을 줄은 몰랐다.

무림의 역사와 역사의 무게에 새삼 감탄하게 된다. 수천 년, 수백 년을 이어 오며 수많은 선인들에 의해서 가장 최적화된 동작으로 태어난 것이 건신동공이라는 걸 이해하게 된 탓이다.

 장건은 부끄러웠다.

 어쩌면 장건이 불필요하다고 생각해서 마구 줄이고 압축시켰던 무공들. 그 무공들의 동작 중에도 무공이 본래 가지고 있던 현묘한 뜻이 담겨 있었는지도 모른다. 자기도 모르는 사이 그것들을 훼손시켰는지도 모른다. 수천 년의 역사가 검증했던 이치를 너무 가볍게 생각하고 무시했는지도 모른다.

 "후우우우."

 장건은 땅이 꺼져라 긴 한숨을 내쉬었다.

 어깨가 축 늘어졌다.

 역시 무공은 쉽지 않다.

 동작 하나하나에 강호 무림의 역사가 새겨져 있다는 걸 깨달은 순간 자신이 한없이 조그맣게 느껴진다.

 그럼에도 불구하고 아직 더 배울 것이 있고 연구할 것이 있다는 게 기쁘다. 무공은 알아 가는 재미가 있다. 깊게 파고 또 팔수록 자꾸만 새롭고 멋진 것들이 나온다.

 어깨는 늘어트렸지만 장건의 입술에는 금세 작은 미소가

맺힌다.

"헤헤."

자기도 모르게 웃음이 나왔다.

기가 동작을 따르기도 하지만, 동작에 기가 따를 수도 있다는 걸 건신동공을 통해서 재차 확인했다. 몰랐던 건 아니다. 알고는 있었다. 하나 아는 것과 깨닫는 것은 다르다.

게다가 이것으로 또 하나의 연관된 깨달음을 얻었다.

원호가 말했다.

"무공의 도는 자연스러운 것이다. 자연스러워 한 쪽으로 치우침이 없는 것이다. 사람이 천지와의 조화를 추구하는 것이다. 그게 무공에서의 도다."

기가 동작을 따르는 것, 동작에 기가 따르는 것. 그중 어느 것도 먼저라고 할 수 없다. 또, 어느 것이 먼저라고 해서도 안 되었다.

몸의 움직임과 기의 움직임이 일체화하는 것, 그것이 바로 원호가 말하는 정종 무공이 추구하는 조화로움이라는 걸 깨달았다.

이것이 답인가?

정답인가?

아니다.
이것이 정답이라고 확신하는 것조차 치우침이다.

"도(道)는 변화무쌍하다. 어느 것이 도의 형체인가 물으면, 도는 물과 같아서 천변만변(千變萬變)하는 것이라 답한다. 이것이 도이고, 도의 근본을 추구하는 것이 정도라 할 수 있다."

장건은 그것조차 이해하게 되었다.
기와 동작이 조화롭게 움직이는 것이 정도라면, 때에 따라 기가 동작을, 동작이 기를 따를 수도 있는 것 또한 정도이다.
그것이 바로 권도(權道)다.
"아아……!"
모든 것이 밝아진다.
장건은 머릿속에서 환하게 떠오르는 깨달음의 조각들을 잡아냈다.
머릿속의 상념들과 의문들이 정확하게 해답을 찾아가면서 어떤 마음을 가져야 하는지 알게 된다.
힘을 절약하고 간결하게 하는 것은 장건의 의지이다. 그러나 그것이 최고의 기준이며 절대적인 목표가 되어서는 안 되는 것이다.

 기준은 절약에 두더라도 절대의 목표는 오롯이 조화.

 심신의 조화.

 천지만물과의 조화.

 반쯤 홀린 표정으로 걸음을 내디뎠다. 반걸음을 내디뎌 마보의 자세를 취했다.

 일정 경지에 오른 후로는 거의 취해 본 적이 드문 마보였다.

 단전에서부터 풀려 나온 내공이 실타래처럼 몸을 타고 흐른다. 긴장했던 근육이 이완되고 단단히 여며 있던 기경팔맥의 혈도가 열리며, 마음이 가라앉고 전신으로 내공이 퍼져 간다.

 홍오가 보여 주었던 금강권의 준비식을 머릿속으로 떠올리며 천천히 펼쳐 본다.

 마음을 어디에 두어야 할지 알게 된 탓에 내공의 반발이 거의 없다. 손을 들고 마보에서 약간 엉거주춤하니 무릎을 굽히는 궁전보(弓箭步)로 옮기면서 양손을 비대칭으로 들어 앞을 겨누는 중정식(中定式)을 취했다.

 예전의 장건이라면 기준을 힘의 절감에 두고 자세를 견주었을 터였다. 그랬다면 발가락을 튕기는 것만으로도 무릎을 굽히는 이상의 기운을 낼 수 있다. 그래서 장건에게는 궁전보의 자세가 필요치 않았다.

하지만 이번에는 조화로움에 기준을 두고 있다. 동작에 기가 따르도록 하여 본다.

장건은 자세에 기가 얼마나 잘 따르는가도 천천히 느껴 본다.

아주 미세하게 불편하여 기가 따르지 않는 느낌이다.

'이게 아닌가……?'

임맥을 흐르는 기가 목과 얼굴을 오를 때 살짝 걸리는 느낌이다. 그것은 이제까지 장건이 미처 깨닫지 못하고 있던 아주 작은 거리낌이었다. 머리카락 하나가 저절로 빠져서 떨어지고 있어도 느끼기 어렵듯, 그러한 작은 감각이었다.

움직이면 기가 알아서 움직이니까, 라고 생각했을 땐 느낄 수 없던 내공의 불만 어린 작은 외침이다.

이제는 안다. 이것은 조화롭지 못하다는 것이다.

지난번 배운 말로는 비은이 제대로 이루어지고 있지 않다는 뜻도 된다. 조화로워야 한다는 마음에 몸이 따르지 못하고 있는 셈이다.

장건은 똑바로 세우고 있던 고개를 살짝 숙여 본다. 턱을 당기되 코는 들고 눈은 정면으로 향한다.

동작을 아주 살짝 바꾸었을 뿐인데 내공이 순식간에 원활하게 흐르며 불편한 느낌이 사라진다.

희한하기도 하고 신기하기도 하다.

장건은 그런 식으로 조금씩 몸과 팔, 발끝을 틀어 위치를 맞추어 본다. 불편하게 생각되는 부분을 모두 이리저리 고쳐 보고 다듬어 본다.

이전과는 느낌이 다르다. 왜 이러한 동작이 필요한지 펼치면서 알게 된다.

절약을 내세울 땐 필요 없던 자세였는데, 원활히 기가 흐르는 데 중점을 두니 가장 적절한 자세가 된다.

장건은 무려 한 시진이나 걸려서 자세를 교정했다.

마지막으로 발끝을 손톱 두께만큼 움직여서 작은 거리낌조차 모두 없애 버렸을 때.

번쩍!

장건은 전신에 벼락이 통과한 듯 짜릿함을 느꼈다.

수첨(手尖)·비첨(鼻尖)·족첨(足尖)!

이른바 무학에서 이르는 삼첨상조(三尖相照)가 그 순간 완벽하게 이루어졌다.

장건은 찌릿찌릿해진 감각에 전율했다.

"하아아!"

김 어린 탄성이 절로 나왔다.

몸 안의 기운이 폭발적으로 끓고 있었다.

그동안 가지고 있던 내공은 물론이고 새로 먹은 내공들

까지 합해져서, 장건의 내공은 한결 늘어나 있었다. 그러나 그것만이 이유가 아니었다. 자세에서 오는 기운의 증가였다.

그에 더해져서 굉장한 안정감이 들었다. 임맥을 따라 놓여 있는 약점이 되는 요혈들이 절로 보호되었다.

혈도를 흐르는 내공은 언제 무슨 자세를 취하더라도 전혀 무리가 없는 형태로 만반의 준비가 되어 있었다.

"믿을 수가 없어······."

장건은 정말로 믿을 수가 없었다.

그간 무시하고 배제해 온 이 동작이 놀라우리만큼 큰 희열과 기운을 더해 주었다. 똑같이 주먹질을 하더라도 이 자세에서라면 훨씬 더 강하게 내지를 수 있을 것 같았다.

문득 떠오른다.

"무량세······."

홍오가 보여 주었던 희한한 자세였다. 그것은 당시에 매우 꺼려지는 기이한 자세로만 생각되었다.

하나 이제 와 다시 곱씹어 보니, 그 자세 하나에 얼마나 깊은 무학의 이치가 담겨 있었는지 상상도 가지 않는다.

"와아······."

희열이 피어올랐다. 벅찬 감동에 심장이 마구 뛰었다.

무학의 즐거움이란 이런 것이다. 과정은 길고 어렵지만

해냈다는 성취감이 들 때의 기쁨은 말로 표현할 수가 없다.

한참을 감탄하다가 문득 정신을 차리고 보니 벌써 사방이 어둑해지고 있었다.

시간이 아쉽다. 밥도 못 먹었다.

그러나 장건은 아쉬웠다. 멈추고 싶지 않았다.

"이대로 끝낼 순 없어."

장건은 무언가에 홀린 듯 다시 빠져들었다.

준비식을 취했으니, 다음 할 일은 금강권을 펼쳐 보는 것이다.

장건은 준비식에서 몸을 뒤로 슬쩍 빼면서 앞발을 살짝 든다. 뒷발에 중심을 두고 활을 당기는 듯한 모습으로 선다.

내공이 몸을 일주하다가 잔뜩 뒤로 말려서 기다린다.

"얏!"

장건은 좀처럼 내지 않던 기합까지 일기가성으로 지르면서 부드럽게, 하지만 아주 힘껏 앞으로 발을 내디뎠다. 허리의 대맥에서 흐르던 내공이 쏜살같이 앞 발바닥으로 향한다.

쿠웅!

바닥이 울릴 정도의 강렬한 진각과 함께 내공이 땅에 부딪쳤다. 그 반발력으로 내려간 속도보다 더 빠르게 내공이

다리를 휘감고 올라선다. 다시 허리의 대맥을 돌아서 뒤에서 앞으로 쏠리는 어깨를 타고 흐른다.

어깨에서부터 팔꿈치를 거쳐 주먹까지 기운이 흐른다. 자연스럽다. 장건의 몸이 이끄는 것인지, 내공이 이끄는 것인지 선후가 없다. 마음이 기와 몸을 인도한다.

완전히 일권을 내질렀을 때, 주먹 끝에서 거친 폭발음이 일어난다.

푸아아앙!

공기가 터져 나가면서 장건의 머리카락과 옷깃을 세차게 날린다.

장건은 앞발을 딛고 주먹을 내민 채로 깨어났다.

지금 펼친 건 금강권의 첫 초식이다. 투로를 잇다 말고 딱 잘라서 첫 식만 펼쳤다. 순수하게 아무것도 첨가하지 않고 해 보았다.

그럼에도 지금의 동작을 누군가가 보았다면 크게 놀랐을 터였다.

완벽하게 힘이 실린 제대로 된 금강권이기 때문이다. 원자 배에서도 이만큼이나 완전하게 펼치는 이는 거의 없다.

게다가 움직임이 거의 없는 장건이 이렇게 멀쩡히 움직여서 권법을 한다는 것만으로도 놀랍다. 당장에 장건도 이런 평범한 움직임을 하지 못해서 꽤 고생하고 있었던 터니까.

장건 스스로도 놀랐다.

가만히 서 있는 자세에서 갑자기 금강권을 펼치는 것과는 사뭇 다르다. 준비식에서 펼쳐지는 금강권은 힘이 넘실거린다. 주먹을 뻗고도 뒤에 남은 힘이 더 뻗어 나갈 듯한 느낌이다.

하지만 장건은 약간 불만을 느꼈다.

"이게 아닌데?"

준비식을 완벽하게 해냈을 때처럼 만족감이 들지 않았다. 동작이 어딘가 조화롭지 못했다, 혹은 완전하지 못했다는 걸 알았다.

이것은 변화도 진보도 아니다. 그냥 정석적인 권초였을 뿐. 예전에도 충분히 했던 동작이다. 이게 정답이었다면 굳이 지금처럼 변화를 거듭해 오지도 않았을 것이었다.

힘이 넘실거린다고 느낀 것은 준비식의 힘을 이어받은 탓이지, 금강권 자체가 잘되어서가 아니다.

장건은 다시 자세를 잡았다.

준비식을 취하고 매우 신중하고 느릿하게 금강권을 펼쳐 본다.

한데 방금 전의 자연스럽던 동작이 아니다. 어딘가 모르게 살짝 딱딱해졌다.

내딛는 발걸음도, 보폭도, 몸을 뒤에서 앞으로 흔드는 움직임도 모두가 방금보다 뻣뻣하다.

그리고 허리춤에서부터 어깨, 팔꿈치, 주먹으로 이르는 지르기의 끝에 푸아아앙! 하고 공기가 터지는 소리가 난다.

움직임은 꽤 뻣뻣했는데 소리의 크기는 방금과 같다. 비슷한 힘이 실렸다는 뜻이다.

장건은 고개를 갸웃했다.

여전히 마땅찮다.

또다시 준비식을 취했다.

그러곤 똑같은 금강권의 초식을 펼치는데 움직임은 더 뻣뻣해졌다.

방금과 다르다. 무엇이 달라졌느냐면 바람이 불지 않는데도 머리칼이며 옷깃이 한쪽 방향으로 쏠리면서 뒤틀리고 있다는 점이었다. 발밑에서도 작은 소용돌이가 일어난다.

경(勁)이 실린 것이다.

파우우웅—!

움직임은 더 간략해졌는데 소리는 한층 세찼다.

장건에게 사실 과장된 동작은 전혀 필요하지 않았다. 장건은 다른 사람과 달리 세밀한 근육마저 모두 조절하고 움직일 수 있었다. 그러니 남들처럼 크게 움직일 필요가 전혀 없었다.

그렇게 하지 않아도 같은 힘을 낼 수 있었고, 또 남들처럼 한다고 더 강한 힘을 낼 수 있는 것도 아니었다. 설사 그것이 통상적인 비은을 의미한다 할지라도 말이다.

장건이 가야 할 조화로움은 장건 자신의 조화로움이지, 남이 볼 때의 조화로움은 결코 아니었다.

장건은 그것을 무의식적으로 깨달은 상태에서 오로지 관조와 느낌에 의해서만 동작을 고쳐 가고 있었다.

"후욱……."

주먹을 거두고 숨을 골랐다.

겨우 세 번 주먹질을 했을 뿐인데도 힘이 들었다. 단순히 초식을 펼치는 게 아니라, 모든 동작에서 관조를 행하고 있는 탓이었다. 힘줄 하나하나, 내공의 움직임 하나하나까지.

장건은 잠깐 쉬는 듯했으나 그것도 잠시, 계속해서 금강권을 펼치고 또 펼쳤다.

횟수를 거듭할 때마다 장건의 움직임은 줄어들었고, 진각의 소리도 작아져 갔다. 몇 번 초식을 펼친 후에는 거의 주먹만 내미는 식으로 변해 가고 있었다.

어느새 해는 서산으로 넘어가고.

금방이라도 쏟아질 것 붉은 석양빛을 소림사의 누구보다 가장 먼저 받으면서 장건은 수도 없이 금강권을 반복하고 있었다.

* * *

오황과 곽모수가 장건을 보러 왔다가 침상이 비어 있는 것을 보았다.

"얘 어디 갔냐?"

오황의 물음에 방을 청소하던 동자승이 멀뚱하게 대답했다.

"의원님이 다 나았다고 해서 어제 나갔는데요?"

"어디로?"

"모르겠어요. 저녁 공양이 끝났으니 속가제자들의 숙소에 있을지도 모르겠네요. 불러 드릴까요?"

"흐음. 아니, 됐다"

곽모수가 고개를 끄덕였다.

"어쩔 수 없군. 떠나기 전에 한번 얼굴이라도 보고 싶었는데."

"너도 관심을 두고 있을 줄 알았다. 이상하게 끌리는 놈이라니까, 그놈."

"아쉽지만 인연도 여기까지겠지. 가세."

방을 나와서 외원을 걸어 나가며 오황이 말했다.

"그러니까 내일 가라니까. 어차피 가 봐야 할 일도 없잖아. 마을에 내려가서 술이나 한잔하고 가지, 뭐 그리 급해?"

"선약이 잡혀 있어서."

곽모수가 짧게 대답하더니 오황을 가만히 쳐다보았다.

"왜?"

"작별 인사를 하려 했네만."

"넌 무슨 징그럽게 인사를 눈으로 하냐?"

오황이 찡그린 얼굴로 혀를 차자 곽모수가 웃었다.

"이제 우리 나이가 벌써 상수가 다 되었는데, 이제 헤어지면 언제 다시 볼 날이 있겠는가."

"다시 안 봐도 되니까 그만 보자. 너 아직도 내 무공을 잡종이라 써 놓은 거 안 고친 거 다 안다."

"하하하!"

곽모수가 웃으면서 어깨에 건 서궤를 다시 끌어 올렸다.

"아직도 그 일을 마음에 두고 있는가?"

"천만에! 네놈 따위가 내 무공을 어떻게 평가하든 신경 쓰지 않는데, 평가했다는 자체가 기분이 나빠서 그런 거야. 내가 너보다 하수도 아니고 말야."

"그렇군."

"그냥 보내려니 아쉬운데……."

오황이 웃으면서 슬쩍 투기를 흘려 보지만, 곽모수는 고개를 저었다. 오황의 투기를 받아들이지 않은 것이다.

"가야 하네. 시간이 많이 지체되었어."

"아, 맘대로 해. 누가 뭐래? 내가 이 나이 먹고 시비나 거는 사람인 줄 알아?"

말은 그렇게 하면서도 아쉬운 티가 역력한 오황이었다.

어느새 소림의 일주문이다.

일주문 위쪽으로 멀리 서산으로 넘어가는 해가 보인다.

곽모수가 해를 한 번, 그리고 오황을 한 번 보았다.

"잘 있게나."

두우웅—

갑자기 멀리에서부터 웅장한 소리가 들려온다.

타종(打鐘) 소리와 비슷한데 종소리보다 깊은 울림이 있고 산 전체를 아우르는 거대한 떨림마저 담긴 오묘한 소리다.

소실산의 봉우리 전체가 우는 듯하다.

우우우웅…….

단 한 번의 울림이 가슴에 한참이나 남아서 여운이 쉬이 가시지 않는다.

두우우우우웅—

또 한 번의 울림이 일었다.

일주문을 지키고 있던 소림의 승려들과 오가던 승려들도

모두가 걸음을 멈추고 귀를 기울인다.

"희한한데?"

오황과 곽모수마저 그 희한한 울림에 마음을 빼앗겼다. 소리가 들려온 어딘가를 바라보며 곽모수가 중얼거렸다.

"이별을 고하는 멋진 소리로고."

"음?"

오황의 의문의 표정을 지었지만 곽모수는 가벼운 미소만을 남긴 채 일주문으로 나서고 있었다.

"그럼 또 볼 날이 있겠지!"

뒤 한 번 돌아보지 않고 떠나는 곽모수의 뒷모습을 보며 오황이 쓸쓸한 표정을 지었다.

"잘 가라, 망할 놈아."

*　　*　　*

장건은 뒤로 벌러덩 자빠져서 크게 숨을 내쉬었다.

"푸하아! 하하하…… 하하하하!"

장건은 기침까지 콜록거리면서 웃어 댔다.

"해냈다! 해냈어!"

정말로 해냈다.

석양을 받아 피를 흘리는 듯 붉어진 바위의 한가운데에

주먹 자국이 여실했다. 깊게 흔적을 내지는 못하였으나 누가 봐도 주먹의 자국인 것은 충분히 알아볼 수 있을 정도였다.

손바닥이 아니라 정권의 흔적이다!

"아이고, 주먹 다 부서지겠네."

장건은 눈물을 찔끔찔끔 흘리면서 오른 주먹을 어루만졌다. 뼈가 상한 것 같았다. 그래도 기분이 좋아서 참을 수가 없었다.

바위에 흔적을 낼 수 있게 되다니!

완벽한 자세에서 뿜어낸 금강권이 준 쾌락에 다시 한 번 몸서리를 치고 만다.

미동도 하지 않을 것 같던 바위가 몸을 떨었다.

그리고 굉장한 소리를 내면서 울렸다.

큰 종을 치는 것처럼 깊고 웅장한 소리가 났다.

"하아!"

장건은 잠시 동안 누워서 멍하니 하늘을 바라보았다.

"해냈어……."

같은 말을 되뇌는데도 지루하지 않다.

타격의 순간, 온몸이 전율했던 느낌이 생생하다.

"되는구나……."

안 되는 줄 알았는데 결국 되었다.

한 번도 아니고 두 번이나.

장건의 눈에 또 눈물이 가득해졌다.

이번엔 아파서가 아니라 행복해서였다. 즐거워서였다. 기뻐서였다.

비은.

마치 오랜 숙원을 해결한 듯.

그렇게 장건은 한참이나 가만히 누워 있었다. 그러나 그런 여유를 마냥 즐길 수만은 없었다.

꼬르륵……

"……"

꼬르르륵!

장건은 배를 움켜쥐고 벌떡 일어났다. 뱃가죽이 등에 달라붙으려 했다.

갑자기 비은이고 나발이고 뭐가 중요한가, 하는 굉장한 생각이 들었다.

"배, 배고파아아아!"

장건은 대충 옷차림을 수습하고 법당에 들러 황금불상에 인사를 한 후 쏜살같이 이조암을 내려갔다.

* * *

종소리보다 웅장하고 강한 떨림의 소리.

그 소리를 들은 문원은 감격에 겨워 눈물을 찔끔 흘렸다.

"고 녀석이 결국 해냈네. 아이, 참. 나이 먹고 왜 눈에서 물이 나지."

문원은 훌쩍거리다가 먼 산을 내다보며 회상에 젖었다.

"사형이 있었으면 얼마나 자랑스러워했을까. 사형⋯⋯ 사형이 애 키우는 재미가 있다고 한 게 이런 거였수?"

누구도 듣지 않는 혼잣말을 중얼거리면서, 문원은 높은 나뭇가지 위에서 하염없이 석양을 바라보고 있었다.

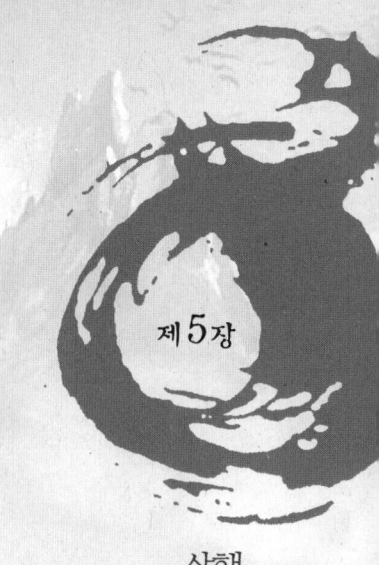

제5장

살행

　소림의 산문을 벗어나 얼마간 길을 내려가던 곽모수는 잠시 걸음을 멈추었다.

　"흠."

　무언가에라도 홀린 듯 내려가던 길이 아니라 다른 곳을 바라보는 곽모수다.

　노을 져 가는 저녁 하늘에 실처럼 흘러가는 구름이 곽모수의 얼굴에 묘한 그림자를 드리웠다.

　마을까지는 얼마 남지 않았는데도, 곽모수는 산을 내려가지 않고 기다렸다. 자세히 보지 않으면 알 수 없을 정도로 길가에 아주 작은 오솔길이 나 있었다.

곽모수는 잠깐 고민하다가 곧 오솔길의 수풀 사이로 걸어갔다.

빠르지도, 느리지도 않게.

아니, 오히려 빠르던 걸음이 점점 더 느려진다.

한 식경 남짓. 이제는 아예 거북이처럼 느릿하게 걸어가던 곽모수가 이내 걸음을 완전히 멈추었다.

얼굴에는 긴장감이 가득하고 입은 굳게 다물었다. 턱수염은 뻣뻣하게 섰다.

오솔길이 사라진 끄트머리에서 커다란 공터가 모습을 드러냈다.

십여 장쯤 되는 공터의 끝은 절벽이다. 그리고 절벽에는 한 사람이 서서 저무는 석양을 바라보며 등을 보이고 서 있다.

평소보다 훨씬 더 큰 태양.

그보다 큰 등.

그건 아마도 그 등이 천하제일인의 등인 까닭일지도 몰랐다.

"어서 오게나."

윤언강이 돌아섰다.

품에 허름한 철검을 품고.

곽모수는 처음 윤언강을 발견할 때부터 움직이지 않았

다. 그러다가 윤언강의 얼굴을 확인하고 나서야 물었다.

"자네가 보낸 서한이었군. 글씨체가 다르던데."

"마을의 순박한 촌로에게 대신 써서 전해 달라 부탁했지."

"이해할 수가 없네. 자네가 왜 나를 이런 장소로 비밀리에 불러내고 그런 살기까지 흘리는 것인가?"

"비밀리에 불러낸 것은 남이 보기를 원하지 않기 때문이고, 그게 자네인 것은 자네가 이번에 소림을 떠나면 다시 만나기 어렵다는 걸 알기 때문이라네."

곽모수는 천천히 서궤를 풀어 바닥에 놓으며 말했다.

"그래도 여전히 이해할 수가 없네. 솜씨를 보이고 싶었으면 굳이 이런 일을 벌일 필요가 없지 않은가. 스스로 말을 전했더라도 두 팔 벌려 환영했을 터이네. 나야말로 천하제일인의 검이 궁금했으니."

곽모수가 서궤에서 지필묵을 꺼내려 하자, 윤언강이 팔짱을 사이에 낀 철검을 두어 번 흔들었다.

철그럭, 철그럭.

"그건 필요 없을 것이네."

곽모수가 멈칫했다.

그게 무슨 말인지, 라는 얼굴로 빤히 윤언강을 바라본다.

윤언강이 말했다.

"아직 살기를 흘리는 이유에 대해서 대답하지 않았지. 내가 자네에게 살기를 흘린 이유는."

철그럭.

품에 든 철검을 다시 한 번 더 튕기는 윤언강이다.

"자네를 죽이기 위해서니까."

곽모수가 희한한 기분으로 윤언강을, 윤언강이 품에 안고 있는 철검을 응시했다.

"최근엔 검을 들지 않는다고 들었네만."

윤언강이 팔짱을 풀고 드디어 오른손에 철검을 들었다. 검집도 없이 날도 서 있지 않은 거친 검이었다. 무라도 제대로 벨 수 있을까 싶은.

바닥을 내려다보고 있던 윤언강이 철검으로 발 안쪽을 툭툭 쳤다.

"자네 한 사람이라면 모를까, 한 사람이 더 있어서 말일세. 아무래도 둘을 상대하려면 검이 필요하다네."

그 말에 곽모수는 지필묵에서 손을 떼었다.

"아아, 송풍검(松風劍)이었군."

허름해 보이지만 화산의 삼대 보검 중 하나. 그 어떤 막대한 내공에도 부서지지 않는 천하기물(天下奇物).

지금의 윤언강에게 너무나 잘 어울리는 검이다. 그리고 동시에 그 검을 들고 온 이유가 명백히 들여다보이기도 하는 것이다.

전심전력을 다해 싸우겠다는 의도.

곽모수는 서궤의 뚜껑을 닫고 일어서며 물었다.

"왜?"

"그 전에 내가 먼저 한마디만 묻겠네."

"말해 보게. 나는 지금의 상황이 매우 이해하기 어렵군."

"이대로 천문서원에 돌아가지 않고 떠날 수 있겠는가?"

여러 의미가 깃든 말이었을 텐데도, 곽모수는 오래 생각하지 않았다.

"권유인가?"

"권유일세."

"협박인가?"

"협박일세."

곽모수가 고개를 끄덕거렸다.

"그렇다면 당연히 내 대답은 불가(不可)일세."

이미 예측했던 바라는 듯 윤언강은 동요하지 않았다.

"그럴 줄 알았네. 자네를 제일 먼저 찾아오길 잘했다는 생각이 드는군."

살기가 짙어졌다.

절벽가에 기이하게 자란 키 작은 고목이 순식간에 말라

비틀어져 간다…….

차라락.

이어 곽모수가 품이 넓은 소매를 흔들었다. 소매 안에서 묵색의 철필이 튀어나와 손에 쥐어졌다.

철필을 손에 쥔 채 곽모수가 윤언강을 보고 물었다.

"자네가 소림을 위협한 무리들의 배후인가?"

"배후?"

윤언강이 씁쓸하게 웃었다.

"배후라는 말은 나 윤언강의 이름에 매우 어울리지 않는 단어로군. 제자를 위해서, 라고 해 두지."

곽모수가 흠칫했다.

윤언강의 제자 문사명이 북해빙궁에서 온 사절단과 함께 사라진 사건을 그라고 모를 리 없었다.

"흐음?"

감을 잡은 듯 곽모수는 서서히 공력을 끌어 올렸다.

"천문서원은 이번 일을 반대하지 않는 입장일세. 그러나 어떤 이유에서든 강호의 일에 개입하는 일도 없을 것이네."

"미안하네만, 그런 건 별로 중요하지 않다네."

다소 복잡한 눈빛으로 빤히 윤언강을 응시하던 곽모수가 툭 하고 말을 내뱉듯 수긍했다.

"그렇군."

곽모수는 슬쩍 하늘을 바라보았다가 윤언강에게 시선을 돌렸다.

"어쩐지 소림사의 일주문을 나설 때부터 감상적인 기분이 들더니만 이렇게 좋은 일이 생길 줄 몰랐네."

더 길게 물어보지 않고 곽모수는 상념을 털어 버린다.

자신을 죽이러 온 눈앞의 살수는 천하제일인.

이유를 알 수 없다고 쓸데없는 생각을 하면서 상대할 수 있는 자가 아니다. 조금의 방심이 한순간에 패착으로 이어질 것이다.

이미 하늘에 잠시 두었던 시선을 내리는 순간부터, 곽모수의 눈빛은 더 이상 흔들리지 않고 있었다.

"서생 노릇을 하고 있지만, 무인의 피가 흐른다는 것은 이런 때 참으로 편한 일인 것 같네. 그 어떤 대의보다······ 그 어떤 호기심이나 사정보다 앞서는 감정이 있다는 것이."

윤언강도 땅에 내리고 있던 시선을 서서히 들어 올려 곽모수를 마주 보았다.

"반겨 주어 고마우이. 자네의 호승심에 응당 대답을 하겠네."

"나뿐 아니라 누구라도 천하제일인과 검을 맞대는 일을

살행 197

기꺼워할 것이네."

"다른 한 친구도 그렇게 생각했으면 좋겠군."

"분명 그 친구도 그러할 것일세."

곽모수가 시선을 가볍게 윤언강에게 두었다.

"촉박할 텐데 시간을 뺏어서 미안하네. 자, 시작하지."

끄덕.

윤언강은 고개만 끄덕이곤 군말 없이 송풍검을 들었다.

순식간에 십여 장 떨어져 있던 거리가 다섯 장으로 줄었다. 약속이라도 한 것처럼 곽모수도 몸을 낮추고 마주 걸음을 내디뎌 거리를 좁혔다.

팟.

눈 깜짝할 사이에 간격이 가까워졌다.

대여섯 걸음 정도의 거리가 되자 윤언강이 송풍검을 가볍게 들어서 원을 그렸다.

천하제일고수가 사용하는 검이라기엔 빠르지도 느리지도 않은 평범한 한 수였다.

그러나 단순한 몸짓에 검이 울어 댔다.

우르릉!

검명(劍鳴).

검명과 함께 투박한 잿빛 송풍검의 끝에서 뿌연 백광이 피어나왔다. 응축된 백광이 더욱 불투명하고 진한 빛을 뿌리며 곽모수를 덮쳐 갔다.

곽모수는 낮은 목소리로 중얼거리며 팔뚝 길이의 묵직한 철필을 들어 힘껏 허공을 휘저었다.

"구구팔십일격(九九八十一擊). 앙세(仰勢)."

좌에서 우상으로 힘껏 철필을 휘둘러 찍는다.

"중궁(中宮). 평세(平勢)."

앙세의 밑으로 더 힘차게 철필을 긋는다.

곽모수를 향해 날아들던 백광이 철필에 닿지도 않았는데 이리저리 휘어져 빗나간다.

파파팍!

빗나간 백광이 곽모수의 몸을 스쳐 가 창처럼 바닥을 꿰뚫는다. 생겨난 구멍은 손가락 두 개 정도가 들어갈 크기인데 비산하는 흙더미는 삽으로 수십 번을 퍼낼 양이다.

"그때도 그랬었지. 흐름을 관장하는 자."

공격이 실패했지만 윤언강은 표정 하나 변하지 않은 채로 여유롭게 말을 건넨다.

윤언강은 검의 놀림을 멈추었는데 여전히 검광의 폭격이 곽모수를 향해 쏟아진다. 곽모수도 철필의 움직임을 그만두었는데 빛은 그의 앞에서 굴절되어 사방으로 흩어진다.

퍼퍽, 퍼퍼퍽!

흙이 뒤집히고 땅이 파헤쳐지고 있다.

곽모수는 가만히 서서 태연히 대답한다.

"자네의 공명검은 공간을 초월하였는가? 그렇지 못하다면 결코 나를 해할 수 없네."

"기의 흐름을 인위적으로 조종하여 공간을 장악하는 신묘한 천문서원의 비전. 그것이라면 충분히 그렇게 자신할 만하겠지. 하나……."

윤언강이 되뇌듯 말하며 성큼 한 걸음을 내디뎠다. 곽모수와 윤언강은 훨씬 더 가까워졌다. 이제 검을 들면 닿을까 말까 한 거리다.

윤언강은 곽모수를 가운데 두고 빙글빙글 돌며 검무를 추듯 걸음을 놀렸다. 검이 수십 개의 검영을 뿌리며 곽모수를 에워싼다.

피핏.

검의 궤적이 만들어 내는 파공(破空)만으로 곽모수의 얼굴에 두 줄기의 검흔이 생겼다. 곽모수는 눈을 찌푸리며 철필을 왁 쥐었다. 붓끝을 아래로 하여 중간을 쥐는 악필법이다.

곽모수도 물 흐르듯 보법을 밟았다. 윤언강과 똑같은 걸음으로 똑같이 마주 보면서 철필을 휘두른다.

송풍검과 철필이 마주치지도 않았는데 허공에서 번쩍번쩍 불꽃이 튀었다.

백광이 현란하게 뿌려지고, 검광과 새빨간 석양빛과 철필이 그려 내는 묵광(墨光)이 기이하게 섞여 돌아간다. 빛이 일그러져서 휘어지고 물결치듯 이어지며 튕겨진다.
　상대를 공격하고 베고 쓰러트리는 싸움이 아니다.
　흐름의 싸움이다.
　공간을 장악하려는 싸움이다.
　둘을 중심으로 한 공간이 온통 일그러져 있다. 꼬이고 비틀렸다. 선 하나도 제대로 일직선인 것이 없다.
　핏.
　하나의 선에 곽모수의 앞섶이 베어져 나갔다.
　흐름을 관장하는 자가 흐름의 싸움에서 밀리는 것인가?
　표정이 굳어 가는 곽모수에 비해 윤언강은 여전히 여유롭게 검무를 추는 듯하다. 처음엔 무엇인지도 모를 검무였는데, 서서히 매화검법의 형상을 갖추어 가기 시작한다.
　칵!
　어느 순간 검고 굵은 선이 나뭇가지가 자라듯 공간을 비집고 사선으로 돋아났다.
　매화의 나뭇가지가 곽모수의 공간을 비집고 자라난 것이다.
　곽모수가 침착하게 철필을 크게 격자 모양으로 쳐 냈다.
　"간선(間線). 각체(各體)의 전형(典型)!"

타타탁.

먹물을 듬뿍 찍어 일필휘지로 그려 낸 듯한 수지(樹枝) 형상의 굵은 선이 가닥가닥 끊어져 나갔다.

모처럼 윤언강의 한 수가 펼쳐졌는데 제대로 대응하여 순식간에 차단한 모습이다.

한데 하나가 아니다.

공간 이곳저곳에서 수지가 돋아난다.

드드득.

단단한 벽이 억지로 파열되는 듯한 소리가 났다. 나무뿌리가 암석을 꿰뚫고 부수면서 파고들어 자리를 잡는 듯한 소리다.

곽모수의 움직임이 바빠졌다. 약간 급해져서 동작이 매끄럽다는 느낌이 들지 않는다.

그에 반해 윤언강의 검초는 더욱 유려해졌다. 혼자서 검무를 추고 있을 뿐이지, 상대가 있는 것 같아 보이지도 않았다.

드득!

잘려 나간 수지에서마저 또 다른 수지가 돋아난다.

곽모수가 한 발 밀려났다.

공간을 빼앗겼다!

자신이 점하고 있던 공간에서 물러서 버린 것이다!

그 순간 곽모수가 원래 있던 자리를 파고든 검은 수지가 변화하기 시작했다. 눈 깜짝할 사이에 검은 수지에서 화려한 꽃이 피어난다. 피어난 꽃이 만개(滿開)하여 다섯 개의 꽃잎을 만든다.

꽃잎이 자라나 흩어진다.

일그러진 선들과 흔들리는 공간 중에 무수한 꽃잎들이 흩날리며 바닥으로 떨어지는 것이 보인다.

하나둘 떨어지는 꽃잎에 곽모수의 소매와 옷깃이 날카롭게 잘려 나가기 시작했다. 잘리고 베인 틈으로 피까지 비친다.

싸악! 싹!

수십, 수백 개의 꽃잎이…… 혹은 검기라 말할 수 있는 그것이 스러지고 피어나며 곽모수의 전면을 뒤덮었다.

작고 가는 핏물들이 수천 갈래가 되어 곽모수는 순식간에 피로 물들었다.

곽모수가 이를 악물고 철필을 뻗었다. 왼쪽 위에서부터 오른쪽 아래로 단숨에 철필을 그었다.

"불(丶)!"

단호한 기합과 함께 수많은 꽃잎이 터져 나갔다.

그러나 반대의 충격이 해일처럼 곽모수를 덮쳤다. 곽모수는 필사적으로 철필을 휘두르며 검기의 해일과 맞섰다.

한번 터진 둑이 봇물을 막기 어렵듯.

곽모수는 삽시간에 열 획을 그어 공간을 점했는데도 충격을 모두 막아 낼 수 없었다.

항거하기 어려운 힘에 대여섯 걸음이나 뒤로 밀린 곽모수가 겨우 검기의 해일을 모두 해소하였을 때.

자신이 밀려난 만큼의 거리에서 윤언강이 송풍검을 든 채 겨누고 있는 것이 보였다.

곽모수가 온통 피에 젖은 채 망연히 윤언강을 보고 있다가 철필을 떨어트렸다.

콱 소리를 내며 철필이 묵직하게 땅에 박혔다.

곽모수가 도관을 매만지고 찢기고 잘려 나간 의관을 정제하였다. 그리고 윤언강을 바라보며 조용히 말을 남겼다.

"천문비록을……."

윤언강이 말을 끊었다.

"나중에 찾아가게."

곽모수가 어이없다는 듯 웃었다.

이윽고.

송풍검이 노을빛에 흔들렸다.

*　　*　　*

흠칫.

오황이 살짝 몸을 떨었다.

곽모수가 내려간 지 얼마 되지 않아서였다. 오황은 '딱히 할 일도 없고 소림에서 불러 줄 일도 없으니 내일은 나도 돌아갈까나.'라고 중얼거리면서 이제 막 숙소로 돌아가려던 찰나였다.

갑작스레 찻잔을 들고 있던 손등을 따라 팔등에 쭉 소름이 돋았다.

쾅!

오황은 문을 거의 부수다시피 열고 밖으로 뛰쳐나왔다. 한 번 발을 굴러 이 층 전각의 지붕 위로 뛰어올라 소림사의 산문 쪽을 내다보았다.

아무것도 보이지 않는다.

오황은 호흡을 가다듬고 눈을 감았다. 양팔을 크게 휘둘러 가슴 앞에 모았다가 한 손을 위로 뻗고 다른 한 손은 손바닥을 아래로 하여 밑으로 뻗어 천지합일(天地合一)의 형(形)을 이루었다.

땅의 기운이 양손을 통해 오황에게 유입되고, 오황의 감각은 그와 반대로 하늘을 통해 뻗어 나간다.

놀라서 지붕으로 뛰어 올라간 것과 달리 고요한 평정을 유지하며 기감을 확장시킨다.

불현듯.

오황이 눈을 떴다.

소림의 산문 밖 산허리에서, 한 줄기의 기파(氣波)가 지상에서부터 층층이 가로놓인 벽을 뚫고 하늘을 향해 치솟는 것을 느낄 수 있었다.

오황은 믿지 못하겠다는 얼굴로 중얼거렸다.

"어째서……?"

그것도 잠시.

오황은 벼락처럼 몸을 날렸다.

공양간에서 막 찬밥을 얻어먹고 나온 장건이 외원으로 돌아오다가 그런 오황을 보았다.

쉬익!

오황은 장건을 보지 못했는지 신경 쓸 겨를이 없었던 것인지 쏜살같이 장건을 지나쳐 외원을 뛰쳐나갔다.

"오황 할아버……."

장건은 오황을 부르려다가 말았다. 오황은 이미 보이지도 않았다.

휘이잉.

오황이 지나간 후 한참인데 그제야 바람이 세차게 불어 옷깃이 휘날린다. 장건은 옷깃을 붙들고 오황이 사라진 방향을 쳐다보았다.

"이상하네. 무슨 일이지?"

오황이 상체를 앞으로 급격히 기울여 최대한 중심을 앞쪽에 실었다는 걸 포착한 장건이었다. 오황 정도의 고수라면 가만히 서서도 중심을 마음대로 이동시킬 수 있었다. 그래도 충분한 속력을 얻을 수 있다.

물론 몸을 기울이면 중심이 더 크게 이동하여 한층 움직임에 힘이 붙게 된다.

이제 장건은 그것이 비은의 결과라는 걸 안다.

조금이라도 더 빨리 달리고 싶은 마음이 그러한 몸의 자세를 만들어 냈다는 걸 이해할 수 있는 것이다. 그리고 그렇게 하는 것이 훨씬 자연스러운 일이고.

장건은 오황이 맨날 자연스러움이란 말을 입에 달고 살았던 것을 되새겼다. 그냥 흔히 쓰는 평범한 말이라고 생각했는데, 그 안에 담긴 심오한 의미는 결코 단순하지가 않았다.

"그래서 아는 만큼 보인다는 얘기를 하나 보다."

장건은 뿌듯했다. 하나씩 깨달아 갈 때마다, 말에 담긴 의미를 이해하게 될 때마다 기쁘기 그지없다. 수수께끼를 푸는 것처럼 하나를 알면 또 다른 하나를 알게 된다.

물론 그다음에 다시 나타나는 수수께끼는 참으로 골치 아픈 것이지만.

"그건 그렇고……."

장건은 고개를 갸웃거렸다.

"오황 할아버지가 왜 저렇게 급하신지 모르겠네."

그 순간.

장건 역시 섬뜩한 기분에 몸을 움츠렸다.

"어? 뭐지?"

불길한 감각에 장건은 바짝 긴장을 하고 기다렸다. 뭔가가 다가오고 있었다.

움직이지 않고 가만히 세 호흡을 길게 내뱉은 후.

장건은 그것을 맞이했다.

등줄기를 타고 오르는 오싹하고도 익숙한 느낌이 몸을 죄어 왔다.

장건은 신음을 내뱉으며 가슴을 쥐었다.

"으윽!"

어디에선가부터 물결치는 동심원처럼 서서히 기파가 번져 오고 있었다.

장건은 기파가 자신의 몸을 통과해서 계속해서 퍼지고 있는 것을 느꼈다.

실로 어마어마한 공력이었다. 한순간 기파가 지나갈 때 꼼짝도 할 수 없을 정도로.

그러나 그것은 또 굉장히 익숙한 기파였다.

"헉헉!"

장건은 숨을 몰아쉬며 눈을 크게 떴다. 지금 자신이 느낀 이 감각이 옳은 것인지 확신할 수가 없었다.

아니, 감각은 정확하다. 그러나 그걸 어째서 지금 느껴야 하는지 이유를 알 수가 없었다. 그래서 확신을 하지 못했다.

"그 할아버지가 왜……."

오황은 그것을 이미 느끼고 움직인 모양이다.

장건은 금방이라도 달려가고 싶었지만 그럴 수가 없었다. 기이하게 끓어오르는 감정의 폭발을 억누르기 위해서, 감정의 불길을 따라서 마구 뛰어다니는 내공을 단속하기 위해서 시간이 필요했다.

　　　　　*　　　*　　　*

기파를 느낀 것은 오황이나 장건뿐만이 아니었다.

시간은 걸렸지만 소림의 모두가 기파를 느꼈다.

무던한 이들이야 그냥 '왜 괜히 소름이 끼치지?' 하고 넘어갈 수 있었으나 무승들은 달랐다.

가공할 공력의 분출이 와 닿은 걸 충분히 알 수 있었다.

소림 전체가 술렁였다.

법당에서 저녁 예불을 드리던 승려들도 깜짝 놀랐다.

"방장 사형!"

"소란 떨지 마라."

다른 이들의 놀란 외침에도 불구하고 독경을 하던 원호는 조용히 독경을 멈추고 일어섰다.

평소와 다름없이 소란스럽지 않은 움직임으로 법당을 나온 원호는 문간을 나서자마자 표정을 달리했다.

으드득.

마치 다른 사람처럼 삽시간에 분노의 표정이 떠올랐다.

"감히 본사를 어찌 보고……!"

뒤따라 나온 승려들도 약간 얼굴이 붉어졌다.

"누군가 공력을 폭발시켜 본사를 도발하고 있습니다."

"그것도 본사의 인근에서요!"

"우리가 아무리 좋지 않은 상황에 있다 하더라도 이건 참을 수 없습니다. 이것마저 모른 척 넘어간다면 본사는 강호에서 다시는 고개를 들고 다닐 수 없을 겁니다."

원호가 말을 잘랐다.

"나도 안다. 하지만 단순한 도발이 아니다."

"예? 그럼……."

"검성이다."

"예엣?"

승려들이 당황했다.

"아니, 왜……."

"왜 검성이 화산에 있지 않고 본사에 와 있는 겁니까?"

원호의 눈가에 불안함이 스쳐 갔다.

"마해 곽모수 선생!"

곽모수가 소림을 떠나며 인사를 나눈 지 얼마 되지 않았다.

이유는 알 수 없지만 지금으로서는 그것밖에 생각할 게 없다.

게다가 검성 윤언강은 이득 없이 움직이는 자가 아니다. 언제나 뚜렷한 목표와 치밀한 계획을 바탕으로 행동한다.

그런 그가 곽모수와?

'위험하다!'

원호의 전신에 끔찍한 경고가 울렸다.

원호가 급히 명했다.

"당장 나한들을 준비시켜라! 동원할 수 있는 나한들은 모두!"

뎅— 뎅— 뎅—!

석양이 저물어 가는 초저녁.

한가로이 향 냄새와 독경 소리가 울려야 할 소림사에 긴박한 타종 소리가 울렸다.

＊　　＊　　＊

 오황은 그야말로 나는 듯이 산길을 뛰어 내려갔다.
 지독한 살기의 여운이 감도는 까닭에 딱히 이정표를 찾지 않아도 되었다. 한 걸음에 이삼 장씩을 뛰어 단숨에 마해 곽모수가 지나간 소로를 지나 절벽 위 공터에 도착할 수 있었다.
 펼쳐진 광경만 보고도 무슨 일이 벌어졌는지 짐작할 수 있었다.
 여기저기 파인 흔적.
 그리고 피투성이가 되어 구석에 쓰러져 있는 사람인지 뭔지 모를 너저분한 무엇…… 곽모수.
 서산으로 거의 다 넘어간 태양빛을 잡아먹으며 거뭇거뭇해져 가는 사위.
 돌아보는 윤언강의 얼굴에 어딘가 공허함이 엿보이는 것은 오황의 착각이었을까?
 "지난번 꽃 필 적엔 혹한의 찬 겨울이었지(向來開處當嚴冬). 흰 꽃은 희지 않고 붉은 꽃도 붉지 못했네(白者未白紅未紅)."
 사람을 피에 절여 놓은 장본인치고는 어조가 무서우리만

치 담담했다.

오황은 말문이 막혔다.

"너, 이 미친놈이 대체 무슨 짓을……."

윤언강이 복잡한 눈으로 오황을 보며 단 한 마디를 되물었다.

"싫은가?"

피비린내를 실은 바람 한 줄기가 도도히 불어왔다.

윤언강의 행동에 대해 수십 가지의 추측을 하고, 수백 가지의 추궁을 할 수 있음에도 불구하고.

그 단 한 마디에 오황은 아무것도 묻지 않았다.

물을 필요가 없었다.

오황은 입에 긴 미소를 걸었다.

지금이 아니면 언제 이런 기회가 오겠냐는 듯.

이런 천채일우(千載一遇)의 기회를 두고서는 다른 어떤 이유도 필요 없는 것 아니냐는 듯.

기꺼워 죽겠다는 얼굴로 오황이 대답했다.

"그럴 리가!"

* * *

번쩍.

빛이 거의 남아 있지 않은 산중의 이른 저녁에 마른번개가 작열했다.

헐레벌떡 일주문의 계단을 내려가 산문 밖으로 나간 장건은 몸서리를 쳤다.

두 번째였다.

지독하고 끔찍한 기운이.

장건은 잠깐 멈추었다가 더욱 속도를 냈다.

얼마 지나지 않아 장건도 절벽의 공터에 도착했다.

무수하게 파괴되고 구멍 난 공터의 땅거죽은 흉물스럽기까지 했다.

그 짧은 사이에 얼마나 큰 격전이 벌어졌었는지, 온통 사방이 들쑥날쑥하다.

그러나 그보다도 더욱 장건을 소름 끼치게 만든 것은 서로 공간을 두고 서 있는 두 사람이었다.

검성, 윤언강이 검을 천천히 내린다.

그를 상대로 몇 발자국 떨어져 있던 평범한 체구의 노인이 몸을 한차례 떤다.

노인의 몸이 점차 거세게 떨기 시작한다.

"어이……."

노인이 윤언강에게 말을 걸었다.

윤언강은 가만히 검을 갈무리하고 노인의 뒷말을 기다린

다.

노인이 힘겹게 말을 이었다.

"천하제일인의 검이란 이런 것이었군…… 강하구나, 네 놈……."

피잇!

노인의 몸에서 가는 핏줄기가 분수처럼 뿜어져 나왔다.

말을 내뱉은 노인이 허무하게 쓰러져 버렸다.

장건은 이루 말할 수 없는 충격에 휩싸였다.

장건에게 등을 보인 것은 분명 오황이었다.

오황이, 그리고 저기 쓰러져 있는 곽모수가…… 모두 검성 윤언강의 손에 당했다!

눈앞에서 홍오가 피를 뿌리며 쓰러지던 모습이 떠올랐다.

먹을 것도 챙겨 주고 무공도 가르쳐 준 친할아버지와도 같던 홍오가 쓰러지던 모습이 겹쳐진다. 그때의 충격이 벼락처럼 장건의 전신을 훑고 스쳐 갔다.

그리고 딱히 사이가 좋았다고는 할 수 없지만 어느새 고운 정 미운 정 다 들어 버린 오황마저 검성의 손에 무너졌다.

덜덜덜.

무릎이 떨리고 이가 다닥다닥 부딪쳤다.

공포인가.

아니면 분노인가.

어느 것인지 장건도 확신할 수 없었다.

장건의 시야가 온통 시커메지면서 윤언강에게 초점이 집중되었다. 장건의 눈에 윤언강만이 들어온다.

어디서 그런 용기가 솟아났는지는 몰랐다.

하지만 장건은 그렇게 하지 않고는 참을 수 없을 것 같았다.

있는 힘껏.

장건이 소리쳤다.

"검서—어—엉!"

윤언강이 장건의 외침에 고개를 들어 쳐다보았다.

"또 너로구나."

사람을 둘이나 피범벅으로 만들어 놓고 '너로구나' 라고 묻는데 감정도 없는 듯 담담하다.

그것이 장건을 더욱 서늘하게, 더욱 화나게 만들었다.

"이익!"

장건이 공력을 끌어 올리며 금방이라도 뛰쳐나가려 했다. 도저히 참을 수가 없었다. 한 대라도 때리지 않으면 미쳐서 돌아 버릴 것 같았다. 스스로의 폭력성을 자각할 수도 없을 정도였다.

윤언강의 미간에 깊은 주름이 생겼다.

그가 송풍검을 들어 장건을 가리킨다.

갑자기 가느다란 선이 생겨나 장건의 가슴에 와 닿았다. 사위가 어둑한데도 반짝거리며 빛나는 선이 뚜렷하다.

"윽……."

심장이 죄여 온다.

장건은 꼼짝할 수가 없었다.

윤언강의 '의지'가 장건에게 이어져 닿았다.

조금만 움직여도 공명검의 칼날이 자비 없이 몸을 난도질할 것이다.

윤언강의 '의지'가 그렇게 말하고 있었다.

그런데 그때 장건의 앞을 누군가 가로막고 섰다.

장건을 가로막은 동시에 보호하려는 듯이 윤언강을 바라보며 선 것이다.

"그만두어. 아직 애잖아."

불목하니 노인 문원이었다.

윤언강은 조금도 의외라고 생각하지 않고 태연히 인사했다.

"오랜만에 뵙습니다, 어르신. 아직 정정하시군요."

"예의 차리는 척하지 마. 설마 시주는 나를 몰랐다 그러시게?"

윤언강은 아무 대꾸도 하지 않았다.

문원은 장건을 등 뒤에 둔 채 돌아보지도 않고 말했다.

"애들은 어른들 일에 끼어드는 거 아냐. 빨리 가서 발 닦고 자라."

장건은 가만히 자신의 가슴에 이어진 가는 은선(銀線)을 바라보았다.

"소용없어요. 할아버지."

윤언강의 의지는 문원의 존재를 무시했다. 공간을 뛰어넘어 장건에게 닿았다. 그것은 일직선이되 일직선이라고 할 수 없는 선이었다.

윤언강이 있는 공간과 장건이 있는 공간을 뚝 떼어서 붙여 놓은 듯했다. 공간은 부정형의 구와 같은 모습인데 공간 안에서 이어지는 선은 직선이다. 그러나 문원이 있는 공간을 뚝 떼어 버리고 부정형의 공간과 공간을 이은 그 사이는 은하수의 미려한 선처럼 휘어져서 통과하고 있었다.

장건은 그것을 무어라 불러야 할지 몰랐다. 하지만 적어도 하나는 확실했다.

윤언강의 의지는, 혹은 의지가 이어져 있는 한은 어떤 장애물이 가로막아도 소용없다는 걸.

문원은 장건의 말뜻을 잘못 알아들었다.

"너 하나 살릴 재주는 된다. 천하제일인이 되더니 갑자기 미친 시주가 된 나쁜 사람한테서."

"아뇨. 안 될 거예요."

장건은 가슴에 이어진 의지의 선을 손가락으로 만지려 해 보았다. 손가락이 은선에 닿자 은선의 중간이 뚝 끊어진다. 하지만 은선 자체는 가로막은 손가락을 피해 다른 공간에서 이어져 여전히 가슴에 닿아 있다.

내공을 끌어 올려서 집으려 해 보아도 마찬가지다. 허상이나 신기루를 만지려 해 봐야 소용없는 것처럼 허공에 작은 파문이 일며 다른 곳에서부터 의지의 선이 이어진다.

"그게 무슨 소리냐?"

문원이 장건의 어조에 의아하게 생각하여 물었다.

장건은 계속 가슴팍을 이리저리 손으로 휘저어 보면서 대답했다.

"공명검은…… 막을 방법이 없어요."

"뭐? 이렇게 내가 바짝 붙어 있는데?"

"네. 이미 닿아 있어요."

문원이 '끙!' 하고 신음을 내뱉으며 곤란스러운 얼굴을 했다. 무슨 소리를 하는지 몰라도 피할 수 없다고 하는 장건의 말에 이상하게 신뢰가 간다.

한데 그 순간에도 장건이 자꾸만 자신의 가슴팍을 쓰다듬거나 하는 것을 본 윤언강의 표정이 묘하게 일그러진다.

"역시 넌……."

윤언강의 눈썹이 꿈틀거렸다.

스르륵.

살기가 돋는다.

범상치 않은 기세를 느낀 문원이 일갈하며 윤언강에게 달려들었다.

"그만두라고—!"

그 순간 공간의 흐름이 단절되었다.

장건은 이를 악물었다.

안 될 거라는 걸 알지만 가만히 앉아서 당할 수는 없었다.

장건이 번개처럼 움직였다. 나한보를 밟고 동시에 금강부동신법으로 몸을 연속으로 회전시켜 주요 혈도를 가렸다. 기의 가닥으로 전면을 가로막아 그물처럼 엉키게 만들었다. 용조수로 가슴을 보호하며 허공에 수많은 수영(手影)을 뿌렸고, 공력을 맞더라도 흘릴 수 있도록 전신 근육과 뼈를 태극경의 묘리에 따라 움직였다.

할 수 있는 모든 수법을 총망라한 이번 장건의 한 수는 그야말로 절대의 방어라고 할 수 있었다.

설사 태산을 무너트릴 수 있는 공력으로 장건을 쳤더라도 장건에게 큰 해를 가할 수 없을 지경이었다.

팽그르르!

거의 눈에 보이지도 않을 속도로 장건이 회전하면서 허공을 유영했다.

그사이 문원의 장풍이 윤언강에게 날아들었다.

"이노오옴!"

윤언강은 피하지도 않았다.

퍼퍽!

윤언강의 어깨와 명치 부근이 푹푹 파이면서 뿌연 황색의 기운이 터졌다. 옷자락이 요동을 쳤다.

달마장(達磨掌)!

아름드리 고목을 일장으로 부러트릴 수 있는 위력이며 탕마(蕩魔)의 기운이 담긴 소림의 상승 무공!

그러나 윤언강은 꿈쩍도 하지 않았다. 다급한 와중에도 문원은 크게 놀랐다. 단순한 호신기로 막을 수 있는 무공이 아니었다.

탕마멸사의 현묘한 이치를 담은 무공들은 호신기를 무시하고 내부를 진탕시키는 위력이 있었다. 그런 장력을 대놓고 맞는다는 건 제아무리 천하제일인이라 할지라도 만용에 가까운 일이다.

"그만두라니까!"

쉬어 버리다 못해서 거칠어진 목소리로 문원이 호조(虎

爪)로 윤언강의 목줄기를 틀어쥐었다. 윤언강의 허벅지를 밟고 뒤로 돌아 등 뒤에 매달린 자세로 목을 움켜쥐고 소리를 지른다.

"그만둬!"

윤언강은 아까부터 송풍검을 내민 그 자세로 서 있었다. 꿈쩍도 하지 않았다. 그랬기에 여지없이 문원의 호조에 목을 내준 상태였다.

"그만두지 않으면 목을 부러트릴 테다!"

하지만 윤언강은 대꾸도 하지 않았다.

오히려 싱긋 웃는 것이 어깨 위에 올라탄 문원에게도 느껴진다.

"제법이구나. 하지만 실체가 있는 것으로 실체이며 실체가 아닌 것을 상대할 수는 없는 법이다."

윤언강의 그 말이 문원에게 하는 말이 아님은 명확하다.

문원은 깨달았다.

윤언강은 문원에게 조금도 신경 쓰지 않고 있었다.

윤언강의 시선은 오로지 장건에게 향해 있을 따름이었다. 정확하게 말하자면 장건과 한 수를 겨루는 데에 전심전력을 다하고 있었다는 것이다!

장건은?

문원은 윤언강의 목줄기를 틀어쥔 채 앞을 보았다.

장건은 한참이나 허공을 뛰고 돌고 하다가 이제 땅에 내려선 참이었다.

팔랑.

장건의 옷 앞섶이 손가락 두어 마디 길이로 잘려서 떨어지고 있었다.

장건은 알고 있었다.

죽일 수 있는데도 참았다.

누가 보면 마치 자신이 검성의 공명검을 막아 낸 듯하지만, 실제로는 마지막 순간에 옷깃만 잘라 냈다. 장건의 온 힘을 다한 방어를 뚫고 새로이 의지가 바뀌었다. 장건은 무력했다. 자신의 전신 요혈을 더듬는 윤언강의 '의지'를 마냥 구경할 수밖에 없었다. 그 어떤 수로도 윤언강의 의지를 막거나…… 아니, 막기는커녕 방해하지도 못했다.

그러더니 목표를 옮겨서 마지막엔 옷깃을 절삭해 버린 것이다.

아연한 장건의 안색에 문원은 식겁했다.

"이놈아! 괜찮아? 괜찮으냐고!"

공명검은 공간을 뛰어넘는다. 겉으로 보기 멀쩡해도 속이 온통 난자되었을지도 몰랐다. 그래서 문원의 걱정은 더 컸다.

그에 대한 대답은 장건이 아니라 윤언강이 했다.

"이제 놓아주시지요. 아이는 괜찮을 겁니다."

윤언강의 담담한 말에 문원은 자기도 모르게 윤언강의 어깨에서 내려오고 말았다.

"너, 너 이놈 미, 미쳤……."

문원의 얼굴이 새하얗게 질렸다.

윤언강이 핼쑥해진 얼굴로 송품검을 내리는데 어깨와 명치에서 피가 터져 흘러나오는 모습이 보인다.

비록 우내십존에 비할 바는 아니지만, 문각의 사제로 전대의 고수인 문원이었다. 그의 달마장을 몸으로 받아 냈으니 윤언강이 멀쩡할 리가 없는 게 사실 정상인 것이다.

하나 문원이 놀란 건 속으로 들어가야 할 장력이 그저 외부에서 터져 버렸을 뿐이라는 점이었다. 문원의 고강한 장력이 윤언강의 호신기는 통과했으나 정작 몸 안에까지는 파고들지 못했다.

그것은 윤언강의 내공과 문원의 내공이 두 배 이상 차이가 나야 가능한 일이다.

그러나 문원이 쌓아 온 내공이 적지 않은데 그 두 배가 될 리 만무하다.

그럼에도 불구하고 문원의 장력이 윤언강의 내공에 밀려 외부에서 터져 버린 것은…….

"진원진기를……."

생명의 근원.

소모하는 것이 곧 생명을 갉아먹는 것과 같은 힘.

윤언강이 그러한 진원진기를 아무렇지 않게 사용하고 있기 때문이었다…….

문원은 윤언강을 노려보다가 장건에게로 뛰어갔다.

"얘야, 얘야. 괜찮으니?"

윤언강은 그 모습을 바라보며 마치 문원의 속마음을 읽은 것처럼 중얼거렸다.

"천 년을 산들 이룬 것이 없으면 일 년을 산 자와 무엇이 다를 것이며, 천하의 명검이라 할지라도 광에서 먼지를 쓰고 있으면 그 어찌 어장검(魚腸劍)에 비할 수 있겠습니까."

말을 하던 윤언강이 무언가를 느끼고 중얼거렸다.

"이제야 오는군."

윤언강이 문원을 향해 크지 않은 소리로 말을 걸었다.

"어르신도 자리를 뜨셔야겠습니다."

작은 소리라고 문원이 듣지 못할 리 없었다. 문원은 윤언강을 매우 마뜩찮은 얼굴로 째려보았다.

"음험하기 짝이 없는 나쁜 시주 놈……."

은노의 존재 자체를 알고 있었으면서 모른 척해 왔던 것이 여실히 드러나는 말투였다.

"괜찮냐? 난 먼저 갈 테니까 나중에 다시 보자. 알았

살행 225

지?"

 문원의 말에도 장건은 혼이 나간 것처럼 고개만 끄덕일 따름이었다. 문원이 바람처럼 흔적을 감추며 사라졌다.

 윤언강은 급하지 않게 움직였다. 핏물에 절어 버린 곽모수와 오황을 들어 양쪽 어깨에 걸쳤다.

 그러곤 얼마 지나지 않아 수풀을 헤치고 수많은 무승들이 속속 모습을 드러냈다. 눈에 보이는 이만 수백 명이 넘었다. 뒤쪽 절벽을 제외하고는 사람으로 포위하고도 남을 지경이었다.

 가장 앞장서서 원호가 걸어 나왔다.

 원호의 눈에 상황이 보였다.

 부서지고 파헤쳐진 공터.

 피투성이가 되어 윤언강의 양 어깨에 걸쳐진 두 사람.

 그리고 얼이 빠진 듯 서 있는 장건.

 원호가 손짓을 했다.

 나한 둘이 앞으로 나가서 장건을 데려오려 했다. 그러나 수풀을 벗어나서 공터로 발을 내딛는 순간, 피를 토하고 뒤로 나뒹굴었다.

 쫘악!

 수풀에서부터 공터로 나오는 공간에 긴 선이 그어졌다. 양 어깨에 사람을 걸머진 윤언강이 손을 뻗고 있었다.

그것만 보아도 소림의 무승들은 섣불리 앞으로 나아갈 수 없었다.

공명검!

절벽 위 전체에 싸늘하고 위험한 바람이 감돌았다.

원호가 바로 성큼 한 발을 내디뎠다. 무승들이 순간 긴장했다. 이미 원호는 윤언강이 그어 놓은 선 안으로 들어서 있었다.

윤언강의 손끝이 움직이려다가 잠시 멈칫거렸다. 원호의 배포에 윤언강도 살짝 질린 듯했다.

"검성 선배."

원호의 호칭에 윤언강의 입가에 작은 미소가 걸렸다.

"선배라……."

원호가 핏발 선 눈으로 윤언강을 노려보았다.

"하고 싶은 말은 많습니다만 한 가지만 묻겠습니다."

"묻고 싶은 말이 많겠지만 내 말을 먼저 듣게."

윤언강이 말을 끊고 자신의 말을 했다.

"삼일천하(三日天下)를 지낸 후에 많은 고민을 했네. 다음 세대를 위해 내가, 우리가 해 줄 수 있는 일이 무엇인가. 하여……."

원호도 윤언강의 말을 끊고 물었다.

"이게 고민의 결과입니까?"

"그렇다네."

원호가 사나운 표정으로 웃었다.

"치워 주겠다? 후배들이 자라는 데 방해가 될 것들을? 화산의 힘으로? 그럼 남는 것은 화산뿐입니까?"

윤언강은 대답하지 않았다. 원호가 불처럼 분노하며 소리쳤다.

"진심으로 후대를 위할 생각이라면, 더 이상 간섭하지 마시란 말입니다! 하나부터 열까지 간섭받고 자란 어린아이가 부모의 품에서 벗어날 수 있을 것 같습니까!"

윤언강은 원호를 가만히 쳐다보고는 말했다.

"전혀 그렇게 생각하지 않네. 내가 그리 안달복달하는 부모였다면 지금쯤은 사명이를 찾아다니고 있는 게 옳겠지."

갑자기 튀어나온 윤언강의 제자, 행방불명된 문사명의 이야기에 원호는 대꾸할 말을 찾지 못했다.

"자식은 아비를 넘어설 때에 비로소 성장한다고 한다네. 그래서 난 자식이 쉽게 아비를 넘어서지 못할 과업을 쌓을 작정일세. 그것으로 더 큰 성장을 경험할 거라 믿네."

원호는 물론이고 소림의 모든 무승들이 경악해 마지 않았다.

"이것이 끝이 아니란……!"

"당연히 아닐세. 겨우 이 정도로?"

윤언강이 허하게 웃으면서 시선을 돌렸다. 왠지 멍청해져 버린 장건과 눈이 마주쳤다. 윤언강의 시선이 천으로 둘둘 감아 등에 멘 화산의 검에 가 닿았다.

"아 참."

윤언강이 가볍게 소매를 떨쳤다.

무언가가 아무 살의 없이 허공을 날아 장건의 발치에 툭 떨어졌다.

장건은 생각 없이 주워 들었다.

봉투에 든 것.

화산의 소요매화검을 가지고 다닐 수 있는 소지 허가증…….

"그 검. 잘 가지고 있거라. 금세 찾으러 올 테니."

윤언강이 그 말을 끝으로 두 사람을 짊어진 채 움직이려 했다.

퍼뜩 정신을 차린 원호가 외쳤다.

"멈추시오! 제아무리 검성 선배라도 무사히 소림을 빠져나갈 생각은 접는 게 좋을 것이라 경고하겠소!"

소림의 무승들이 분연히 움직여서 진형을 구축하기 시작했다. 진법으로 윤언강을 상대할 생각이다.

윤언강이 살짝 고개를 떨구더니 픽 하고 웃었.

그러더니 마치 공터를 삼면에서 포위하고 있는 수백 소림의 무승들을 농락하기라도 하듯 훌쩍 절벽으로 몸을 날렸다.

천 길 낭떠러지와 기암괴석이 돋아난 절벽 아래로.

"아앗!"

놀란 원호가 급히 달려갔으나, 이미 윤언강은 두 사람과 함께 구름 사이로 사라진 후였다.

황혼(黃昏)의 마지막 빛이 회광반조(廻光返照)로 새빨갛게 천지를 물들였다가······.

이내 완연한 어둠으로 잦아들었다.

제6장

굉목의 판결

 분위기가 좋지 않았다.
 그도 그럴 것이 진산식 사건이 있은 지 겨우 일주일도 채 지나지 않아서 이러한 일이 생겨 버린 것이다.
 동네북이라고 해도 이 정도는 아닐 거라는 자조 어린 불만들이 터져 나왔다. 대놓고 얘기할 형편도 아니었다. 그만큼 분위기가 침울하게 가라앉아 있었다.
 원주 회의가 열렸지만 원주들의 분위기도 마찬가지였다.
 "관부의 판결을 받아들인 건 미래를 위해 잠시 웅크리자는 얘기 때문이었습니다. 한데 기껏 제자들을 달래 놨더니만 모두 헛일이 되고 말았군요. 도대체 뭐 하자는 건지,

원……."

"다른 데도 아니고 바로 지척에서 본사의 손님이 암살당하다니요. 게다가 그걸 막지 못했지요. 본사의 명운이 다했다고 다들 의기소침해 있습니다."

"십 년 후를 기약한다 하더라도 이미 본사의 권위는 땅에 떨어졌습니다. 다시 일어설 기운이 있을지나 모르겠습니다."

원주들이 저마다 불평을 내뱉었다.

"여기서 얕보이고, 저기서 얕보이고. 우리 소림이 어쩌다가 이 지경에 오게 된 건지……."

굉 자 배의 자리를 물려받아 인수인계를 제대로 끝내기도 전이었다.

하지만 인수인계를 하면 뭐하겠는가. 앞날이 어두컴컴한 것이…… 그저 막막하기만 하다.

회의를 주재한 원호까지도 별말이 없자, 잠시 침묵이 흘렀다.

"그래도……."

누군가가 중얼거렸다.

"건이 그 아이 하나만은 건졌군요."

원주들이 머쓱한 표정을 지었다.

장건은 당시 상황의 유일무이한 목격자였다. 장건이 오

황이나 곽모수를 돕지는 못했을지라도 그나마 소림에서 가장 빨리 달려간 이었다. 심지어 장건은 기파의 주인이 검성이라는 것도 정확히 읽어 냈다 했다.

물론 거리가 가까웠기에 기파를 좀 더 빠르고 명확하게 읽어 낸 이유도 있을지 모른다. 하나 어쨌든 간에 아이보다도 못했다는 사실이 원주들에게는 자못 부끄러운 사실이었다. 그 아이가 강호에서 주목받는 천재든, 타 문파의 절기를 이어받아서 소림의 제자인지 의심스러운 아이든 간에.

"늦은 감이 없지 않지만, 방장 사형의 말씀대로 내실을 다져야 합니다. 작금의 사태가 본사의 현실을 말해 주고 있는 것 같군요."

여기저기서 낮은 한숨과 불호 소리가 흘러나왔다.

이대로 간다면 분명히 소림은 외부가 아니라 내부에서부터 쇠약해질 터였다. 아니, 이미 내부로는 쇠약해질 만큼 쇠약해졌다. 그래서 소림으로서는, 원호로서는 어쩔 수 없이 자승자박(自繩自縛)에 가까운 선택을 하고 말았는지도 모른다.

그러나 이런 분위기에서는 아무것도 할 수가 없다. 무언가를 하자고 외쳐도 공허해질 뿐이다. 의욕이 없다. 당하는 것도 한두 번이지 계속 당하면 의기소침해지는 게 당연하다. 당장 십 년이라는 세월을 어찌 보내야 할지 멀기만 하다.

 마치 쇠망해 가는 문파의 제자들처럼 절망적이었다. 이 좌절을 어떻게 극복해야 할지 아무도 길을 제시하지 못했다.

 원림이 한숨을 길게 내쉬더니 원호를 보고 말했다.

 "일단 당장의 문제를 해결해야 합니다. 이 일을 강호에 알려야 할지 말아야 할지를 말입니다."

 원호가 고개를 끄덕였다.

 "말해 보게."

 "가장 좋지 않은 건 이번 검성의 행동이 매우 의도적으로 이루어졌다는 겁니다. 일주문의 나한들에 따르면 마해 선생이 본사를 떠난 직후, 급하게 오황 선배가 달려 나갔다고 합니다. 기를 공명시켜 차례로 불러낸 것으로 보입니다. 그리고 이미 퇴로를 확보해 둔 상태에서 저희들이 현장을 목격하게 만들었지요."

 원주들이 고개를 끄덕여 동감하였다.

 윤언강은 영악하다. 그런 그가 소림의 모든 이들이 알아챌 정도로 기파를 뿌렸다면 이유가 있는 것이다. 보여 주기 위해 불렀다는 뜻이다.

 "검성은…… 아마도 본사가 강호에 자신의 행동을 알리기를 원하고 있는 것 같습니다."

원호가 짤막히 물었다.

"이유는?"

"검성이 남겼던 마지막 말에 따르면, 그는 업적을 남기고 싶다 했습니다. 그 말이 진실이라는 가정하에…… 만구전파(萬口傳播)할 생각인 것 같습니다."

만구전파란 여러 사람이 떠들어서 세상에 알리게 한다는 뜻이다.

"강호의 혼란. 검성은 관부의 행동과 그 의도를 같이하고 있습니다. 은퇴해야 할 고수들을 직접 제거함으로써 삼일천하였던 천하제일의 명예를 여전히 화산에 두고 싶어 하는 겁니다. 그리고 만구전파를 통해 여전히 화산이 강하다는 걸 알리고 싶어 합니다."

"그렇겠지."

"여기에서 그치지 않는다 했으니, 검성은 계속해서 살행을 할 것이 분명합니다. 그렇게 되면 강호가 대혼란 속에서 수없이 많은 비무행이 벌어진다고 해도 벌써 최고수들은 검성의 손에 사라지게 되는 터. 결국 아무리 다른 이들이 날고 기어도 부처님 손바닥이 되어 버리는 거지요. 이미 최고의 자리는 화산이 선수를 쳐서 차지해 버린 후일 테니까요. 그리고 검성이 은퇴를 하면 화산은 영원히 한 시대의 패자(覇者)라는 영예를 얻을 것입니다."

다른 원주가 끼어들었다.

"우리가 그의 뜻대로 강호에 이 사실을 알리지 않으면 어떻습니까? 굳이 본사가 검성의 뜻을 따를 필요는 없습니다."

몇몇 원주들이 그에 동의했다.

잠시 생각하던 원호가 말했다.

"본사에서 이 일을 알리지 않는다 해도 언젠가는 알려질 거고, 그럴 거라면 지금 알리는 것이 낫겠네."

"예? 하지만 그렇게 되면 본사의 무력함을 세상에 알리는 꼴이 되어 버리고 맙니다."

"그렇다 하더라도……."

원호가 염주를 굴리면서 이를 악물었다.

"나는 좀 이기적이 되어야겠네. 이기적이 되고 싶네."

"네? 그게 무슨 말씀……."

원주들이 원호를 쳐다보았다.

"소림은 늘 강호의 환난 때마다 앞장서서 맞서 왔네. 그럼에도 그들은 우리를 끌어내리려 한다거나 흠집을 못 내 안달했지. 이제 그들도 알 때가 되었네. 순망치한(脣亡齒寒)이라, 소림이 없는 강호의 혼란이란 게 어떠한지를."

"예엣?"

"방장 사형?"

원주들은 다소 황망해했다. 원호의 지금 발언은 조금도 승려의 입에서 나온 것이라고 믿을 수가 없었다.

나도 맞았으니 너도 맞아 봐라! 하는 아이의 행동과 다를 게 뭐가 있단 말인가!

원호가 단호하게 말했다.

"강호는 소림이 화산의 독주를 막아 주기를 바라겠지. 고삐 풀린 것처럼 날뛰는 강호를 진정시킬 사람을 원하겠지. 하지만 이제 그들이 생각하는 소림은 없네. 적어도 십 년 동안은."

원호가 계속해서 말을 이었다.

"진산식에서의 일로 본사의 입지는 크게 줄었네. 그러나 그들은 위기가 다가오면 습관처럼 여전히 본사의 희생을 요구할 것이네. 나는 그러한 것을 결코 용납할 수 없네. 본사의 제자들이 이용당하고 버려지는 꼴은 못 보겠네. 이번 일을 강호에 알리면서 본사는 공개적으로 대외적인 활동을 완전히 중단토록 할 것일세."

기실 관부에 의해 손발이 묶인 셈이긴 하지만, 그것이 강호에서의 발언권을 크게 축소시키고 실질적인 봉문의 형태를 띠게 된 것은 맞지만, 그렇다고 소림사가 강호의 일에서 아주 벗어나야 한다는 건 아니다.

그러나 원호는 이참에 아예 대외 행사를 포기하겠다는

뜻을 밝혔다. 스스로 몸을 움츠리고 나아갈 때를 기다리듯이.

원주들이 저마다 고민하며 원호의 말을 곱씹었다.

그러나 결국엔 원호의 선택을 지지할 수밖에 없었다. 원자 배는 강호행에서 고난과 역경을 가장 심하게 겪었던 세대다. 제 한 몸 가누지도 못하면서 남의 일에 끼어 봐야 좋을 것 없다는 걸 너무나 잘 안다. 자기를 지킬 힘이 없으면 원호가 말한 것처럼 이용만 당하다가 버려져 만신창이가 되고 말 것이다.

원호의 말은 다소 감정적이긴 했으나 조금도 틀린 데가 없었다.

원주들은 머쓱한 표정으로 고개를 끄덕였다. 결국 검성이 일으킨 사건을 강호에 공표하기로 의견이 모아졌다. 동시에 대외적 활동을 어떻게 정리할 것인지 세부적인 안도 나왔다.

이후로도 몇 가지의 안건에 대해 논의가 끝난 후.

"자……."

원호가 마무리 발언을 했다.

"경내의 분위기가 좋지 않은 건 나도 잘 알고 있네. 이제 분위기를 바꾸기 위해서도 시급히 처리해야 할 일이 있지."

원주들이 귀를 기울이자, 원호가 천천히 고개를 끄덕였다.

"그래, 굉목 사숙의 판결을 진행할 때가 되었네."

*   *   *

장건은 외원의 실내 수련장에서 서 있었다.

약간 얼이 나간 듯 멍한 얼굴이다. 평소 등에 메고만 다녔지 풀어 내지 않았던 검까지 손에 들었다.

소요매화검의 하얗고 매끄러운 검신이 번뜩였다.

장건은 소요매화검을 들어 올리고 가만히 선 채로 굳은 듯 멈춰 있었다.

"실체가 없는 것과 실체가 있는 것."

윤언강이 펼쳤던 공명검을 떠올리고 있는 것이다.

수십 번, 수백 번을 떠올리며 자세도 고쳐 보고 검도 휘둘러 본다. 물론 그때의 일을 떠올릴 때마다 끔찍해져서 인상이 절로 찌푸려지지만, 도망가지 않고 계속 생각하고 또 생각한다.

"후웅?"

장건이 미간을 살짝 찡그리며 고민에 빠져 있는데 누군가 장건을 부른다.

"애야."

장건은 상념에서 깨어나 수련장으로 들어오는 문 쪽을 쳐다보았다.

문원이 문 옆 의자에 앉아 지켜보고 있었다. 장건이 검을 내리고 반색했다.

"할아버지! 언제 오셨어요? 몸은 괜찮으세요?"

"나야, 뭐……."

"그때…… 절 도와주셔서 고맙습니다. 감사도 제대로 못 드렸어요."

"에이, 뭐 그런 걸로."

문원이 쭈글쭈글한 얼굴에 부끄러운 기색을 띠곤 말을 돌렸다.

"뭐…… 잘되어 가니? 지난번처럼 너무 심취할까 봐 일부러 말 걸었어. 그런 건 깊이 생각하지 않는 게 좋아."

심마에 들었을 때처럼 장건이 잘못될까 걱정한 모양이었다. 장건이 새삼 고마움을 느끼며 소요매화검을 검집에 넣고 천으로 둘둘 감으며 대답했다.

"전 괜찮아요. 아니, 오히려 제가 뭘 해야 할지 알게 되어서 감탄하고 있었어요. 지금 다시 생각해 보니까 그때 느낀 걸 더 확실히 알게 됐어요."

"응?"

그러고 보니 장건은 그때 얼이 나간 듯 멍청히 서 있기만 했다. 겁을 먹어서 그런 게 아니라 나름대로 깨달음의 상태에 있었던 것이다.

"호오, 그래?"

궁금한데 물어야 할지 말아야 할지 고민되는 문원이었다. 남의 깨달음을 묻는 게 예의는 아니다.

하지만 장건은 오히려 자기가 먼저 털어놓았다.

"검성 할아버지가 말한 실체가 없는 것과 있는 것, 그게 바로 비은이라는 것 같아요. 제가 최근에 원호 사백님, 아니, 방장 사백님께 그걸 배웠거든요."

물론 처음은 마해 곽모수에게서였다.

"으, 응? 그런 것 같기도 하고 그렇구나."

비은에 대하여 잘 아는 척할까, 조금만 아는 척할까 고민하면서 말을 흐린 문원이었다.

하나 말을 하다가 곽모수를 떠올린 장건의 표정이 약간 시무룩해지자 문원은 재빨리 말을 이었다.

"근데 넌 왜 그게 비은을 지칭하는 거라고 생각했니?"

검성의 공명검에 비은을 대비한 것은, 움직임이 거의 없는 데 비해서 엄청난 파괴력을 내는 것이 자신과 비슷하기 때문이라고 생각한 것일까?

문원이 말을 덧붙였다.

"내 생각에는 아마도 공명검은 공간과 거리를 무시하는 초월의 검식이니까 비실체지. 그걸 네가 보법이나 호신기라는 실체로 막으려 해 봐야 소용없단 뜻이 아니었을까 싶은데. 아니니?"

장건은 의외의 대답을 했다.

"전 좀 다르게 생각했어요. 의지는 실체가 없는 은(隱)이고 의지의 발현이 실체가 있는 비(費)라고요."

무학에서는 단어를 어떻게 해석하느냐에 따라서 느끼는 바가 다르다. 말한 사람이 어떤 의도로 하든 듣는 사람과 살아온 삶과 경험이 다르기 때문이다.

"뭐, 그렇게 보면 그렇기도 하다만."

"그런데 전 정말 놀란 게요, 공명검에는 그 과정에 조금도 군더더기가 없었어요. 은에서 비로 넘어가는 과정이 너무나 간결한 거예요."

"응? 과정이 생략되어 있는 게 아니고?"

장건이 무슨 말이냐는 표정으로 문원을 보았다.

"의지와 발현이 바로 이루어지는 데에 과정이 없으면 더 좋은 거 아닌가요?"

"……뭐, 그렇긴 하구나?"

일단 수긍했던 문원이 다시 반문했다.

"아니, 아니, 그렇지만 그리되면 조화가 깨어지지 않겠니? 움직임도 없이 기운이 발현된다면 말야."

"조화롭기 위하여 움직임이 필요한 건가요?"

문원이 고개를 갸웃했다.

"아니, 그건 아니지만……."

"도의 근본을 추구하면 수단은 늘 권도에 의해 정해지는 법이라죠. 의지의 발현이 어떤 모습으로 나타나든 그것이 이미 조화롭다면 움직임은 있거나 없거나 상관이 없는 걸지도요. 저는 그게 바로 권도라고 생각해요."

문원이 특이한 불목하니라고만 생각하는 장건은 자신이 생각한 바를 그냥 얘기하고 있을 뿐이었다. 하나 듣는 문원으로서는 적잖은 충격을 받고 있었다.

"허허."

말투로 보아서는 모르고 하는 말이 아니다. 그냥 하는 말이 아니라 얻은 것이 있어서, 깨달은 것이 있어서 알고 하는 말이다.

문원은 흐뭇하게 웃었다.

"내가 너한테 크게 배웠구나."

비은과 정도, 권도의 의미는 그리 쉽게 깨달을 수 있는 게 아니다. 소림에서도 가장 처음에 가르치지만, 사십 대가 되어야 대충 감을 잡고 육십 대가 되어야 알게 된다는 게 비은이다. 거기에 정도와 권도까지 더해지고 그것을 무학에 접목시키려면 더 큰 깨달음이 있어야 한다.

그런데 어쨌거나 장건은 자기 식으로 무학을 깨치고 있다. 깊이의 여하보다도 노력하고 생각하고 궁구한다는 게 눈에 보인다.

문원은 품에 손을 넣고 있다가 잠시 망설였다. 장건에게 주려 품 안에 넣어 두었던 서책이 있었다. 하지만 꺼내지 않기로 했다. 다시 품에 손을 넣어 오히려 더 깊숙이 찔러 넣었다.

곽모수의 천문비록.

정신이 없는 와중에도 몰래 챙겨 두었다.

장건에게 주고 싶었다. 수많은 무인들의 무공과 특징이 적힌 이 책을 보면서 장건이 훨씬 더 많은 경험을 간접적으로나마 배우길 원했다. 어쩌면 그것이 소림이 장건을 지금의 요상한 처지로 몰아넣은 데 대한 사죄의 길이라고도 생각했다.

다만 은노로서 이렇게까지 개입해도 되는가 하는 것이 약간의 고민이었을 뿐이다. 그것도 결국은 한참의 자문 끝에 '뭐, 어때서?'라는 결론에 이르러 버렸지만.

어쨌거나 결과적으로는 건네줄 필요가 없게 되었다.

장건은 잘하고 있는 중이었다. 이런 때엔 괜한 참견이 독이 될 뿐이다. 아마 천문비록에서 분석된 무인들 중 구 할은 지금 장건이 깨달은 수준에도 미치지 못할 터였다.

그것은 장건이 당장에 상위 일 할에 꼽힌다는 이야기이기도 하다.

강호에 나가면 당장에 피바람을 불고 올 비급이지만, 장건에겐 별로 도움이 되지 않고 헷갈리게만 만들 뿐인 것이다.

"에이, 쓸데없는 짓을 했네."

문원은 혼잣말로 중얼거렸다.

"장경각에나 갖다 놔야겠다. 찾으러 올 때까지."

수만, 아니, 경전과 온갖 잡서들까지 합하면 십수만이 넘는다는 장경각의 서가 한편에 꽂힌 천문비록은 그야말로 자체가 위장이고, 안전한 장소이다.

문원의 혼잣말에 장건이 되물었다.

"네?"

"아냐. 그냥 뭐, 생각난 게 있어서 한 말이야. 나이가 들으면 원래 이렇게 주절주절하고 그러는 거야. 신경 쓰지 마렴."

장건이 갑자기 한숨을 쉬었다.

"휴."

"왜 그러니?"

장건은 약간 우울한 얼굴로 물었다.

"마해 할아버지와 오황 할아버지, 두 분은…… 돌아가셨겠죠?"

"뭐…… 아마도?"

"오황 할아버지, 이상해서 그렇지 나쁜 분은 아니었는데……."

아이의 눈으로 보면 그 정도가 오황에 대한 평가인지도 모른다. 문원은 뭐라고 말해 줘야 할지 몰라서 뺨을 긁적였다.

"무인이야 늘 칼끝에 목숨을 두고 산다고들 하니까, 언제 흙으로 돌아가도 이상한 일은 아니지 않겠니? 너도 몇 번이나 목숨을 걸고 싸운 적이 있잖니."

장건이 고개를 끄덕끄덕거렸다.

"근데 그거보다 이상한 건요…… 제가 그걸 너무나 당연하게 여기게 되었다는 점이에요. 실감이 나지 않아서 그런 건지도 모르겠구요. 전 그때 오히려 공명검에 정신을 빼앗겨 버렸거든요. 이상해요. 지금의 저는 예전의 제가 아닌 것 같아요. 언제부터 사람 목숨을 아무렇지 않게 생각하게 된 걸까요?"

"이렇게 말하면 좀 이상하지만 말이야."

"네."

문원이 진지한 어조로 말했다.

"네가 그 사람들하고 별로 안 친해서 그럴 거야."

"……네에?"

장건이 웃어야 하나 말아야 하나 모를 얼굴로 문원을 쳐다보았다. 문원이 당당하게 말했다.

"당연한 거 아니냐. 부처님은 모든 중생을 사랑하고 모든 살아 있는 것들의 생명은 같다고 하셨지만 말이다, 사람이 어디 그러냐? 귀찮은 모기랑 친한 사람이 죽는 거랑. 그게 어디가 똑같겠어? 그게 똑같으면 이미 사람이 아니라 부처지."

"그, 그건 그러네요?"

장건이 생각하는 표정으로 있다가 되물었다.

"그래도 절에서 일하시는 분이 그런 말씀을 하시면 어떡해요?"

"뭐, 내가 먹여 주고 재워 주니까 여기서 일하는 거지. 부처님 되겠다고 있는 거니?"

한결 마음의 부담이 덜어진 장건의 표정을 보고 문원이 빙긋 웃었다.

"그러니까 너무 신경 쓰지 마. 그 노인네들은 살 만큼 살았고, 무인답게 정정당당히 강한 사람과 싸우다 죽은 거야. 그건 무인에게는 최고의 죽음이지. 오히려 검성은 자기가 죽을 자리를 찾지 못해서 불쌍하게도 저렇게 헤매는 거란다."

"자기가 죽을 자리를……."

장건은 꾸벅 고개를 숙였다.

"감사해요, 할아버지. 아직은 잘 이해하지 못하겠지만요."

"뭐, 위로가 아니라 그냥 있는 말을 한 것뿐이니까 자꾸 고맙다고 하지 마. 너무 오래 그런 말을 들어 본 적이 없어서 기분이 좀 이상해지는구나."

"그래도 고마운걸요."

"에이."

문원은 손을 휘휘 내젓더니 곧 엉덩이를 털고 일어섰다.

"가시게요?"

"응. 너무 오래 놀았어. 네 친구들도 온 거 같고…… 슬슬 가야지, 뭐."

장건도 기감으로 수련장으로 달려오는 아이들의 기를 느꼈다.

"어라? 그러네요?"

"아마 좋은 소식일 거니까 들어 보렴. 그럼 나 간다?"

문원의 모습이 흐릿해졌다. 존재감이 사라지고 있는지 없는지 모르게 기척이 흩어진다.

바로 얘기를 하던 그대로 눈앞에 서 있는데도 불구하고

신경 쓰지 않으면 있다고 느낄 수가 없다.

"건아!"

소왕무와 대팔, 그리고 몇몇 아이들이 수련장으로 뛰어들어왔다. 그리고 문원은 그들의 곁을 유유히 지나가면서 장건에게 손을 들어 인사를 한다. 하지만 소왕무와 대팔이나 아이들은 그런 문원을 전혀 알아채지 못하고 있었다.

"한참 찾아다녔어!"

장건이 소요매화검을 등에 짊어지기 위해 천으로 잘 묶으면서 물었다.

"무슨 일인데?"

"지금 빨리 가 봐야 해."

"응? 왜 그래?"

"대사님의…… 굉목 대사님의 판결을 지금 시작한대! 지난번에 하지 못했던 거 오늘 하려는 모양이야."

장건은 하마터면 손에 든 소요매화검을 떨어트릴 뻔했다.

"어디서?"

"계율원! 빨리 가 보자!"

장건은 소왕무와 대팔을 따라서 수련장을 나갔다.

이미 경내에 소식이 전해졌는지 밖에는 계율원으로 향하는 승려들이 곳곳에 보이고 있었다.

* * *

 계율원은 안팎으로 북적거렸다.

 계율원 소속 나한들이 통제를 하고는 있었으나 지켜보는 것까지 막지는 않았다. 거의 대부분의 승려들이 결과를 보기 위해 계율원을 찾았다.

 진산식에서 벌어진 일의 빌미였을 만큼 큰 사건이었던 터라 모두의 관심은 극대로 쏠려 있었다. 이미 현장에서는 물러난 굉 자 배의 원로들까지도 찾아와 있었다.

 굉목은 그 자체로 이미 소림에서는 괴짜로 유명했다. 천하오절로 불리며 소림의 최고수였던 문각의 사손임에도 무공의 전수를 거부했다. 스승인 홍오와도 거의 의절하고 살아왔다.

 도대체 뭐하러 그렇게까지 하는가 생각하는 사람들이 대부분이었다.

 한데 그 이유가…….

 홍오가 강제로 춘약을 먹여 비구니와 동침시킨 때문이었다니…….

 굉목은 현재 세 가지의 혐의로 계율원에 끌려와 있다.

 첫째는 겁간에 대한 혐의.

둘째는 의도적으로 죄를 숨겨 왔던 혐의.

셋째는 사문을 멀리하고 스승을 버림으로써 결과적으로 기사멸조(欺師滅祖)에 해당하는 죄를 저지른 혐의.

진산식에서의 사태로 비로소 알려진 굉목의 혐의에 대해 소림의 승려들은 상당수 의견이 갈린 상태였다.

얼마나 마음에 상처를 입었으면 수십 년 산중에서 홀로 참회하며 살아왔겠느냐, 하면서 굉목을 동정하는 여론이 있었고.

그래도 제자 된 도리로 어찌 스승을 내칠 수 있겠느냐, 사조를 능멸하고 사문의 기강을 훼손한 짓이다, 라는 여론도 있었다.

또 '그동안 죄를 숨긴 것이 또 다른 죄에 해당하는 게 아니냐.' 라는 의견이 있는 반면 '그럼 스승을 고발하는 게 옳은 일이냐.' 라는 의견도 있었다.

그만큼 굉목의 문제는 현재 소림의 최고 화젯거리였다.

더구나 굉목의 문제가 더욱 소림 제자들의 이목을 집중시킨 것은 그에 대한 판결이 굉장히 까다롭기 때문이기도 하였다.

당장에 '누구에게 죄를 물을 것인가!' 하는 것부터 난관에 부딪친다. 본래 파계한 것은 굉목이었으나 쥔 것은 사부인 홍오였다.

사실 그동안 홍오가 저지른 온갖 해괴하고 사이한 행적에 비추어 보면, 굉목에게 마음이 더 가는 것도 사실이다. 굉목을 옹호하든 그렇지 아니하든, 굉목은 몰라도 홍오가 죗값을 치러야 하는 게 마땅하다고 생각하는 이가 대부분이다.

 하지만 홍오는 과거에 저지른 잘못에 대한 대가로 평생을 소림에서 벗어나지 못하도록 금제를 받았다. 거기에 굉목을 꾄 잘못까지 포함되어 있는 것으로 해석해야 하느냐 하는 것도 논란이 될 수밖에 없었다. 홍오가 잘못을 용서받았다면 연루된 굉목도 용서해야 하느냐 하는 것도 새로운 논쟁거리였다.

 기실 굉목이 항거하기 어려운 상태였다는 걸 감안하더라도 홍오는 면죄 상태이니 굉목이 홍오의 죗값까지 치러 내야 하는지의 문제다.

 정리하면, 혐의에 대한 판결을 내리기 이전에 혐의를 따질 수 있느냐 없느냐의 여부부터 따져야 하는 복잡한 상황인 것이다.

 한데 더 재미난 것은 소림사가 단순한 무림 문파가 아니기 때문에 그러한 죄의 유무와 혐의의 여부를 또 갈라서 따져야 한다는 점이었다.

 이를테면 사찰로서 겁간에 대한 처분은 바라이법(婆羅夷

法)을 따른다. 겁간은 사음(邪淫)이다. 이유 여하를 불문하고 파계다.

설사 홀로 참회하였더라도 변하지 않는다. 외려 오랜 시간 거짓말을 해 온 것이나 마찬가지이므로 그것은 또한 바라이법에서 망어(妄語)를 저지른 것이 된다. 가장 엄하게 다스리는 바라이법의 네 가지 율법 중에서 무려 두 가지를 위반한 셈이다.

그러나 무림 문파로서의 처분은 조금 다르다.

사부의 명에 대항하지 않아야 하는 건 당연한 일이고 경지가 부족하여 춘약에 당하는 경우는 어쩔 수 없는 일로 친다. 부주의해서, 공력이 모자라 당한 일이라고 친다. 비열한 술책에 당하는 건 강호 무림에선 비일비재한 일이다.

따라서 겁간에 대한 혐의는 설사 죄로 인정된다 치더라도 전후 사정을 고려하여 파문까지는 가지 않을 수 있다.

오히려 스승에 대한 반목과 무공 전수의 거부 같은 기사멸조의 행위가 더한 중죄로 여겨진다. 파문함과 동시에 소림에서 전수한 무공을 다시 빼앗아 단근절맥의 형벌을 내린다.

그러나.

단순히 이것만으로도 복잡한데…….

더욱 복잡한 조건 한 가지가 추가되었다.

복면의 괴인, 현재 홍오로 밝혀진 그가 굉목을 공격하여 단전을 망가트려 버린 것이다.

즉, 소림으로부터 받은 것 중 가장 큰 유산인 내공을 없애 버렸다. 가뜩이나 무공을 몇 배우지도 않았는데 내공이 없어서 제대로 펼치지도 못하게 만들었다. 그것은 전수한 무공을 빼앗은 것과 거의 다름없는 결과의 도출이었다.

그렇게 내공을 잃고 몸이 상하다 보니 다른 형벌을 가하기도 어렵다. 지금의 몸 상태로 곤장이나 매질을 했다간 그냥 무던히 사바세계를 떠나 버리게 될 것이다. 다른 곳도 아니고 사찰에서 죄인이 뻔히 죽을 걸 알면서 형벌을 내릴 수는 없는 법이다.

진산식에서 수만 명이 지켜보는 가운데 터진 사건.

봐줄 수도 없고 법대로 집행할 수도 없는 사건.

꼬이고 또 꼬여서 지독히도 복잡해져 버린 사건.

그것이 바로 지금 굉목의 사건이었다.

곁에서 지켜보는 것만으로도 정신이 없을 정도이니 집행부의 고뇌란 참으로 깊고도 깊을 수밖에 없었다.

"잠시만요. 죄송합니다."

장건은 사람들을 제치고 앞으로 나아갔다.

이미 수많은 소림의 승려들이 계율원의 안팎을 가득 메

우고 있었다.

 굉목은 차가운 돌바닥에 무릎을 꿇고 있고, 양옆으로는 곤을 든 나한들이 일렬로 도열하여 있다.

 단상에는 새로 계율원주가 된 원읍이 계도를 들고 섰다.

 원호가 방장이 되기 전에 끝까지 해결하려 하였으나 하지 못한 탓에 원읍은 수염이 다 빠질 정도로 마음고생이 심했다고 한다. 며칠 사이에 수염이 죄다 듬성해져서 보는 사람들이 혀를 찰 정도였다.

 원읍이 마침내 입을 열었다.

 "죄인은 법명 굉목을 쓰는 본사의 제자로, 계율을 어겨 이 자리에 서게 되었다. 제일 죄목은 음행(淫行). 이에 대하여 죄인은 스스로 모든 것을 실토하고 인정하였다."

 굉목이 부복하며 진중한 어조로 고하였다.

 "본인의 죄를 모두 인정합니다. 계율원주께서는 부디 율법에 따라 가차 없이 이 못난 늙은이를 처벌하여 주시오."

 아무리 마음의 준비를 하고 있더라도 이 어찌 쉬운 일일까. 굉목의 목소리 끝이 살짝 떨리는 것을 모두가 느낄 수 있었다.

 "판결한다."

 지켜보는 수많은 이들이 모두 입을 다물고 집중했다.

 드디어 굉목에 대한 처분의 결정이 내려지는 순간이었

다.

 원읍이 한 번의 긴 숨을 내쉰 후에, 선고했다.

 "불법에 귀의한 자로서 음행을 저지른 자는 어떠한 이유로도 승잔(僧殘)할 수 없다. 바라이법(婆羅夷法)에 의하여, 오늘로써 죄인 굉목의 법명은 회수하고 승적에서 축출한다. 이 결정은 결코 번복되지 않는다."

 바라이법은 승잔법과는 다르다. 승잔법은 죄를 지었어도 참회하여 승적에 남아 있을 수 있지만, 바라이법은 완전히 쫓겨나는 것이다. 이제 굉목은 그 어디에서도 다시 승려 생활을 할 수가 없다. 평생 파계승의 낙인을 안고 살아가야 할 터였다.

 "아!"

 선고가 끝나자마자 여기저기서 탄성이 터져 나왔다.

 '역시나'라는 느낌의 탄성들이었다.

 결국 계율원은 굉목의 죄를 인정한 것이다. 첫 번째 죄를 인정하여 파계하였으니 다른 죄목에 대하여 더 따질 필요도 없었다.

 한데 아직 끝난 게 아니다.

 "본사의 제자로, 승려 된 자가 파계한 채 남을 수는 없는 노릇이다."

 서두를 뗀 원읍이 한 자 한 자 말을 또박또박 내뱉었다.

"법명을 회수하고 진산 제자로서의 자격을 박탈하여 파문한다. 오늘 이후로 죄인은 속세의 이름을 되찾을 것이다."

지켜보던 승려들이 술렁거리기 시작했다.

파계하였을 때부터 예상된 일이긴 하였으나 적잖은 충격이 장내를 뒤덮었다.

파계는 종파로서의, 파문은 무림 문파로서의 퇴출이다.

제자로서 파문하되 승려로서는 파계하지 않는 경우는 있었다. 그런 경우 무공을 더 이상 익히지 않고 수행하며 평생 승려로 살아가곤 하기도 하였다.

그러나 소림은 파문하되 파계시키지 않은 적은 있었어도, 단 한 번도 파계하며 파문하지 않은 적이 없었다.

사찰인 소림은 될 수 있어도 무림 문파로서의 소림만은 추구하지 않겠다는 강력한 의지이다.

따라서 파계하여 파문이 뒤따른 경우, 완전히 소림에서 쫓아낼 만한 죄가 있기 때문이라 인정하는 것이며 이에 따른 고된 처벌을 하였다.

아마도 이 같은 결과를 낼 때까지 계율원뿐 아니라 소림의 수뇌부는 굉장한 고심을 하였을 것이고, 한번 내려진 결정은 번복되지 않는다고까지 단언하였으니 이의도 받아들여지지 않을 터였다.

굉목 역시나 조금의 이의도 없다는 듯 몸을 더욱 수그렸다.

공식적인 처분은 끝났고 이제 남은 것은 형벌뿐이다.

형벌의 수위가 얼마만큼이냐도 매우 중요한 일이다. 처음보다야 많이 좋아졌다고 하지만 그래도 몸 상태가 나쁜 굉목이 얼마나 처벌을 견딜 수 있는지도 걱정된다.

장건은 지켜보다가 자기도 모르게 입술을 악물었다.

"이, 이게 어디가…… 어디가 좋은 일이야……."

불목하니 문원이 좋은 일이라고 했던 것과 달리 굉목은 원읍의 한마디에 목숨이 경각에 달리게 되었다.

장건은 지켜보면서 눈물을 뚝뚝 흘리기 시작했다.

굉목은 이제 더 이상 승려도, 소림의 제자도 아니다. 소리 내지 않는 독경을 하던 굉목을 더는 볼 수가 없게 될 것이다.

굉목이 승려가 아닌 모습을 장건은 차마 상상할 수도 없었다.

"건아……."

곁에 있던 소왕무와 대팔이 장건을 위로하려 했으나 딱히 위로할 말이 없었다. 장건이 얼마나 굉목을 따르고 좋아하는지 아는 터라, 그저 굉목에게 심한 처벌이 내려지지 않기만을 바랄 뿐이다.

그러나 그것은 아마도 순탄하게 이루어지지 않을 터였다.

이미 전 중원의 사람들이 이번 일을 주목하고 있다. 파계와 파문만으로도 작은 처분이라고는 할 수 없으나, 뒤이은 처벌 역시 너무 약한 형벌을 내리거나 한다면 소림은 비난을 면하기 어렵다.

뭇 사람들의 이목을 생각해서라도 강한 처벌을 내릴 수밖에 없는 것이 현재의 상황이다.

"어렵겠어……."

누군가가 중얼거리는 소리에 장건의 고개가 홱 돌아갔다.

"지금 뭐라고 했어?"

속가제자 아이 하나가 손사래를 치며 변명했다.

"아니, 그게 아니라 난…… 대사님이 나이도 있으시고 하니까…… 미안해. 나쁜 뜻은 아니었어."

가뜩이 불편한 장건의 마음을 더 불안하게 한 속가제자 아이가 금세 사과를 했다.

장건뿐 아니라 많은 승려들이 술렁이고 있어서 장내는 매우 시끄러웠다.

딱딱!

원읍이 계도를 부딪치며 외쳤다.

"모두 정숙히! 아직 판결이 끝나지 않았다!"

장건도 고개를 돌렸고 승려들도 입을 다물었다.

"크흠."

원읍이 작은 헛기침을 하며 말을 이었다.

"본래 파문 제자는 단전을 폐하고 단근절맥하여 무공을 회수한 후 산문 밖으로 내쳐야 하나, 이미 죄인은 고령이며 또한 단전까지 상하여 그 건강이 심히 쇠약하여져 있다. 아무리 계율이 엄하다 할지라도 목숨이 위독해질 걸 뻔히 알면서 남은 형을 집행한다는 것은 부처의 가르침에 정면으로 배치되는 일임에 분명하다. 하나 명백히 죄과가 있는데 계율을 무시하고 진행하지 않을 수도 없다."

장건의 눈이 번쩍 뜨였다.

"아, 그럼?"

원읍의 말에 따르면 그래도 약한 처벌을 하겠다는 뜻이 아닌가!

장건의 표정이 순식간에 밝아지자 소왕무와 대팔이 장건을 붙들고 흔들었다.

"잘됐다."

"잘됐어, 건아."

원읍이 계도를 다시 쳤다.

따악— 딱!

"정숙!"

그런데 그때, 오히려 침묵하고 있던 굉목이 말을 했다. 그리 크지도 않고 낮은 목소리였지만, 하필 모두가 입을 다물던 순간이었으므로 모두가 굉목의 말을 똑똑히 들을 수 있었다.

"본 죄인은 자비를 바라지 않소이다. 나 하나로 인하여 소림사의 규율이 가벼이 여겨질까 두렵소이다. 그러니 원주께서는 조금의 자비도 없이 본 죄인에게 절차에 따른 처벌을 내리시고, 바라건대 그간 소림이 베푼 것을 하나 남김없이 거두어 가시오."

승려들은 잠깐 멍해졌다가 이내 한숨들을 내쉬었다.

정말로 지독한 고집이다.

시쳇말로 봐주겠다는데도 본인이 싫다 거부하는 꼴이다.

더구나 저 말투와 당당한 태도를 보면 누가 죄인이고 누가 부탁을 해야 하는지 알 수 없을 정도다.

죄의 여부와 책임 유무를 떠나서 대다수 소림의 승려들은 굉목에 대해 연민을 가지고 있다. 스스로 죽겠다는 것도 아니고 소림에서 받은 것을 모두 가지고 가라 한다. 그만큼 소림을 못 견뎌 하고 있다.

홍오라는 사부를 만나 완전히 엇나가 버린 굉목의 인생담은 지금의 그 한마디만으로도 뭇 이들의 가슴을 울린다.

원읍은 잠시 오체투지한 굉목을 내려다보다가 말했다.

"죄인의 말이 틀린 것은 아니다. 이유 여하를 불문하고 한 사람을 특별히 예외로 삼는다는 것은 분명 전체 규율을 위협하는 위험한 행위이다. 하나 이것은 예외가 아니다."

굉목이 무슨 말이냐는 얼굴로 고개를 들었고, 수많은 소림의 승려들이 원읍의 말에 귀를 기울였다.

"서경에 따르면 순임금께 고요라는 판관이 고하되, 죄를 다스리는 방법으로 죄의유경(罪疑惟輕)을 말하였다."

죄의유경. 의심스러운 죄를 가벼이 하라는 뜻이다.

승려들이 눈을 휘둥그레 뜨고 놀랐다.

집행부는 굉목의 죄를 인정하긴 하였으나 책임에 관하여서는 인정하지 않은 것이다.

"죄와 형벌에 관하여, 본사의 이백오십 계는 죄를 범하면 교단에서 쫓겨나는 네 가지 바라이법, 스무 명 이상의 대중에게 참회해야만 승려로서 남을 수 있는 십삼 계의 승잔(僧殘), 재물을 대중에게 내놓고 참회할 삼십 가지 사타죄(捨墮罪), 구십 가지 단타죄(單墮罪), 익히고 닦아야 할 일백 가지의 중학계(衆學戒), 서로의 다툼을 없앨 일곱 가지 멸쟁법(滅諍法)이 주어져 있다."

원읍이 말을 이어 갔다.

"당 죄인은 바라이법을 위반하였으므로 파계함이 마땅

하고, 기사멸조의 죄를 행하였으니 파문함이 마땅하다. 전후의 사정에 고의성이 없는 것을 알고 있음에도 불구하고 이와 같은 처분을 한 것은, 본의는 아니었대도 큰 죄를 저지른 자를 그대로 방면할 수 없는바, 중죄에 대하여 일벌백계함으로써 다시는 이와 같은 일이 벌어지지 않기를 바라는 이유에서이다. 따라서 파계와 파문은 본 계율원주가 내릴 수 있는 최고의 형이었다."

원읍의 말을 모두가 쥐죽은 듯 경청했다.

"하나 신체 형벌마저 그러한 규율을 따르는 것이 순리에 명확한 일인가에 대하여서는 의문이 있다."

원읍이 잠시 쉬었다가 계속 말했다.

"본사는 사찰로서 일반적인 무림 문파와는 길이 다르다. 이백오십 가지의 계율은 본사의 제자들이 기본적으로 지켜야 할 계율이지만 추구해야 할 도리는 아니다. 만일 이백오십 가지 계율에 맞지 아니하다면 결국에는 본사가 추구하는 도리에 따라 판결을 내리는 일이 옳을 것이다."

원읍은 짧고 단호하게 외쳤다.

"이에 본 계율원주는 불살갱계(不殺生戒)를 그 첫 번째의 도리로 두고자 한다."

승려들이 자기도 모르게 저마다 불호를 외었다. 불살생계는 불법에서 가장 큰 도리이다.

"삼계 만법을 깨달은 세존께서 살생하지 않으면 살아갈 수 없는 사람에게 살생하지 말라는 불살생계를 주신 이유는 무엇인가. 지키지 못할, 혹은 지키기 어려운 계를 내려 주신 이유는 무엇인가? 이는 계율 자체를 참된 진리로 볼 것이 아니며, 매 순간 스스로의 행동을 살피고 답을 구하여 가는 과정 속에 참된 진리가 있기 때문이다."

원읍이 판결문이라기보다는 설법에 가까운 말을 계속해서 이어 갔다.

"본사의 계율은 어떠한가. 본사의 계율은 사람을 죽이기 위한 계율인가, 사람을 살리기 위한 계율인가. 계율이 우선인가, 사람이 우선인가."

원읍이 잠시 한쪽 구석에 서 있는 원호를 바라보더니 고개를 다시금 돌렸다.

"새로이 취임하신 방장 사형께서 말씀하셨다. '소림은 제자를 버리지 않는다. 제자의 잘못은 스승의 잘못이며, 스승의 잘못은 곧 소림 전체의 잘못이다. 소림은 제자의 죄과에 대하여 어떠한 벌이든 달게 받을 준비가 되어 있어야 한다. 이것이 이번 대의 소림이 될 것이다.' 나는 그 말씀이 옳다 생각한다. 계율을 사사로이 위반하여서도 안 되지만 대외의 평가에 연연하여 제자를 버리는 일도 있어서는 안 된다는 것이 나의 생각이다."

말 한마디 한마디에 고뇌가 묻어 나왔다. 원호와 원읍은 그 같은 결론을 내기 위해 얼마나 많은 밤을 고심하였을까.

승려들은 가슴이 뭉클해져서 눈가가 축축해졌다.

지금 이 순간은 승려이기 전에 소림이라는 문파의 제자였다. 심장이 뜨거워지고 든든하여 무엇이든 할 수 있을 것 같았다.

하지만 아직 굉목은 포기하지 않았다.

굉목은 승려들과는 또 다른 이유로 소림사를 버려야만 했다. 소림이 아니라 자신이 소림사를 버려야, 이곳을 나갈 수 있었던 것이다.

굉목이 오체투지한 채 큰 목소리로 질문을 던졌다.

"죄인 된 몸으로 소림의 결정에 어찌 감히 반론을 할 수 있겠소이까. 하지만 소림은 소림의 무공을 지닌 채로 파문 제자를 놓아준 적이 없소이다. 본 죄인은 그 첫 예외의 사례가 되고 싶지 않은 것이외다!"

원읍이 사찰로서의 기준에 좀 더 부합한 해답을 구하고 있다면 굉목은 무림 문파로서의 기준을 말하고 있다.

파문한 제자를 대강 놓아준다면 무공의 누출은 물론이고 문파의 위엄과 기강마저도 지킬 수 없게 될 터다. 아무나 제자가 되겠다고 들어왔다가 아무 때나 달아날 것이다.

홍오의 경우에는 진산식과 더불어 세간에 숨기려다 보니

수습할 겨를이 없었다. 이제 다시 제대로 된 추격대를 꾸려 내보내야 하는 것도 원호가 신경 써야 할 일이다.

거기에 굉목까지 처벌 없이 무사 방면하는 건 분명 당금의 소림에는 적잖은 부담이다.

원읍은 고개를 천천히 끄덕였다.

지켜보던 이들도 마른침을 삼켰다. 긴장감이 흘렀다. 저렇게까지 하는 굉목을 이해할 수 없어 애가 탔다.

한참이나 침묵이 흘렀다.

"계율원주."

굉목이 먼저 말을 꺼냈다.

"이 노인네는 소림을 떠나고 싶소. 이제 모든 것을 두고 내 삶을 찾으려 하오. 그러니…… 부디 내 삶을 돌려주시오."

누군가에게 모진 형벌은 죽음을 생각나게 하지만, 누군가에겐 자유로워지는 유일한 길이다.

지금의 굉목이 그러했다…….

참다못한 장건이 사람들 사이로 뛰쳐나갔다. 나한들이 급히 곤으로 가로막았지만 장건은 벌써 지나간 후였다.

"왜 그러시는 거예요, 왜! 왜 그렇게 고집만 피우시냐구요! 그냥 그렇게 혼자서만 편하시면 다예요? 노사님을 생각하는 다른 사람들은 어쩌라구요!"

감정이 격해져 외치는 장건을 계율원의 나한들 수십 명이 난감한 표정으로 둘러쌌다.

"이 녀석이!"

"여기가 어디라고!"

굉목이 수척한 얼굴로 장건을 돌아보았다.

"미안하구나."

굉목의 입에서 그런 말이 나올 줄 상상도 못 했던 장건은 울음을 터트리고 말았다.

원읍이 힘차게 계도로 바닥을 찍었다.

탕—!

묵직한 진동이 계율원을 울렸다.

"안타깝게도 죄인의 바람은 이뤄질 수 없다. 소림은 죄인을 놓아주지 않을 것이다."

놀란 굉목이 외쳤다.

"계율원주!"

"건강상의 문제로 신체적 형벌을 가할 수 없으니 소림의 무공을 회수하기도 어렵다. 하나 회수하지 않을 수도 없다. 이에 본 원주는 당 죄인이 본사의 속가제자가 되어 또 다른 속죄의 기회를 얻기를 바란다. 스스로 정말 죗값을 치르길 원한다면 사는 동안 참회하며 그것으로 대신하기를. 이것이 본 계율원주와 집행부 전체의 대답이다."

굉목은 뭔가 이상한 얼굴로 되물었다.

"지, 지금 내가 잘못 들은 것이오?"

"방금 말한 바와 같다."

굉목이 중얼거렸다.

"소, 속가?"

원읍이 고개를 끄덕였다.

"비록 병장기의 소지 허가는 내줄 수 없지만."

뒷말은 굉목의 귀에 들리지도 않았다. 앞말만이 머리에 남아 계속해서 빙빙 돌고 있었다.

"속가……."

멍…….

광풍이 지나간 후의 고요처럼 계율원이 침묵에 잠겼다.

울부짖던 장건도, 귀를 기울이던 승려들도…… 모두가 멍해진 얼굴이 되었다.

그리고 한편 구석에서 판결을 경청하고 있던 원호가 그 모습을 바라보면서 작은 미소를 머금었다.

법명 굉목.

속명(俗名) 하분동…….

우여곡절 끝에 원 자 배 첫 기수의 속가제자가 되려 하고 있었다.

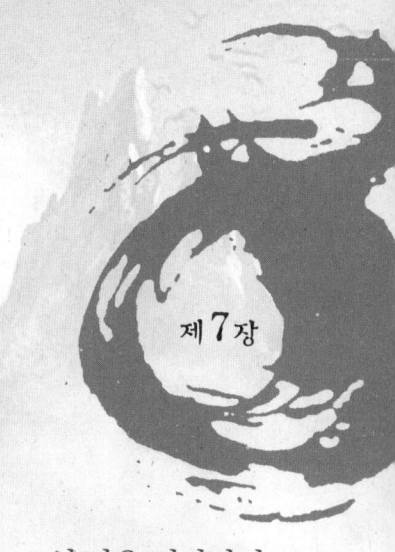

제7장

오십 년을 뛰어넘어

강호가 파란에 물들었다.

소림사에서 알린 소식 탓이었다.

오황과 곽모수가 윤언강에게 쓰러졌다는 소식.

누가 그것을 듣고 충격에 빠지지 않을 수 있을까!

강호가 일거에 숨죽였다.

도대체 검성 윤언강은 무슨 의도로, 무슨 생각으로 그런 짓을 벌인 것일까?

그것도 소림사를 나서던 둘을 차례로 쓰러트렸다니, 애초에 계획적인 행동이라고밖에 볼 수 없었다.

오황과 곽모수는 그냥 소림을 같이 찾아왔다, 는 정도 말고도 다른 공통점이 있다.

둘은 우내십존 중에서도 이른바 중도 노선을 걷는 쪽이었던 것이다.

검왕 남궁호나 독선 당사등은 무림 세가를 대표하는 무인이었다. 이에 반해서 검성 윤언강이나 환야 허량, 청성일검 풍진, 연화사태는 무림 문파를 대표하고 금월사자 유장경과 무이포신 종암은 관과 황궁의 세력을 대표한다.

그러니 아무런 의도가 없었다고 보기엔 참으로 교묘한 상황이었다. 우연이라고 하기엔 검성은 늘 치밀한 계산 아래 행보를 이어 왔고, 또 의도적이라고 하기엔 굳이 은퇴를 앞둔 중도의 두 고수를 제거할 필요는 없었던 것이다.

특히나 병장기 허가에 관한 새로운 제도 때문에 중소 문파의 무인들이 한창 들고 일어선 와중이었다.

새로이 세력 판도가 짜이기 시작하는 초창기의 강호. 거기에 검성의 행동은 판을 통째로 뒤흔들어 버릴 정도의 파괴력이 있었다.

하여 이번 검성의 행보를 두고 제각기의 해석이 분분하게 튀어나왔다.

―검성이 천하제일인으로서 마지막 은퇴 전에 실력 발휘를 해 보고 싶지 않았을까? 무인이라면 응당 자신의 힘을

가늠해 보고 싶을 테니.
―화산파가 차세대 천하제일문파가 되기 위한 포석을 깔아 둔 것이다. 앞으로 어떤 문파와 연합이 화산파를 막을 수 있겠는가?
―어쩌면 중소 문파들의 난립에 경고하는 의미로 한 행동일지도 모른다. 화산파의 심기를 거스르면 어떻게 되는지를 보여 준 것인지도.

그러나 그중에서 가장 지지를 받는 해석은 따로 있었다.

―검성의 진짜 목적은 천문비록이었다! 오황은 그 같은 일을 말리려다가 당한 것이다!

그러한 풍문이 도는 순간, 수많은 강호의 무인들이 더 생각할 겨를도 없이 수긍해 버리고 말았다.
천문비록이 어떤 책인가.
갖은 무공의 특징이 모두 기록된 책이다. 특징은 물론이고 파훼법이나 서열까지 매겨져 있다는 얘기도 나돌았다.
상대 무공의 약점이 적힌 비급, 그것은 그 어떤 무공서보다도 훨씬 더 실질적으로 도움이 되는 것이었다.
그것 하나만 얻을 수 있다면 언제 어떤 문파의 무인을 만

나더라도 겁먹지 않아도 된다!

게다가 세상에는 약점을 잡으려는 쪽만 있는 게 아니다. 천문비록을 쥔 자는 남의 약점을 잡게 되지만, 다른 이들은 약점을 잡힌 꼴이 된다.

순식간에 강호가 들끓었다.

검성 윤언강은 순식간에 죽일 놈이 되었다. 그것을 화산파에 건네면 화산파는 어지간한 중소문파 무공의 약점을 모두 꿰차게 될 것이다. 심기를 거스르는 문파가 있으면 어린 제자 하나를 보내 난장판을 만들 수도 있다. 심지어 적대 문파에 약점을 몰래 알려 주는 일을 할지도 모른다.

그건 분명히 굉장한 공포와 두려움이었다. 자신의 목숨줄이 남의 손에 붙들려 있게 된다는 건.

심지어 뭇 명사들이 소림사에 천문비록에 대한 자세한 소재 파악을 요구했을 때에, 소림사는 어이없게도 이렇게 대답했다.

—모르겠는데?

실제 공식 답변서는 조금 더 장황하고 격식이 있었다. 그러나 결국 내용을 따져 보면 모르겠다는 말이었다.

당장에 명망 좀 있다 하는 문파의 장로들이 소림사를 비난하고 나섰다.

"소림사가 이다지도 뻔뻔스러울 줄 몰랐다!"

"자파의 영역에서 일어난 일에 어찌 모르쇠로 일관하느냐!"

"검성과 모종의 협약을 맺고 감춘 게 아니냐!"

"이것이 강호에 얼마나 큰 파장을 몰고 올지 알면서 그런 식으로 대응하는가!"

"소림사는 뒤가 구리지 않다면 당장 조사단을 꾸려서 천문비록의 행방을 뒤쫓는 데 앞장서라!"

온갖 비난과 요구가 빗발쳤다.

그만큼 천문비록의 존재는 위험했다. 자신이 가지면 좋은데 꼭 그러리란 법은 없고, 남의 손에 들어가게 된다 생각하니 잠자리가 뒤숭숭하고.

그렇다면 그나마 언제나처럼 소림사가 나서는 게 제일이다. 강호 무인들 대다수의 지지를 받으며 대의를 소림사가 짊어진다면, 설사 화산파라 할지라도 무시할 수 없다.

하지만 조사단을 꾸리라는 요구를 소림사는 한마디로 일축했다.

―우리가 왜?

소림사에 요구하던 이들은 한순간 말문이 막혔다.

"……?"

"……당연히 소림사가 좀 나서 줘야 하는 거 아냐?"

그에 대한 소림사의 답변은 대략 이러했다.

"어허, 진산식에들 오지 않아서 잘 모르시는 모양인데 우리 봉문하게 생겼소이다. 우리 코가 석 자요."

소림사에서 그렇게 나오니 요구하던 이들도 할 말이 없었다. 개중에는 벼룩의 낯짝도 없어서 소림사에 계속 비난과 욕설을 퍼붓는 이도 있었으나, 소림사에서는 묵묵부답으로 일관했다.

그래도 차라리 화산파에서 천문비록을 가지고 있으면, 다른 데에 퍼지는 것보다는 낫지 않겠느냐 하고 중소 문파에서 위안을 삼고 있었는데…….

일은 거기에서 그치지 않았다.

여론이 심각하게 편중된 까닭에 화산파에서도 어쩔 수 없이 성명을 내놓은 것이었다.

한데 문제는 '검성이 뛰쳐나간 후 연락이 닿지 않고 있다…… 우리도 매우 곤란하다.' 라는 얘기였다.

이제 강호는 정말로 난리가 났다.

만일 그 말이 사실이라면 화산파까지 저버린 검성이 미쳐서 무슨 짓을 할지 몰랐다.

괜히 죽기 전에 후대에 심득을 남기겠다고 이상한 동굴에 처박힐지도 모르는 노릇이었다.
　그럼 그곳을 찾아내는 자, 기연을 얻은 자가 검성의 심득과 천문비록까지 얻게 되는 사태가 벌어지게 될지도 모른다!
　엄청난 압박감과 함께 강호의 문파들이 움직이기 시작했다.
　검성을, 혹은 검성이 심득을 남기고 있을 장소를, 또는 천문비록의 행방을 찾아서.
　그러나 화산파의 말을 믿지 않는 이도 있었다. 화산파가 천문비록을 차지하기 위하여 거짓말을 한다는 생각을 하는 이도 있었다. 또 그중에는 소림사에 혹시 남아 있지 않은가 하여 소림사의 주위를 배회하는 자들도 있었다.
　여러 모로 강호는 혼란스러웠다.
　아니, 최악의 혼란기를 맞이하고 있는 중이었다.
　그것이 시작인지 아니면 지금이 가장 활발한 중인지.
　아무도 알지 못했다.

　　　　　＊　　＊　　＊

　"어리석음도 이와 같은 어리석음이 없습니다. 다들 재보에 눈이 어두워져서 난리입니다."

원호는 기가 막혀서 웃었다.

이제는 방장실이 아니라 장생전에 머물고 있는 굉운을 만나러 온 참이었다. 장생전의 내실에는 굉운과 전 공양승인 굉료가 함께 있었다.

굉운은 요양을 하고 있는데 여전히 안색이 좋지 않았다. 그래도 원호의 말을 듣고 빙긋이 웃는다.

"정말로 자네다운 대응일세."

"저는 꾸지람이라도 들을 줄 알고 왔습니다만."

"감정적인 대응이라 생각되면서도…… 그것이 소림을 지킬 방편이라는 데에는 동의하기 때문이라네."

굉료가 껄껄 웃으면서 말했다.

"그런데 참말로 묘하네. 검성이 천문비록의 존재에 대해 모를 리는 없을 터. 문제가 될 걸 알면서도 자신이 챙겨 갔을까?"

"그렇다고 공양품으로 본사에 두고 갈 리도 없겠지요. 이제껏 그가 보인 행동을 생각한다면 말입니다."

"흐음, 검성은 정말로 피를 부를 생각인가 보구먼."

굉료의 말이 자못 무겁다.

장보도가 하나만 나타나도 수천 명이 피를 뿌리는 혈사가 다반사로 일어나는 게 강호 무림이다. 하물며 무공들의 특징이 낱낱이 기록된 비록이 불시에 나타난다면 어떤 일이 벌어질지 충분히 상상이 된다.

원호가 말했다.

"세간에서는 일단 화산파를 의심하고 있는 쪽이 반, 검성이 개인적인 욕심으로 취했다고 보는 쪽이 반 정도인 것 같습니다."

"화산파가 그럴 리 없지."

굉료는 단언했다.

"본사의 무공과 마찬가지로 화산의 무공도 최고야. 늘 당대제일이라고 할 수는 없었으나 화산의 무공만으로도 천하제일인과 그에 버금가는 고수를 배출했지. 그러니까 남의 무공이 필요가 없어. 화산의 무공만 열심히 하면 되는데 왜? 자기네 것만 한평생 해도 모자란데 뭐하러 남의 걸 욕심을 내. 어째서 우매한 중생들은 그 같은 사실을 모르는 것인고?"

쯧쯧 하고 굉료가 혀를 찼다.

어쩔 수 없는 눈높이의 차이다. 소림이나 화산, 무당 같은 거대 문파에서 보는 시각과 그 아래의 시각은 엄청난 간극이 있을 수밖에 없다.

이를테면 대마두가 남긴 비급이라거나, 강호에 혈사를 일으킨 누구누구의 비전 무공서라거나 하는 것들이 있어도 소림은 굳이 그것을 구하려 하지 않는다. 이미 자신들이 가진 것만 해도 잔뜩인지라 그 정도의 것은 차고도 넘친다. 남의 걸 쫓아다닐 시간에 자기 걸 하면 된다. 그게 더 빨리 경지에 오르는 지름길이다.

물론 있으면 분석도 해 보고 연구도 하겠지만, 목숨을 걸고 달려들 필요가 없다. 괜히 남의 것 탐내다가 칼부림할 일만 생긴다. 멀리 갈 것도 없이 바로 홍오가 그 좋은 예가 아니던가!

하나 이류, 삼류 문파에서는 그와 같은 무공서를 얻는 것은 도약에의 기회다. 일확천금의 기회와 마찬가지라 앞으로의 인생이 달라진다. 목숨을 걸고 얻을 가치가 있다.

그러니까 결과적으로 화산이 굳이 천문비록을 탐낼 이유가 없다. 검성의 의도를 의심하는 게 가장 논리적이다.

문득 굉료가 물었다.

"천문비록에 정말로 무슨 서열이나 약점, 대응 방법이 적혀 있는 게 맞는가?"

굉료의 물음에 원호가 답했다.

"아마 사실과 다를 겁니다. 예전에 오황 선배가 자신에 대한 평가를 본 적이 있다는 얘기를 아시지 않습니까?"

"알지. 잡(雜)스럽다는 말이 적혀 있었다고."

"그렇습니다. 그때에 정말로 약점 같은 것이 적혀 있었다면 오황 선배가 가만히 있지 않았을 겁니다. 마해 선생이 대담하게 보여 주었을 리도 없지요. 적당한 특징이나 총평 정도가 적혀 있지 않을까 생각됩니다. 물론 지금 강호에서 번지고 있는 오해가 과거에도 똑같이 있어서 마해 선생을 공격한 일도 있고 했지만 말입니다."

"맞네. 방장의 혜안이 날로 날카로워지는군."

굉료가 거친 수염을 쓰다듬으며 고개를 끄덕거렸다.

굉운이 물었다.

"그건 그렇고, 굉목 사제의 일은…… 아직 해결이 되지 않았다고 들었네만."

원호가 골치 아픈 표정을 지었다.

"무조건 싫다고 하니 방법이 없습니다. 속가제자든 뭐든 본사와 더 이상은 얽히기 싫다고 합니다. 차라리 그냥 죽여라, 라고 하는데 뭐라고 하겠습니까."

굉료가 질렸다는 얼굴로 혀를 내둘렀다.

"굉목 사형은 정말 고집불통이군. 그런 사람이니까 수십 년을 산에서 혼자 살 수 있었던 것이겠지만, 그래도 이럴 때 모른 척 져 주는 것도 못 하나? 기어코 후대에게 선대의 목을 치도록 만들어야 기분이 풀리시는가?"

기가 막힌 일이었다.

본래 속가로 만들겠다는 건 원호가 머리를 짜내고 또 짜내어 만든 방안이었다. 적당한 이유와 구실을 붙이기 위해 얼마나 많은 밤을 뜬눈으로 지새웠는지 모른다.

종국엔 판결문을 완성해 놓고 스스로도 뿌듯할 정도였다.

애초에 굉목이 원한 건 속죄를 위해 과거의 여승을 찾아가겠다는 것이었다. 그러니 승려 된 신분으로는 불가능했다.

하여 본인이 원하는 대로 파계하였다. 거기에 큰 어려움은 없었다.

다만 파문이 좀 문제였는데, 건강상의 이유도 그렇고 무공을 폐하는 것도 그렇고 어느 쪽이든 굉목의 생명에 위협이 될 수 있어서 여러 모로 골치가 아팠다.

그래서 생각해 낸 방법이 바로 속가제자로 다시 받아들이는 방법이었다. 그리하면 무공을 폐하지 않아도 되고, 속가제자로 속죄하는 삶을 살면서 형벌을 면하게 해 줄 수도 있으니 일거양득!

모든 것이 완벽하게 해결될 수 있었!

소림의 오랜 역사를 찾아보면 대마두니 사파의 거물이니 하는 자들도 무공만 금제된 상태에서 출가하여 속죄하는 삶을 살다 가곤 하는 경우들이 있었다. 과거에도 죽음보다는 속죄에 더 무게를 둔 판결이 많았듯이 이번 역시 그때의 판결을 응용한 것이다.

더구나 축 처진 분위기에서 이처럼 좋은 결과가 생긴다면 소림의 분위기도 한결 나아질 게 아닌가.

그런데…….

굉목이 그 방안을 받아들이지 않음으로써 원호가 기껏 생각해 낸 방안은 그냥 아무것도 아닌 게 되고 말았다.

더불어 소림의 분위기는…….

더욱더 처지고 말았다.

굉운이 다시 물었다.

"그래서 사제가 스스로 다시 옥에 들어가 있다고?"

원호가 원망스러운 어조로 대답했다.

"그렇습니다. 문도 잠그지 않은 옥에 제 발로 들어가는 사람은 처음 봅니다. 참으로 답답합니다."

굉료도 어이가 없다는 표정을 지었다.

"거참, 옥 되게 좋아하시네. 툭하면 옥이야. 옥이 그렇게 편하신가? 옥에다가 꿀단지를 숨겨 두셨나? 왜 이리 완고하시냐, 사형은."

굉운이 파리한 안색으로 웃었다.

"사제가 건이를 만나서 많이 완고함이 줄었다 생각했는데 아직 그렇게까지는 아닌 모양일세. 너무 걱정 말게. 사제가 겉으로는 그래 보여도 많이 여린 사람일세. 애초에 중이 되기 힘든 팔자였는지도 모르겠네. 중노릇도 독한 사람이 하는 것이지."

굉료가 의아한 얼굴로 되물었다.

"예? 마음이 여린 사람이 수십 년을 사부를 팽개치고 살아요?"

"여리니까 오히려 더 그런 것일세. 하지만 곧……."

"곧?"

"거의 다 왔다고 하니……."

"네? 누가요?"

말을 하던 굉운의 입가에 피가 맺혔다.

울컥!

굉운은 가사에 한 움큼의 피를 토했다. 창졸간에 안색이 급격히 나빠졌다.

굉료는 놀라지 않고 침착하게 품에서 환약을 꺼내 굉운에게 먹이고 명문에 손을 대어 운기조식을 도왔다. 그러곤 옆에 놓인 대야에 천을 헹구어 바닥의 피를 닦고 굉운의 몸을 닦아 줄 준비를 했다.

침착한 대응에 비해 표정은 매우 어두웠다.

벌써 오늘 하루에만 두 번째였다. 무슨 약을 써도 듣질 않았다. 점점 각혈하는 간격이 짧아지고 있었다. 그래서 지금 굉료가 붙어 있듯이 누군가 한 명은 꼭 굉운의 곁에 붙어 있어야 했다.

굉운은 죽어 가고 있었다.

일부러 밝은 표정을 짓고 있던 원호와 굉료도 더 이상은 웃을 수 없었다.

굉운이 운기조식이 끝나고 힘겹게 눈을 떴다.

"안타깝지만 이제 내가 할 수 있는 것은 다 한 것 같네. 남은 것은 사제에게 달려 있겠지. 미안하지만 이제 좀…… 쉬어야겠네."

희미한 미소로 담담하게 말을 내뱉는 굉운의 눈빛에서는 점점 생기의 불꽃이 사그라지고 있었다.

* * *

속가제자 아이들은 수련 시간이 끝나고 땀투성이가 된 채 장건의 주위에 몰려들어 있었다.

처지가 곤란하다 보니 장건은 수련에 참가하지 못하였다. 사실상 소림의 무 자 배나 원 자 배에서 누군가 장건을 가르친다는 것도 이제는 애매한 일이다. 장건이 아무리 괜찮다고 하더라도 가르치는 사람이 되레 불편할 수밖에 없다.

하여 장건은 남들처럼 수련에 참가하지도 못하고, 구경

하거나 혹은 혼자서 수련을 하거나 하는 식으로 자신의 일을 직접 찾아다니며 하루 일과를 보내고 있었다. 장건에게는 매우 곤혹스러운 나날이었음에 틀림없다.

한데 아이들이 수련이 끝나자마자 몰려든 이유는 다름 아닌 얼마 전의 대사건을 듣기 위해서였다.

"이거야?"

"응."

장건이 아이들에게 건넨 것은 평범한 옷자락이었다. 두 치 정도로 잘려 있는 옷의 조각이다.

"우와아."

"신기하다."

"나도 좀 보여 줘."

아이들은 별것 아닌 옷 조각을 만지면서 희한해했다.

아니, 별것 아닐 수가 없다. 이것이 바로 공명검에 베인 옷 조각이기 때문이다.

잘린 단면이야 말할 것도 없이 깔끔하다.

괜히 옷 조각을 만지고 있으면 기분이 묘해지는 아이들이었다. 마치 처녀가 입고 있던 속저고리를 들고 있으면, 그건 그냥 옷에 불과한데도 괜히 들뜨는 것처럼 말이다.

소왕무가 물었다.

"네가 공명검을 피한 거야?"

장건이 고개를 저었다.

"아냐. 마지막에 가슴을 베려다가 일부러 옷만 자른 거야."

아이들이 죄다 신기해했다. 장건이 그동안 보인 무위를 생각하면 우내십존도 마음먹은 대로 할 수 없지 않은가. 그런데 옷자락만 자르겠다고 마음먹었다 해서 장건을 상대로 그럴 수 있다는 게 신기한 것이다.

물론 그러니까 천하제일인일 테지만 말이다.

"넌 가만히 있었어?"

"피해 봤는데 안 피해지더라구."

"어떻게 했는데?"

장건이 차마 다 시연할 자신은 없어서 손으로 앞을 가리고 몸을 튼 자세를 보여 주었다. 그것만으로도 충분히 정면이 가려졌다.

아이들은 또 의아해했다.

잘린 것은 가슴 앞섶의 옷자락이다. 장건이 전면을 보호하고 옆으로 돌아 있는 자세라면 도저히 가슴의 옷자락을 벨 수 없다. 아예 보이질 않는다. 팔과 함께 잘라 버렸다면 모를까.

"에이, 그게 말이 돼?"

"이상한데?"

장건이 해명했다.

"이 상태로 보법도 밟아 봤는데도 안 피해졌어."

장건은 다시 원래의 딱딱한 자세로 돌아와서 말했다.

"공명검은 의지라고 했어. 피할 수가 없어. 그 앞을 몇 겹의 방패로 막고 있어도 마찬가지일 거야."

아이들은 섬뜩해했다.

"그럼…… 전설이 사실이었나?"

"바위 뒤에 숨어 있어도 피할 수 없다던 전설?"

"난 그게 거짓말인 줄 알았는데 진짠가 봐."

"진짜겠지. 지난번만 해도……."

말을 하지 않아도 오싹했다.

우내십존 둘을 쓰러트린 홍오를 손가락 하나로 거꾸러트렸던 그 장면을 아이들 역시 잊지 못하는 것이다. 그것은 무공이라고 할 수도 없었다. 한창 승승장구하던 홍오가 무력하게 손짓 한 번에 피를 뿌리고 쓰러져서 보는 사람들은 어안이 벙벙하기까지 했다.

바로 직전에만 해도 마해와 오황이 패했다. 하나 그것은 딱히 피부에 와 닿는 얘기가 아니었다. 홍오가 당한 얘기처럼.

그런데 장건이 직접 가슴을 다 가리고 있는데도 그 안쪽이 베였다고 하는 건 소름이 끼치도록 와 닿는 현실적인 얘기였다. 그게 더 직접적으로 느껴지는 사실이었다.

"그럼 누가 검성을 쓰러트릴 수 있지? 막아도, 피해도 안 되면?"

아이들이 쥐죽은 듯 조용해졌다.

"……"

대팔이 혀를 찼다.

"멍청아. 천하제일인인데 어떻게 쓰러트려. 그냥 천하제일인은 천하제일인인 거지."

아이들이 대팔을 빤히 보았다.

"말이 안 되는 거 같은데 은근히 설득력이 있네."

"하긴, 우리가 검성하고 싸울 일도 없고……"

"야, 싸우기는? 우린 도망도 못 가. 그냥 죽었다고 빌어야 돼."

"웃기지마. 소림의 제자가 사문의 어르신을 해친 원수에게 빌 것 같으냐?"

"너야말로 웃기지마라. 막상 만나면 눈물 콧물 질질 흘리면서 살려 달라고 빌 거면서."

"뭐, 인마?"

아이들이 툭탁거리면서 장난을 치기 시작했다. 장건은 그 모습이 좋아 보여서 살짝 웃었다.

친구들과 그렇게 놀고 그러고 싶을 나이. 하지만 이미 자신은 그들의 틈에 끼어서 완전히 어울릴 수 없는 신세라는 걸 너무나 잘 알고 있었다.

왕무가 툭탁거리는 아이들을 진정시켰다.

"그러고 보니…… 건아."

"응?"

"너 괜찮은 거야? 검성을 바로 앞에서 보고도?"

지난번 장건은 심마에 들어서 굉장한 곤욕을 치렀다. 그런데 오늘은 직접 당했음에도 그리 어둡거나 한 표정이 아니다. 웃을 수 있다는 건 마음에 여유가 있다는 뜻이다.

"괜찮아."

"정말?"

장건이 잠깐 말을 고르는 듯하다가 말했다.

"응. 뭐라고 해야 할지 잘 모르겠는데. 아예 닿지 않을 곳에 있다고 생각하니까 편해졌다고나 할까? 언젠가는 내가 가야 할 곳이지만, 지금은 따라갈 수 없으니 포기했다고 해야 할까? 뭐, 그런 것 같아."

하지만 아이들은 그 말을 듣고도 '와아…….' 하고 탄성을 질렀다.

당금의 무림에서 누가 검성을 보고 '언젠가 가야 할 곳'이라고 언감생심 마음을 먹을 수나 있겠는가. 장건이나 되니까 그런 얘기를 할 수 있는 것이다.

부럽다는 눈초리로 아이들이 장건을 바라보았다. 어쨌거나 아이들에게 있어서 장건은 우상이었다.

"어쨌든 다행이네."

소왕무의 말에 뭇 아이들이 동감했다. 다행은 다행이다. 장건이 심마에 들어서 또 무슨 일인가를 벌이는 것보다는 훨씬 나으니까.

그러고는 아이들이 또다시 자기들끼리 시끌벅적하게 떠들기 시작할 때, 문득 장건은 고개를 돌렸다.

외원의 수련장을 지나서 내원으로 향하는 이들이 보였다.

나한승들이 가마를 짊어졌고, 가마 옆에는 여자아이도 한 명 있다.

"어?"

예전에 한 번 본 얼굴.

연화사태와 함께 왔던 여자 아이였다.

"연…… 홍?"

장건은 기억해 냈다. 연홍의 성이 하씨라는 걸.

"아……!"

그제야 비어 있던 이야기가 채워지는 듯했다.

장건은 급히 가마를 따라갔다.

생각대로 가마는 계율원을 향하고 있었다.

오십 년을 뛰어넘어 293

계율원의 옥사(屋舍) 앞에는 이미 소식을 들은 것인지, 계율원주 원읍을 비롯해서 원호까지도 나와 있었다.
"사백님!"
원호가 돌아보고 뭐라고 말하기도 전에 하연홍이 먼저 장건을 보았다.
"어? 너, 너……."
"안녕?"
어색하게 인사하는 장건을 보고 하연홍이 입술을 삐죽 내밀었다가 마주 인사했다.
"안녕?"

     * * *

굉목은 좀처럼 입을 다물지 못했다.
죽은 사람이 살아 돌아온 걸 목격한 사람처럼 얼이 빠진 얼굴이었다.
이런 의미였던가?
굉운이 했던 말이 이런 의미였던가?

> "죽지 말게. 죽으려고 하지 말게. 자네를 기다리는 이들이 있네. 그래서 죽지 말라고 했네."

분명히 굉운이 그런 말을 했다.

얼추 짐작은 했음에도 정말로 이런 일이 일어날 줄이야. 굉목은 정신도 못 차리고 중얼거렸다.

"운…… 려……."

철창 앞에 마음씨 좋아 보이는 넉넉한 인상의 노부인이 있었다. 그렇다고 노부인의 고운 미색에 빠져서 굉목이 정신이 나간 것은 분명 아닐 터였다.

굉목과 동굴에서 하룻밤을 보냈던 여승.

그 여승이 바로 지금의 노부인이라는 걸 알아보았기 때문이었다.

사실은 너무 오래되어 얼굴도 잘 기억이 나질 않았다. 예전의 얼굴이 남아 있다곤 해도 알아볼 만한 세월이 아니었다. 그럼에도 불구하고 굉목은 단 한 번에 노부인을 알아보았다.

"저를 기억하시겠어요?"

굉목은 천천히 고개를 끄덕였다.

"변하지…… 않았구료."

"많이 변했죠. 쭈글쭈글한 할머니가 되었지요."

굉목이 좀 더 유들유들한 성격이었다면 조금은 다른 말을 했을지도 몰랐다. 하지만 굉목은 그저 고개만 끄덕였다.

꾕목은 말없이 노부인을 보고 있다가, 어색하기 짝이 없는 목소리로 물었다.

"어떻게…… 된 것이오?"

"오래전에 환속했어요. 아이를 가진 몸으로는 비구니가 될 수 없으니까요. 아니, 무엇보다 아이를 제 손으로 키우고 싶어서 환속했다고 하는 게 옳을지도 모르겠어요."

"아……."

꾕목이 자신 없는 얼굴로 시선을 떨어트렸다.

"미, 미……."

차마 말을 잇지 못하는 꾕목의 대신에 노부인이 말했다.

"미안해요."

"으, 으음……?"

"그 아이, 어릴 때부터 몸이 약해서 아이를 낳고 부처님의 품으로 가 버렸어요. 제가 잘 돌보지 못한 탓으로 당신께 보여 드리지도 못하고 세상을 떠났네요."

꾕목의 안색이 침울해졌다. 들리지도 않을 작은 소리로 입에서 불호를 왼다.

"그렇게 우울해하지 않으셔도 돼요. 행복하게 살다가 편안히 갔으니까. 그리고 저 대신 자기를 꼭 닮은 예쁜 아이까지 두고 갔어요."

노부인이 시선을 옮기자 꾕목이 함께 고개를 옮겼다.

둘을 위해 자리를 마련해 준다고 다른 이들은 멀찍이 떨어진 곳에 서 있었고 그나마 가장 가까이에 하연홍이 있었다.

굉목의 눈길이 하연홍에게 잠시 머물었다.

한 번 보지도 못한 딸에 대한 감정보다도 오히려 손녀에 대한 감정이 뜨겁게 치밀었다.

"태사부님의 앞 자와 제 어미의 이름을 한 자씩 따서 연홍이라 지었지요. 성은 물론 당신의 성을 따서……."

"그렇구려……."

한참이나 연홍을 바라보는 굉목이었다.

잠깐의 침묵이 또다시 흐르다가 굉목이 물었다.

"재가…… 는 하였소?"

노부인이 수줍은 표정을 지었다.

"멀쩡히 부군이 살아 있는데 어떻게 재가를 할 수 있나요. 딸아이만 보내고, 이제껏 혼자 살았습니다."

굉목의 표정이 조금 굳었다.

"바보 같은 짓을 하였소."

쌀쌀한 굉목의 말투에도 노부인은 조금의 실망도 하지 않았다. 처음부터 그랬던 것처럼 부드럽고 온화한 얼굴로 굉목을 바라보고 있을 따름이었다.

그것이, 마치 그것이 더 화가 난다는 듯.

굉목은 이를 악물었다. 수염이 부르르 떨렸다.

확!

굉목이 몸을 돌렸다. 다시 감옥의 축축한 벽을 바라보고 돌아앉은 것이다.

속으로는 무슨 생각을 하고 있든 간에 굉목의 입에서는 더 이상 차가울 수 없을 정도로 냉정한 말이 튀어나왔다.

"먼 길 오느라 고생하였소. 이제 돌아가시오."

다른 이들은 멀리 떨어져 있느라 듣지 못한 척하고 있었으나 무공을 가진 이들이니 굉목의 말을 듣지 못할 리 없었다.

원호를 비롯해서 장건이나 다른 승려들마저도 굉목의 완고함에 치를 떨었다.

특히나 이번엔 굉운이 비밀리에 추진한 일이었다. 비록 시간을 맞추진 못했으나 나한을 보내어 운려와 연홍을 데려오도록 하였다. 몸이 좋지 않은 운려를 위해서 몇 남지도 않은 소림의 소환단도 털었다.

물론 자리를 마련했다고 해서 꼭 원하는 대로 이루어지라는 법은 없다. 다만 굉운은 굉목의 사형으로서, 소림의 대표로서 굉목의 아픈 세월에 조금이라도 보답해 주고 싶었던 것이었다.

하나 보통 사람이라면 수십 년 만에 보는 사람을 이렇게 몇 마디 나누고 내치지는 않을 터였다. 그게 정상이고 보통의 사람들이 가지는 감정이었다.

장건이 생각해도 이건 아니었다.

결코 아니다!

장건은 욱하고 화가 치밀었다. 뭐라고 말을 해야 할 것 같았다. 하지만 앞으로 나서려던 순간에 하연홍의 눈빛을 보고 멈칫했다.

하연홍의 눈가에 눈물이 가득했다. 그런 얼굴을 굉목에게 보여 주기 싫다는 듯 고개를 돌리고 있어서 오히려 장건이 정면에서 보고 있는 모습이 되었다.

지금 이 순간 가장 혼란스럽고 고통스러운 건 장건이 아니었다. 적어도 이 순간에는.

장건은 손에 들어간 힘을 풀고 기다렸다.

지금의 얽힌 감정들을 풀 수 있는 이들은 따로 있으니까.

그중에 한 명, 노부인은 천천히 굉목의 돌아선 등을 바라보고 있었다. 원망스러울 수도 있고 화가 날 수도 있고 슬프기도 할 텐데, 조금도 그런 내색을 않고 있었다.

그저.

"자물쇠도 없는 옥에는 왜 혼자 계신 건가요."

라고 물었을 따름이었다.

굉목이 차갑게 대꾸했다.

"나는 죄인이오. 죄인은 옥에 있는 것이 당연하오. 누가 가두고 말고는 중요하지 않소. 스스로 잘못한 걸 알고 있으니까."

노부인은, 굉목이 보고 있지 않은데도 미소를 머금었다.

"그렇군요. 아직 당신께서는 당신의 죄를 용서하지 못한 것이군요. 마치 자물쇠도 잠기지 않은 옥에 스스로 들어앉은 것처럼. 자기 자신의 마음속에 감옥을 만들고 그 안에 들어가 계시는군요."

굉목의 어깨가 흠칫 떨리는 모습이 보였다.

"나는…… 나는……."

노부인이 인자한 목소리로 다시 한 번 말했다.

"당신 마음의 자물쇠를 열 사람은 제가 아니었다는 게 조금 서글픕니다. 하지만 그것은 스스로 열지 않고는 나올 수 없는 것이겠지요. 저는 재촉하지 않겠습니다. 기다릴 테니까……."

굉목이 갑자기 언성을 높여서 노부인의 말을 끊었다.

"나는!"

굉목은 돌아보지도 않고 말했다.

"나는 소림에서 나고 소림에서 자랐소. 사부는 싫었으나 소림은 내 세상의 전부였소. 그래서 그땐 차마 당신처럼 용기 있게 환속할 자신도 없었소. 소림을 버릴 자신이 없었소. 추사물론(搥死勿論)하여 두들겨 맞고 병신이 되는 것도 두려웠고, 소림의 제자가 아니게 되는 것도 두려웠소. 그렇게 겁쟁이처럼 도망치며 살다가 이제야 용기를 낸 거요. 이제야 용기를 내어 벌을 받겠다고 나선 거요."

승려가 가정을 꾸려 아이를 갖게 되면 죽을 때까지 두들겨 패는 법이 추사물론이었다. 굉목이 마음에 짐을 짊어지게 된 당시에만 해도 그렇게 맞아 죽는 승려들이 꽤 있었다.

노부인은 굉목의 마음을 이해할 수 있다는 얼굴로 눈을 지그시 감았다. 그녀 역시 아미파의 도움이 없었더라면 길거리에서 맞아 죽었을 터였다.

"사람이라면 어찌 그게 겁나지 않는 일이겠습니까."

굉목이 길게 한탄하였다.

"당신은 그러하였는데 나는 그러지 못하였소. 그러니까, 그러니까 돌아가시오…… 기다리지 마시오. 내 마지막 소원은 당신을 한 번 보는 것이었는데, 이젠 그 소원마저 풀었으니 내 이번 생에서의 할 일은 모두 끝난 것 같소이다."

굉목이 축 처진 어깨로 말한다.

"가시오……."

굉목의 완고한 고집은 한겨울의 강처럼 꽁꽁 얼어붙었다. 녹을 듯 녹지 않아 찾아오던 봄마저도 쫓아 버린다. 노부인마저도 그런 굉목의 마음을 녹일 수는 없을 것 같았다…….

그런데 그때.

"가요! 돌아가요! 저런 사람, 동정할 필요 없어요!"

하연홍이 앞으로 뛰쳐나와 소리를 질렀다.

"얘야."

노부인이 하연홍을 말리려 했으나, 하연홍은 눈물을 쏟아 내면서 소리쳤다.

"우리 엄마가 얼마나 힘들게 살았는데! 할머니가 얼마나 힘들게 살아왔는데! 아무 책임도 지지 않고 자기 혼자서 도망가면 그뿐인가요? 그게 수십 년을 기다려 왔던 할머니의 마음에 대한 보답인가요! 그딴 거 필요 없어요!"

하연홍이 울면서 외쳤다.

"나는 저런 사람, 저런 사람 할아버지라고 부르지 않을 거예요, 절대! 절대! 으흐흑!"

눈물이 범벅이 된 얼굴로 하연홍이 뛰쳐나갔다.

옥사에 있던 모두가 침울해졌다.

소녀의 눈물이 의미하는 바를 알기에, 굉목이 살아온 날들을 알기에 더더욱 가슴이 아파 왔다.

소림의 승려들이 눈시울을 붉히다가 참다못해 밖으로 나갔다. 원호마저 긴 한탄을 겨우 감추었다. 눈물을 애써 감추느라 이를 꾹 깨문 승려들도 있었다.
"돌아가시오……"
이제는 거의 고개마저 떨어트린 채로 굉목이 말했다…….
아직까지도.
처음부터 끝까지.
굉목은 여전히 그대로인 것만 같았다.
"알겠어요."
노부인의 말에 굉목의 어깨가 파르르 떨렸다.
"돌아갈 테니…… 한 번만 나를 봐 주겠어요?"
"……"
"한 번만 나를 돌아봐 주겠어요? 마지막 날에 당신이 나를 바라봐 준 것 같던 그 따뜻한 얼굴로요."
굉목은 대답을 하지 못했다.
"……"
노부인이 마침내 울음을 터트렸다.
노부인은 울음 섞인 목소리로 간절하게 굉목을 불렀다.
"어서요. 그 표정 하나만 떠올리며 평생을 살아왔던 내가 마지막으로 당신의 그 얼굴을 볼 수 있도록 해 주세요."
낮은 절규. 수십 년의 한이 담긴 비통함에 가슴이 조여왔다. 죄이다 못해 심장이 터져 버릴 것 같았다.

굉목이 앉은 채로 가슴을 붙들고 비틀거렸다.

끄어어어! 하며 문틈으로 새는 바람을 억지로 틀어먹은 듯한 기괴한 소리를 내며 하늘을 향해 울부짖었다.

누구도 예상하지 못했다.

그 순간 굉목이 벌떡 일어설 거라는 걸.

일어서서 감옥 밖을 향해 얼굴을 돌릴 거라는 걸.

그렇게 힘겹게 돌린 굉목의 얼굴은 온통 눈물투성이였다. 주름지고 초췌한 얼굴에 온통 눈물 콧물이 범벅이 되어 있었다.

억지로 소리를 참느라 잔뜩 힘을 주고 일그러트린 얼굴로.

굉목은 내내 침묵 속에서 홀로 오열하고 있었다.

온통 뿌옇게 흐려진 세상에 노부인의 모습이 굉목의 눈 안에 들어왔다. 심장이 터져 버릴 것처럼 목소리로 굉목이 외쳤다.

"운려!"

그 자리에는 더 이상 노부인이 있지 않았다.

오십 년 전에 그를 웃고 울게 했던 청초한 여인, 운려가 있었다. 반짝거리는 미소를 입에 머금고 초롱거리는 눈망울을 빛내면서, 운려도 그처럼 울고 있었다.

"네, 저 여기 있어요. 여기······."

굉목은 그 자리에 절을 하듯 넙죽 엎드려서 통곡했다.

"내가 잘못하였소. 내가 잘못하였소! 내가 잘못하였소!"

운려도 감정이 복받쳐 입을 막고 눈물을 쏟아 냈다.

굉목은 머리를 바닥에 찧으면서 피를 토하듯 외쳤다.

"환속하겠소! 속가가 되겠소! 부디 허락하여 주시오!"

원호는 입술을 악물었다. 피가 나도록 깨물었다. 그러지 않고는 말 한마디도 내뱉을 수 없을 것 같았다.

하지만 말을 하지 않을 수 없었다. 옥사의 모든 이들이 자신의 말을 기다리고 있었다.

겨우, 힘겹게 원호가 말을 내뱉었다.

"허락…… 하겠습니다."

이 짧은 말이 왜 그렇게도 힘들었을까.

이 짧은 말이 나오기까지 얼마나 큰 벽을 넘어야 했던 것일까.

굉목은 원호가 말을 끝내기가 무섭게 머리를 쿵쿵 찧어 댔다. 죽지 못해 안달난 사람처럼, 그래야만 오히려 눈물을 감출 수 있는 것처럼.

"고맙소! 고맙소!"

운려가 다가가 이마가 짓이겨서 피를 흘리는 굉목을 끌어안았다.

"잘하셨어요…… 잘하셨어요. 이젠 이러지 않으셔도 돼

요. 괜찮아요."

굉목이 울부짖었다.

"미안하오. 미안하오! 당신에게도, 내 딸에게도, 연홍이에게도……."

굉목은 아이처럼 울먹였지만 누구도 그 장면을 우습다고 생각하지 않았다. 장건은 입술을 악물고 눈물을 훔쳤다.

생전 처음 보는 굉목의 모습에 우습기는커녕 눈물만 흘러나왔다.

굉목은 미친 사람처럼 '미안하오.'라는 말만 연신 되뇌고 있었다. 그런 굉목을 끌어안은 채 운려가 토닥였다.

"아직 당신은 이번 생에서의 할 일이 끝나지 않았습니다. 우리만큼이나 상처받은 아이를 위해서라도요. 그리고 우리의 얼마 남지 않은 날을 위해서라도……."

두 사람은 폭풍처럼 감정을 끌어안고, 소리 없이 오열했다.

지켜보던 장건의 눈에서도 하염없이 눈물이 흘렀다.

원호도 마찬가지였다. 이젠 눈물을 참거나 닦을 엄두도 나지 않았다. 그저 줄줄 흘러내리는 것이 눈물이 아니라 빗물이라고 억지로 생각할 따름이었다.

원호는 생각했다.

괜찮은 걸까?

이대로 괜찮은 걸까?

괜찮을까?

절에서 이런 일이 있어도?

괜찮다고 생각해도 될까?

명색이 승려인 주제에 수십 년이나 품어 왔던 두 사람의 연정을 응원해도?

정말 그래도 괜찮은 걸까?

승려가 다른 이의 연정에 슬퍼하고 기뻐해도 되는 것일까?

정말?

정말 괜찮은 걸까?

심장이 폭발할 것처럼 뛰어도? 한없이 울어도?

원호는 숨 쉬는 것조차 괴로워져서 입을 벌리고 천장을 쳐다보았다.

아니.

괜찮지 않더라도 할 수 없었다. 할 수 없다.

지금 이 순간만큼은 아무리 부처님이라도 두 사람을 말릴 수 없을 것 같았다.

아니.

부처님조차도 두 사람을 응원하고 있을 것만 같았다.

만약 그게 아니라면······.

그게 아니라면! 부처님이 이 두 사람을 응원하지 않는다면!

맹세컨대, 원호는 앞으로 일만 삼천 번의 윤회를 거듭하더라도 어떤 생에서든 다시는 부처님 따위는 따르지 않을 거라고 생각했다.

제8장

저기, 죄송한데요

　소림의 제자들은 안도의 한숨을 내쉬었다.

　굉목의 문제는 소림의 치부이면서 동시에 약점이었다. 그럼에도 불구하고 소림은 굉목을 위해서 남들의 손가락질까지 감수하며 놓아주려 했다.

　정작 굉목 본인이 하도 거부를 해서 문제였지만.

　어쨌거나 정리가 끝났다. 남들이 뭐라고 하면 '더 이상 건들지 마시오!' 라고 애원을 하든가 협박을 하든가 해도 할 것 같다. 그것이 차라리 굉목을 상대하는 것보다는 나은 셈이니까.

　소림의 입장에서는 정말 한숨 돌린 셈이다. 어차피 쥐죽은 듯 살아야 할 십 년. 욕 좀 더 먹는다고 나빠질 것도 없는 상황이었다.

외려 소림의 제자들은 굉목의 사건을 두고 백 년에 한 번 나올까 말까 한 현명한 판결이었다고 칭송했다. 더불어 사기도 올랐다. 원호가 꾸려 갈 소림은 함부로 제자를 버리지 않을 거라는 믿음을 주었고, 그것은 험한 강호를 버텨 나가는 데에 큰 의지가 되기에 충분했다. 막연한 신뢰가 아니라 눈에 보이는 긍정적인 신뢰가 생겼다.

이에 강호의 호사가들도 찬사를 보냈다.

소림이 비록 이빨 빠진 호랑이가 되었을지언정 강호에 큰 영향을 끼치는 것이 사실이다. 때문에 역대 소림의 방장 성격에 따라서 많은 문파들의 대처나 행동이 달라지곤 했다.

예를 들어, 굉운의 경우에는 선대의 행적과 홍오라는 괴물에 짓눌려 그 세가 많이 약했다. 성품은 어질었으나 용맹하지 못해 외부 세력에 많이 휘둘렸다.

하지만 이번 방장이 된 원호의 성품은 굉운과 완전히 달랐다. 일면으로는 실로 과격 그 자체였다.

심지어 소림의 진산식에 난입했던 금의위의 횡포에 버럭버럭 악을 쓰면서 대항했던 행동은 모두를 놀라게 하기에 충분했다. 뿐만 아니라 그것이 단순한 우기기가 아니라 임

기응변의 묘를 충분히 발휘했다는 평가를 받으면서, 과격하고 과감한 행동력뿐 아니라 지모까지도 겸비했다는 평이다.

더구나 검성의 사건에서처럼 모르쇠로 일관하는 뻔뻔함도 보였다. 최소한의 명분을 마련하고 그를 발판으로 실리를 챙겨 갈 수 있으면 체면을 차리지 않는 실리주의자였다.

뿐만 아니라 사숙인 굉목의 문제마저도 큰 탈 없이 무난하게 해결하여 소림의 단결력을 한층 이끌어 냈으니, 주도면밀함마저 갖추었다고 할 수 있었다.

이모저모로 원호는 경계의 대상임에 분명했다. 십 년의 강제 휴식기가 아니었다면 충분히 강호를 뒤흔들고도 남을 만한 인물이었다. 아니, 오히려 십 년의 세월 동안 원호가 소림을 얼마나 탄탄하게 만들어 낼지 그것이 더 기대될 정도였다.

하지만 세간에서 굉장한 평을 받고 있는 원호라고 해도 하루하루가 고달프기는 범인들과 마찬가지였다.

오히려 '왜 내게만 이런 일이 생기는가!' 하고 괴로워하기까지 하는 것이다.

십 년의 강제 휴식기마저 가진 지금에조차.

여전히 소림사는 조금도 조용하지 않았다…….

노전승(盧殿僧)은 법당을 관리하는 책임자다. 법당에서 향촉과 공양을 올리고 염불과 의식에 대한 제반 준비까지도 모두 관장하는 자리다. 소림사는 규모가 크다 보니 노전승의 밑으로 지전승(知殿僧)도 여럿을 두고 있었다.

그 지전승 중 한 명인 무 자 배의 승려 무영은 매우 곤혹스러운 얼굴을 하고 있는 중이었다.

"또 왜 그러십니까……?"

"일을 달라는데 왜 주지 않는 것인가?"

"아니, 그러니까 그걸 왜 저한테 그러세요."

"자네가 지전승이니까 내게 시킬 일이 있을 것 아닌가!"

"아뇨, 오해하신 것 같은데요. 제 말은요, 노전에 계신 원구 사백님께 말씀을 해 주셔야지, 법당 청소나 하고 법구나 닦는 제가 무슨 힘으로 일을 드리냔 말씀입니다."

무영은 거의 울 것 같은 표정이었다. 그러나 무영의 앞에 선 노인은 도끼 같은 눈을 부릅뜨고 거리낌 없이 말을 내뱉었다.

"노전에 갔더니 이곳으로 오라 하여 온 것이네! 내가 무어 어려운 부탁이라도 하였는가? 그저 내 일거리와 침소를 배정해 달라고 하였을 뿐!"

"아, 사숙조……!"

"난 이제 더 이상 사숙조가 아닐세."

무영은 고개까지 조아렸다.

"제발 저 좀 살려 주십시오. 살려 주십시오."

"살려 줄 터이니 일거리와 침소를 마련해 주게."

무영은 이마와 눈썹을 팔자(八)로 만든 채 애걸했다.

"일을 하라고 속가제자가 되신 게 아니잖습니까. 그런 허드렛일은 저나 불목하니분들에게 맡기시면 됩니다."

노인이 도끼눈을 부라렸다.

"그렇다고 무공을 배울 수 있는 몸도 아닌데 다른 속가제자들처럼 무공을 배우란 말인가?"

노인의 말은 틀리지 않았다. 게다가 노인은 소림의 무공이 배우기 싫어서 사부조차 외면했던 이었다. 그런 사람에게 다시 무공을 배우라고 하면 그것도 참 이상한 일이다.

그러니까 무영은 더욱 미칠 지경이었다. 이러지도 저러지도 못하는 것이다.

차라리 진짜(?) 속가제자였으면 얼마나 좋을까!

성격이 워낙에 괴팍하다는 소문이 퍼져서 무서워했던 사람이었다. 때문에 눈이 마주쳐도 떨려서 인사 한 번 제대로 해 본 적이 없었다. 사숙도 아니고 무려 사숙조의 연배였다.

그런 사람이 어느 날 갑자기 아래 기수의 속가제자가 되어 나타났다고 해서 함부로 대할 수는 없는 것이다.

무영은 땀을 뻘뻘 흘리면서 속으로 노전승인 원구에게 욕을 퍼부었다.

'진짜 너무하시네. 나한테 이리 떠넘기시면 나는 어쩌라고!'

물론 원구도 자신의 선에서 처리하기 곤란했을 테니 미뤘을 테지만 말이다.

'그나저나 사람을 보냈는데 왜 아무도 안 오지?'

원구마저 외면한 일이라 어쩔 수 없이 더 윗선에 연락을 넣고 기다리는 중이었다.

무영이 대답 없이 땀만 흘리며 곤란해하자 노인이 독촉했다.

"어떤 궂은일이라도 좋으니 시켜만 주게. 이리 시간을 허비하느니 뭐라도 하는 게 낫겠네."

"윗분들께 말씀을 드렸으니 조금만 기다려 주십시오. 곧 뭐라고 얘기가 있으실 겁니다요."

"기다리라니? 그게 벌써 언제인지 아는가? 그사이에 일을 하겠으니 뭐라도 시켜 달란 말일세!"

"그냥…… 쉬십시오. 부탁입니다. 제가 곤란하단 말씀입니다."

"그럼 노나? 곤란하다고 일을 안 하나? 먹고 재워 주는데 일을 해야지!"

이미 여기서 눌어붙을 생각임이 드러나는 단언이었다!

'절대 안 돼!'

설사 위에서 이곳에서 지내라고 허락한다면 무영은 아마도 하루도 버티지 못할 것이다. 지금도 이렇게 불편한데 어떻게 일을 시키고 함께 지낸단 말인가!

예전부터 말 한마디 섞는 것도 껄끄럽다던 괴짜 중의 괴짜와 함께 생활해야 하다니!

무영은 최대한 애걸복걸했다.

"그러니까 여기서 그러지 마시고 나가서 일도 구하고 주무실 곳도 구하시면 될 거 아닙니까, 네?"

그야말로 미치기 일보 직전.

이 망할 사숙조, 아니, 속가제자님께서는 심지어 도감원에서 없는 돈 짜내어 독립할 수 있는 자금을 지원해 준다고 했는데도 한사코 싫다 했다. 그래 놓고 여기 와서 행패를 부리는 것이다.

"아니, 귀여운 손녀까지 두시고 여기서 살겠다고 그러시면……."

차마 승려의 입으로 말하기 그래서 그렇지, 대놓고 말했으면 '아, 멀쩡한 마누라랑 자러 가지, 왜 여기서 날 괴롭히냐고요!' 라고 했을지도 몰랐다.

노인이 그런 의미를 눈치채지 못할 리 없었다.

"뭣이?"

일 갑자의 세월을 넘게 굉목이라는 법명으로 살아왔던, 때문에 아직도 자신의 속명이 어색하기 그지없는 노인, 하분동의 눈이 치켜 올라갔다.

하분동이 무시무시한 고함을 질러댔다.

"나를 대체 어찌 보고! 속죄하며 살기 위하여 속가제자가 되었지, 생판 남이었던 사람과 하하 호호 하면서 부대끼고 살려고 속가제자가 된 줄 아는가!"

"히, 히익!"

무영은 고함 소리에 겁을 먹었다.

하지만 생각해 보니 황당하다.

'그러니까아아아아! 그러니까 그걸 왜 나한테 책임을 떠넘기시냐고요! 속죄를 하든 뭘 하든 딴 데 가서 하시면 안 되냐고요! 남들은 갖고 싶어도 못 갖는 부인과 손녀가 생겼는데 얼씨구나 좋아하면 안 되냐고요!'

그래서 괴짜고 괴팍한 사람이란 소리를 듣는 거겠지 싶다.

그리고 지독하게 고집이 센 것은 덤이다…… 진짜 치가 떨리도록 싫은 사람이다.

하기야 스스로 잠그지도 않은 옥으로 걸어 들어가서 앉아 있던 사람이 갑자기 변한다면 그것도 이상한 일이리라.

"아무튼 처소를 마련해 줄 때까지 여기서 한 발짝도 움직이지 않을 테니까 그리 알게."

하분동은 더 이상 무영의 말을 들을 필요도 없다는 듯 고개를 팩 돌려 버렸다.

도대체 윗분들에게서 연락은 언제 오나, 무영은 하분동의 눈치만 살피며 전전긍긍할 뿐이었다.

하지만.

사실 원호는 아까부터 와 있었다.

와서는 들어가지 않고, 밖에서 그냥 들려오는 소리만 듣고 있었다. 대책이 없기는 원호도 마찬가지였던 것이다.

그리고 함께 기다리고 있던 장건도.

"어쩌죠?"

"……."

지긋지긋한 저놈의 고집!

나가라고! 제발 좀 소림을 나가라고! 나가라고 등 떠밀어도 왜 안 나가느냐고!

"하아……."

원호는 길게 탄식했다.

"네가 그래도 우리 중에는 가장 사숙과 오래 산 사람이다. 전문가의 입장에서 네가 볼 땐 사숙이 왜 저러는 거 같으냐?"

"글쎄요. 노사님은 제가 처음 뵈었을 때부터 이상하셨던 분이라……."

장건의 머리카락이 들썩거렸다. 기의 가닥으로 뒷머리를 긁고 있었다.

원호는 욱하고 치밀었으나 그냥 참기로 했다. 누가 이상한지 모르겠다고 한마디 할 뻔했다. 하지만 요즘 들어 너무 방장의 체면에 걸맞지 않은 언행을 많이 해서 가급적 참으려고 노력 중인 원호였다. 그리고 지금은 하분동의 일이 먼저였다.

"아!"
"왜 그러느냐?"

장건이 문득 생각난 듯 말했다.

"어쩌면 부끄러워서 그러시는 건지도 모르겠어요."

원호가 황당한 얼굴로 되물었다.

"뭐? 부끄럽다고?"

'얼굴에 철판을 깐 강퍅한 노인네가 부끄럽다고? 그게 말이 되나? 나이가 몇 살인데?' 라는 온갖 물음이 담긴 표정으로 원호가 장건을 쳐다보았다.

장건이 어깨를 으쓱했다.

"제가 볼 땐 그런 거 같아요. 소림을 나가면 연홍이나 그분하고도 만나야 하게 되잖아요. 소림에 있으면 안 봐도 괜찮은데 나갔는데도 안 볼 수는 없잖아요."

원호는 잘 이해가 가지 않았다.

"나가서 안 보는 것과 여기서 안 보는 것이 무슨 차이가 있단 말이냐?"

"핑계가 있는 것과 없는 것의 차이쯤요."

"……"

원호는 멀뚱한 눈으로 장건을 쳐다보았다.

"난 지금 굉장한 고승과 선문답을 하는 느낌이구나? 솔직히 네 말이 매우 이치에 맞아서 놀라고 있는 중이다."

"가끔 제가 노사님 뵈러 가면요, 노사님이 되게 좋아하시거든요. 근데 좋으시냐고 물어보면 아니라고 그러세요."

"그건 말과 행동이 다른 게 아니냐."

"좀 달라요. 음…… 그러니까 평소엔 제가 힘들어해도 한 번 도와주시지 않다가, 제가 정말 아파서 움직이지도 못할 지경이 되면 선뜻 업어 주시겠다고 하는 것과 비슷해요."

"……그건 대체 무슨 논리냐?"

긁적긁적.

장건의 뒷머리가 또 움직였다.

"저도 더 이상은 설명하기가 어렵네요. 아무튼 부끄럼을 많이 타셔서 그럴 때가 많더라고요."

"내가 정말 이상한 건 말이다. 왜 핑계를 대야 하느냐는 것이다. 지난번에 이미 사숙모께 마음을 터놓고 고해를 하지 않았느냐. 그런데 이제 와서 부끄럽다고 한다면 그게 더 이상한 일이지."

"아직 마음의 준비가 안 되신 거 아닐까요? 생각지도 못한 일이 생기면 더 부끄럼을 타시더라고요."

장건은 늘 있던 일이기에 그냥 한 말이지만 원호는 입을 떡 벌렸다.

그렇다. 한 번 마음을 터놓았다고 수십 년 홀로 마음을 꽁꽁 닫고 살던 사람이 아무렇지 않게 다 터놓을 수 있게 된 건 아닐 것이다.

마음의 준비가 필요한 거다. 오랜 세월을 뛰어넘은 현실을 마주할 준비가.

굉운이 하분동더러 마음이 여리다고 한 것도 그러한 이유에서였던 것 같다. 겉으로 냉담하게 보이는 건 오히려 여린 마음을 감추기 위함인지도 몰랐다.

"허어."

장건이 거기까지 생각했다고는 믿을 수 없지만, 어쨌거나 장건의 말로 말미암아 하분동을 이해하게 되었음은 변명할 수 없는 사실이다.

"역시."

가장 오래 하분동과 산 장건이니까 그만큼이나 서로를 그만큼 이해하고 있으리라.

"하지만 그렇다고 이대로 내버려 둘 순 없다. 사숙모의 지병이 그리 좋은 상태도 아니고. 피한다고 언젠가 준비를 하실 분도 아닌 것 같다."

"저도 그렇게 생각해요."

"그리고 경내에 계속 계시면 다른 제자들이 불편해할 테고. 기껏 살린 분위기가 다시 엉망이 되어 가는데 마냥 내버려 둘 수도 없단 말이지."

"방법이 없을까요?"

"없지."

잠깐 생각을 하던 원호가 문득 장건을 가만히 보았다. 그런데 그 눈빛이 심상치가 않았다.

"그러고 보니…… 방법이 아주 없진 않겠구나. 너한텐 없어도 나한텐 있어."

불안한 느낌이 든 장건이 몸을 조금 뒤쪽으로 뺐다.

"왜, 왜 그러세요?"

원호는 미묘한 미소를 지으면서 장건의 어깨를 토닥토닥 두드렸다.

"주지가 되어서 좋은 점은, 자기가 꼭 뭘 해도 되지 않는다는 점이더구나."

"네?"

의미를 알 수 없어서 장건이 되물었다. 원호의 미소에 어딘가 모르게 사악한 기운이 감돌았다.

"사백으로서의 명령이다. 네가 책임지고 굉목 사숙을 가정으로 돌려보내도록 하여라."

"네…… 에? 으엑!"

장건이 기겁했다.

토닥토닥.

원호가 마치 비밀 얘기를 하듯 장건에게 시선을 맞추고 진지하게 말했다.

"자고로 가장은 가정을 지키는 게 우선이니라. 대학에 이르기를, 수신제가(修身齊家)라 하였다. 세속에서는 가정이 참으로 중요하다는 말씀이니라."

"그러니까 그걸 직접 말씀 안 하시고 왜 저한테 하시는데요?"

원호가 미소를 거두고 째려보는데 그 눈빛도 여전히 심상치 않았다.

"나는 말이다."

"네……."

"옛날에 내가 누구 이름만 들려오면 지금처럼 아주 갑갑하고 그럴 때가 있었더란 말이다. 그래서 그 녀석이 아주 그냥 내 마음과 똑같은 상황이 되기를 얼마나 바라 마지않았는지 모른다."

토닥토닥…….

"……."

원호가 장건의 어깨에서 손을 떼고 짐짓 뒷짐을 졌다.

"잘 이해하지 못하는 것 같아서 다시 말한다만, 명령이다. 방장으로서의 명."

"사, 사백니임."

장건이 울 것처럼 입을 삐죽 내밀자 원호가 근엄하게 말했다.

"넌 사문의 존장이 내리는 명령이 그렇게 우습냐? 이게 어떤 거냐면 말이다, 흠. 예를 들어서, 만약 네가 오늘 내로 굉목 사숙을 여기서 데리고 나가지 못한다, 그러면 어떻게 될지 아냐? 내가 화가 나서 당분간 네 아침 공양을 굶기겠다고 하면 그렇게 되는 거다. 왜? 내가 사문의 존장이거든. 넌 사문의 존장이 내린 명을 지키지 못했으니까 벌을 받게 될 것이고."

딱히 의도했다고는 할 수 없지만 그것은 매우 시의적절한 예였다. 특히나 장건에게는 거의 치명적인 벌칙이었다.

"아아……."

장건은 완전히 울상이 되었다.

굉목을 데려가는 일도 요원한데 거기에 밥을 가지고 협박을 하다니!

토닥토닥.

"잘 할 수 있겠지?"

못 한다고 할 수 있겠는가! 밥이 달려 있는데!

원호가 소매에서 서한처럼 생긴 봉투 하나를 내밀었다.

일종의 어음과 같은 것으로 하분동이 마을로 내려가서 살 곳을 구하거나 할 때 쓰면 나중에 소림에서 결제를 한다는 문서다.

이미 도감원에서 하분동에게 준다고 했는데 거절했던 것이다.

장건은 입을 뿌루퉁하게 내밀고 봉투를 받아 들었다.

"이거 참…… 방장이 되니까 나쁜 것만 있는 것도 아니고 좋은 것도 참 많구나."

원호가 껄껄 웃었다.

장건이 흘겨봤는데도 원호는 상관없다는 듯 외면했다.

그러더니 어딘가 방금 전까지와는 다르게 신 나는 걸음으로 돌아가 버린다.

뒷일 따위는 상관없다는 투로, 누가 봐도 즐기고 있는 모습이다!

"ㅇㅇㅇ."

장건은 봉투를 든 채 머리를 감싸 쥐었다.

장건이라고 뾰족한 수가 있을 리 없었다. 있었다면 이미 한 시진 전에 하분동을 끌고 내려갔을 터였다. 특히나 하분동의 고집을 잘 알고 있는 장건으로서는 더더욱 설득할 자신이 없었다.

하연홍과 운려는 당분간 세 소녀들의 오두막에 함께 머물다가 차차 머물 곳을 알아본다고 했다. 그런데 정작 집을 알아봐야 할 사람, 하분동이 저러고 있어서 일이 엉망이 되어 있는 상태였다.

병간호도 해야 하고 오래된 회포도 풀어야 할 사람이 여기서 이러고 있다는 건 장건이 봐도 무책임한 행동이긴 하다. 더구나 하연홍과의 사이도 풀어야 할 과제로 남아 있는데 말이다.

하분동의 입장에서 좀처럼 그들을 대하기가 쉽지 않다는 걸 이해 못 하는 바는 아니나, 그렇다고 책임을 회피하는 게 옳은 일은 아니다.

핑계가 없어서 못 내려간다면 핑계를 만들어 주어야 한다. 아마도 하분동 역시 스스로가 납득할 수 있는 핑계를 찾는 중인지도 모른다.

정(情) 때문에 마음을 닫았는데 정을 핑계로 다시 마음을 열기엔 그의 자존심이 허락지 않을지도 모른다.

물론 장건이 거기까지 생각하고 있는 것은 아니었지만.

 어쨌든 무조건 하분동을 내려보내야 다른 사람도 살고 장건도 살고(?) 모두가 좋게 되는 것이라는 것만 알 뿐이다.

 "후욱, 후욱!"

 장건은 몇 번 크게 숨을 몰아쉬었다.

 그러고는 소리가 나도록 힘껏! ……이라고는 하지만 사실은 한참이나 끙끙거리다가…… 도살장에 끌려가는 소처럼 지전승들이 이용하는 집기 창고 안으로 걸어 들어갔다.

 하분동이 장건을 힐끗 보았다.

 눈이 마주쳤는데 웃기도 애매하고 말 걸기도 애매해서 장건은 애매한 표정을 지었다.

 하분동이 눈살을 찌푸리며 물었다. 사실 그 역시 장건을 보기 조금 불편한, 아니, 창피한 참이었다.

 "여긴 무슨 일이냐?"

 다행히도 하분동이 먼저 물어 준 탓에 장건이 대답할 수 있었다.

 "노사님 언제 내려가시나 해서요."

 "내가 있을 곳이 여기인데 어딜 간단 말이냐?"

 "고집 그만 피우시고 내려가세요. 제가 머물던 오두막 있거든요? 거기 방이 부족하진 않아서 지낼 만하실 거예요."

아니나 다를까, 하분동의 얼굴이 순식간에 굳었다. 그 역시 그곳에 운려와 하연홍이 머물고 있다는 걸 알고 있는 탓이었다.

하분동은 대번에 장건의 말을 자르고 고개를 홱 돌렸다.

"일없다."

"도대체 왜 안 내려가시려는 거예요? 이럴 시간에 내려가서 집 알아보시고 했으면 벌써 구했겠어요."

하분동의 눈썹이 꿈틀댔다.

"내가 왜 집을 구한단 말이냐?"

"그럼 소림에서 사시게요? 속가제자라고 소림에서 영원히 사는 거 아닌데요?"

"소림은 사람 하나 내칠 정도로 그렇게 박하지 않다."

장건은 다음 말을 하려다가 목에 무언가가 걸려서 딱 멈추었다. 저렇게 딱 잘라서 그런 것도 아닌 양, 아닌 것도 그런 양 단정해 버리면 대화가 오갈 수 없는 법이다.

하지만 장건도 물러서기 어려운 일.

밥이 걸려 있다.

장건은 봉투를 내밀었다.

"여기요."

봉투가 무엇인지 아는 꾕목은 한 번 보고 고개를 돌렸다.

"필요 없다."

"소림이 박하지 않다면서요. 그래서 집 구하라고 돈 드린다는데 왜 싫다고 그러세요?"

"내가 왜 아무 이유도 없이 남의 돈을 받느냐?"

"이유가 왜 없어요? 아니, 그럼 돈은 안 받으면서 소림에 머무시겠다는 건 뭔가요?"

"그래서 일을 달라고 했다. 먹고 재워 주는 만큼의 일은 한다고 했다."

"그럼 일단 받고 나중에 일해서 갚으시면 되잖아요."

결국 하분동이 짜증 난다는 표정을 지었다.

"왜 자꾸 귀찮게 구느냐! 너는 가서 네 할 일이나 해라!"

장건도 울컥했다.

"저도 제 할 일 하는 거거든요?"

"네가 할 일이 사람 괴롭히는 일이냐? 사람 붙들고 말장난하는 것도 일이라고 하더냐?"

장건은 '으으.' 하고 신음 소리를 내다가 마침내 말해 버렸다.

"……가세요."

"뭐?"

"내려가시라구요."

하분동이 인상을 확 찌푸렸다.

"이 녀석이……."

"저기, 제가 밥 때문에 노사님을 팔아넘겨서 죄송한데요, 이것도 다 노사님 때문이거든요?"

"뭣이? 날 팔아넘겨? 그게 내 탓이라고?"

장건은 턱을 들고 하분동을 똑바로 쳐다보았다.

처음이었다. 굉목이라는 법명으로 불렸던 무서운 존재의 얼굴을 똑바로 쳐다본 것은. 천하의 장건이지만 어렸을 때부터 워낙 하분동을 무서워했는지라 다리가 살짝 떨렸다.

"이놈이?"

하분동의 표정이 더욱 단단하게 굳었다.

장건이 배에 힘을 주고 외쳤다.

"죄송한데 내려가시라구요! 노사님은 연홍이랑 그분이 불쌍하지도 않으세요?"

하분동도 소리를 질렀다.

"네 이노옴! 네가 감히 머리가 좀 컸기로서니 이젠 눈 똑바로 뜨고 목에 핏대를 세우는 게냐!"

"머리가 커서 그런 거 아니거든요!"

"그럼 어디서 이런 못된 버르장머리가 나온 게냐!"

"이거 못된 버르장머리 아니거든요!"

"그럼!"

"제가 사형이라서 그런 거거든요!"

"……?"

하분동도, 옆에서 가만히 숨을 죽이고 지켜보던 무영도 잠깐 당황했다.

"사, 사형?"

정말 그런가?

생각해 보니…….

그렇다!

장건이 정식 속가제자가 된 지도 일 년이 넘었다. 당연히 기수도 늦고 날짜도 늦은 하분동이 따지고 보면 장건의 사제가 되는 것이다!

그때 한창 주눅 들어 있던 무영마저 끼어들었다.

"저, 저도 사형입니다! 아니, 이젠 사백인가? 아무튼 사형이고 사백이고의 명이니까 여길 당장 나, 나가 주세…… 아니, 나가도록 하게!"

하분동이 무영을 노려보았다. 무영이 기겁을 하고 고개를 돌렸다. 아예 몸을 피해서 구석을 돌아보았다.

"……."

잠시간 침묵이 흘렀다.

하분동의 얼굴이 새빨개졌다. 눈썹과 얼굴 근육까지 부들부들 떨리고 있었다.

우드득!

이까지 갔았다.

장건은 마른침을 삼켰다.

하지만 용기를 냈다.

장건은 떨리는 손으로 봉투를 다시 내밀었다.

부들부들.

하분동이 한참을 떨면서 바라보다가 떨리는 손을 내밀어 봉투를 받았다.

부들부들, 부들부들…….

장건도 떠는데 하분동도 떤다. 둘 다 손을 떨지만 떨리는 이유는 전혀 달라서 기묘한 광경이다.

"바, 바, 바…… 받으시라구요!"

"……."

부들부들…….

결국 하분동이 봉투를 받아 들었다.

장건은 무섭기도 했지만 어쩐지 마음 한편으로는 통쾌하다는 생각이 들었다.

싫은 티를 팍팍 내면서도 봉투를 받는 하분동을 보니, 그동안 하분동에게 구박당하고 살았던 세월이 머릿속을 우박처럼 후두두 스쳐 갔다.

그렇구나.

다들 이 맛에 사형도 하고 방장도 하고 그러는구나.

이것이 역전의 인생이로구나.
자꾸만 찌르는 듯한 살기가 느껴졌지만.
뭐, 어쩌겠는가?
장건은 신이 나서 속으로 외쳤다.

내가 사형이다아—!

어른이 되어 가는 열일곱 살의 어느 날.
장건.
인생을 깨닫다.

〈다음 권에 계속〉
작가 트위터 : twitter.com/sinier777

ORIENTAL FANTASY STORY & ADVENTURE
진부동 신무협 장편소설

협객혼

『스키퍼』, 『철사자』, 『풍운강호』의 뒤를 잇는
작가 진부동이 선보이는 진정한 전통 무협!

『협객혼』

신분도, 지위도, 이름마저 버렸다. 물려받고 남이 준 모든 것을 버렸다.
믿는 것은 오직 하나, 바로 나 자신!!
자유를 느끼기 위해 모든 것을 포기한 무인 장일청.
이제, 자유로운 그의 행보에 강호의 협객혼이 깨어나리라!

dream
books
드림북스

권용찬 신무협 장편소설
ORIENTAL FANTASY STORY & ADVENTURE

질주무왕

『신마협도』, 『철중쟁쟁』, 『용중신권』을 잇는 신무협의 정수!

권용찬 신무협 장편소설
『질주무왕』

만병을 다룸에 있어 당할 자 없고
몸을 씀에 있어 권, 장, 지, 각, 퇴, 경, 신
이 모두 천외천에 이르렀으니
세상에 이런 무인 없어 무왕이라 일렀다.

dream books
드림북스

DREAMBOOKS★

DREAMBOOKS

DREAMBOOKS

DREAMBOOKS★